JN011151

百年の偽善

夏目漱石『こころ』の闇を照らす

荒 泰人

現代書館

本書を作家夏目漱石、並びに読者諸氏に捧ぐ

はじめに

『こころ』は一九一四（大正三）年に発表され、漱石の後期三部作（『彼岸過迄』『行人』『こころ』）と言われる中の最後の作品です。物語の一方の主人公である「私」が鎌倉の海水浴場で「先生」に近づいていくのですが、それには訳があったのです。やがて「先生」の家に繁く通い出す中で「先生」の奥さんである「静」と出会うことになります。数年のちに大学を卒業し国に帰省していた「私」に、突然に「先生」から手紙（遺書）が届きます。そこには「先生」の来歴が語られており、末尾に自分は自殺するが妻には黙っていてくれと書かれていました。

筆者が『こころ』を初読したのは『こころ』発表より九十九年が経ったときで、ある大学の文学部の聴講生として二年間通ったときに『こころ』に触れたのが最初です。当時の私は自分の専門と呼べるものを探すために模索しており、以来十年『こころ』の解読にはまっています。

『こころ』初読時に、「下　先生と遺書」の中盤あたりから、作中の先生と呼ばれる人物は偽善者であるという思いが強まり、食中りを起こしたときのように胸につかえる気持ち悪さを覚えました。それは先生と呼ばれる人物に対する軽蔑感と「悪感」（後述「第三章」）と呼べるものでした。『こころ』を初読しての感想は、（1）「先生」と呼ばれる人物は偽善者である。（2）妻の静を後追い自殺させようとしている。（3）一方の主人公である「私」が静を救う役割を果たす。（4）「先生」と呼ばれる人物は友人であるKの自殺に何の自責の念も抱いていない。ということでした。そしてこの感想は、私が読んだ先行する『こころ』の論考や『こころ』の解説文と大きくかけ離れていました。従来の『こころ』の解釈と真逆の感想と理解を得たことが本書執筆の動機となりました。このままでは『こころ』の〈作品の真〉が破壊されたまま漱石が成した文学的「功業」が雲散霧消してしまうという恐れでもありました。

　本書をまとめるのに十年かかりましたが、途中で『文学論』を本書に取り込もうという意思が働き、しばらくは『文学論』の理解に注力しました。そこに『こころ』の読み解きの裏付けとなる漱石の文芸創作の理論と技術についての記述を見出しました。それを本書の読み解きに説得力を与える「漱石コード」（情報）として取り込みました。『文学論』の中に「文学の大目的の那辺に存するかは暫く措く」と記されており、「文学の大目的」は「文芸の哲学的基礎」に漱石自身の創作目的と理論的な結論の記述があり、「創作家の態度」に表現上の分類として「主知（客観）」による叙述の仕方と「主感（主観）」による叙述の仕方が説明されています。

　漱石は『文学論』において文学の大目的を生じさせるためには「文芸上の真」を発揮することが必要で、この「文芸上の真」による幻惑を生み出すことが文学の第二の目的であると言っています。また「文芸上の真」という幻惑によって何の理想を実現したいのかということを「文芸の哲学的基礎」に述べており、それらの理想（理想は四種あるとしています）をどのような表現技術で実現していくか、漱石自身を含めた「創作家の態度」を記述しています。

　漱石は『こころ』を「同情的作物」（序章参照）として創作しており、「先生」が体現する〈偽善者の真〉を誘致する幻惑と、その幻惑に隠されている〈物語の真〉を両面として〈作品の真〉が成立します。漱石の描いたものは百年を越える〈偽善〉です。筆者が目にした先行する『こころ』の論考のほとんどは、『こころ』を倫理的な作品として扱っています。本書は『こころ』の「先生」が「固(もと)より倫理的に暗い」(下二)精神を持つ人間として設定されている物語として、「先生」を反倫理的で反徳義を体現する人物として考察しています。「徳義」とは「人が道徳として守らなければならない義務」(明鏡国語辞典)です。「先生」が偽善者でかつ徳義の破壊者であることを見ていきますので、最初に「偽善」の意味を辞書に見ておきます。「偽善」とは少なくても二千年以上の歴史を持つ人間の態度であるようです。

ギリシャ語の原意は「劇である役割を演じる」こと。そこから実際にもたない感情や徳などをもっているふりをする倫理的に悪い態度をいう。特に宗教において問題となり、イエスはこの態度を強く戒めている。

(ブリタニカ国際大百科事典)

漱石の設定した「固(もと)より倫理的に暗い」精神を持つ「先生」と、イエスの強く戒める「倫理的に悪い態度」を見せる人物は、同じ貌をしていそうです。

分かりやすく説得力のある解説になるように、随所に『文学論』や漱石の他の小説や著作から引用しています。『こころ』をお手元に置き、本書解説に沿って併読して頂けるならば、『こころ』の持つ作品世界が明瞭に見えてくるでしょう。今まで誰も想像のつかなかった作品世界にご案内いたします。物語の解読の鍵は「先生」と呼ばれる人物のつく嘘にあります。嘘に示されている「先生」の心理状態を解剖しながら、言辞を読み解くことで〈物語の真〉が見えてきます。テクストの引用が一部重複し前後することをお許し下さい。恐ろしくスリリングな〈物語の真〉が待っています。

なお引用部分は次のようにしました。『こころ』は新潮文庫（一九八四年改版）に拠り、（上四）などの表記は「上　先生と私」「中　両親と私」「下　先生と遺書」の章番号として引用個所を示していま す。また「……」は「中略」を意味します。『文学論（上）・（下）』は岩波文庫（二〇〇七年）に拠りま す。「文芸の哲学的基礎」および「創作家の態度」は『夏目漱石全集10』（ちくま文庫一九八八年）収録のものです。いずれも強調は筆者。そのほかテクスト上の言葉の意味の調べは基本的に「広辞苑」に拠っており、「広辞苑」以外の事典・辞書名は都度明記します。

「先生」という表記について

『こころ』の冒頭に「私はその人を常に先生と呼んでいた」と置かれていますが、筆者は「その人」のことを、単に、M、先生Mなどのほか、物語の中での関係性から必要のある場合だけ「先生」と表記して論考を進めていきます。なぜならば、友人Kにとって「その人」とは「先生」ではなく幼馴染であり、あるいは友人、同郷人として、その本名やあだ名で呼んでいた人物であったはずだからです。また叔父との関係は、甥であり、静にとっての「その人」とは、結婚前は下宿人の学生であり、結婚後は夫です。「先生」とは『こころ』の一方の主人公である「私」がそう呼んでいるだけであり、静は「私」と同席しているときだけ「先生」と呼ぶ夫に過ぎません。最初から主人公に敬意を附着させて表記することは避けたいと思います。Mという呼称は、ミスター（Mr.）の頭文字から取りました。

百年の偽善

目次

序章「漱石コード」について

漱石が『文学論』に書き記した小説の創作のための理論（いかに漱石が創作するか）の中から、『こころ』解読のために役立つ情報を六つ抽出して「漱石コード」として示しました。「漱石コード」を「小説創作と解読のための情報」という意味で使います。さらに私たちの現実世界から、人間の心理を表すコードを三つ取り上げます。この人間の心理コードを「現実コード」と呼び本文中において示します。

『文学論』はその序によると、文部省命令に従う英語の研究ではなく、「根本的に文学とは如何なるものぞといへる問題を解釈せんと決心した」ことで、「心理的に文学は如何なる必要あって、この世に生れ、発達し、頽廃するか」、「社会的に文学は如何なる必要あって、存在し、隆興し、衰退するかを極めんと」したもので、英国留学の後半一年の間に「必要に逢う毎（ごと）に」独自にノートを取りはじめたものです。この留学最後の一年を「研究の第一期に利用せん」としたと言っています。『文学論』

は帰朝後の「十年の計画」であったが、様々な事情でこの計画を二年につづめざるを得なかったことが「この未定稿を版行する所以」になったと書いています。刊行はノートに基づいた大学での二年間の講義の後、約二年間そのままにしていたところに、「書肆（しょし）の乞（こい）に応じて公にする事」にしたという経緯を述べています。漱石から旧稿の「章節の区分目録の編纂その他一切の整理を委托」された中川（なかがわ）芳太郎（よしたろう）は、『文学論』（下）にあたる部分は、ほとんど漱石が稿を新たにしたと言っています。それが明治四十年三月まで（朝日新聞入社の直前まで）のことで、『文学論』（上）にあたる部分も漱石には稿を改める意があったが、すでに前半部分は書肆が印刷を了（お）えていたので、文体の不一致が『文学論』の前後両半に見える事情となったと言っています。

改稿に間に合った『文学論』（下）の部分は、漱石が文学者として立っていくことを熱望する時期になっていた（『吾輩は猫である』『坊っちゃん』『草枕』『趣味の遺伝』の発表後だった）ので、文学を創作する立場から稿を改めたものと考えられます。なお漱石は一九〇三年一月に帰国し、十年後の一九一四年に『こころ』を発表しています。

▼漱石コード1〈商量せよ〉

○「ここにあらはれざる**半面を商量（しょうりょう）せよ**……**作者はわざと**この一面を**除去せるなり**」

『文学論（上）』（214頁）

○「**人事Fは Fの最も曖昧**たるものに属す」

『文学論（上）』（206頁）

○「価値なき不快の人事もその描き方巧みなれば、これに対するものその内容の如何をさて措き先づその**作家の技倆**に感じ入るべし」

『文学論（上）』（206頁）

テクスト表面に表されていない、作者によってわざと除去されている一面を商量せよと言っています。「商量」とは「あれこれとはかり考えること」です。

先生Mにとって価値なき不快な人事F（Fの意味は次の引用を参照）も描き方が巧みであれば、それは作家の「技倆」として、真逆の人事Fを示すこともできるのです。しかし創作の技倆だけをもって漱石は満足していないのです。漱石の文学の目的から見て、読者の意識と未来の生活上に痕跡（感化）を残すことが最終目的なのです。そこに作品の成功、不成功があるとしています。漱石が「人事F」と呼ぶものについての規定は次の通りです。Fやfを文学の基本的概念を表すものとして漱石は次のように述べています。

○「凡そ文学的内容の形式は（F＋f）なることを要す。Fは焦点的印象または観念を意味し、fはこれに附着する情緒を意味す。されば上述の公式は印象または観念の二方面即ち認識的要素（F）と情緒的要素（f）との結合を示したるものといひ得べし」

『文学論（上）』（31頁）

○「情緒は文学の試金石にして、始にして終なりとす。故に社会百態のFにおいて、いやしくも吾人がfを附着し得る限りは文学的内容として採用すべく、……今文学的内容たりうべき一切のもの、換言すれば（F＋f）の形式に改めうべきものを分類すれば、（一）感覚F、（二）人事F、（三）超自然F、（四）知識F、の四種となるべく、自然界は（一）の標本にして、（二）の標本は人間の芝居、即ち善悪喜怒哀楽を鏡に写したるもの、（三）の標本は宗教的F、（四）は人生問題に関する観念を標本とするものなり」

『文学論（上）』（１４０頁）

○「文学的Fは必ず（F＋f）の公式を具ふ……然れども（F＋f）はFの一種なるを以て、単にFといふも、fを伴はずと附記せざる限りは、文学的Fを含むと見做すを妨げざるに似たり」

『文学論（下）』（２２６頁）

岩波文庫の注解では、FはFocus（焦点）、fはfeeling（情緒）の頭文字と考えられ、FはまたFact（事実）を意味して用いられることもあるとしています。

人事Fの最たるものとして人間の恋愛を見た場合、一人一人の織りなす恋愛には、口頭での告白やラブレターや会話や求愛行動に愛の（F＋f）が見出せることになります。さらに離婚、共生、移住といったF（テーマ）もそこに情緒fが表現されたり感じられたりする限りにおいて文学になります。さらに人事Fには偽善者のfが付着されたり感じさせられたりすることもあります。

▼漱石コード2〈文学の大目的を生ずるに必要なる第二の目的は幻惑〉

○「幻惑を生ずるの法固より一にして足らず、前段章を分つて講説せるは皆「**文芸上の真**」を発揮して**幻惑の境**を読者の**脳裏に誘致する**の方法に過ぎず」

『文学論（下）』（192頁）

○「文芸上の真とは描写せられたる**事物の感**が真ならざるを得ざるが如く**直接に喚起**さるる場合をいふに過ぎず」

『文学論（上）』（339頁）

○「**永久の独立せる**「**文芸上の真**」は**物自身の永久的特性**をとらへこれが**解釈**をなして始めて望み得べきなり」

『文学論（下）』（18頁）

漱石は、永久の独立せる「文芸上の真」の描写は、物の「永久的特性」をとらえ解釈をなしてはじめて成功が得られ、描かれた事物の感が直接に喚起（呼び起こされる）と言っています。「幻惑の境を読者の脳裏に誘致する」方法が悪用されれば、観念などの刷り込みが読者の脳に行われる危険性があることになります。

『文学論（下）』191頁に「**文学の大目的の那辺に存するかは暫く措く**。その**大目的を生ずるに必要なる第二の目的は幻惑**の二字に帰着す」と著しています。物の「永久的特性」を解釈し、「文芸上の真」としての幻惑をあたえることが文学の第二の目的と言っています。

では「文学の大目的」とはどこに記されているかが問題になります。この大上段からの問いに見合う答えはあいにくと『文学論』には書かれておらず、「文芸の哲学的基礎」と、次に客観と主観の具体について述べた「創作家の態度」に分かれて書かれています。「幻惑の境」を読者の脳裏に誘致することが文学の大目的を達成するための第二の目的であるという指摘を『こころ』読解のための漱石コード2とします。

▼漱石コード3〈内容と形式による幻惑法〉

○「**幻惑は固より内容性**に因つて産出せらるるを常とするにも関はらず。また**形式に待つ**なき能はず。**形式とは**内容に関係なく二**個以上の文素の結合せる状態をいふ**。この状態の範囲を短縮して一句の上に論議を試むるときは、文法に所謂(いわゆる)**句の構成法**と同じきに至る」

『文学論（下）』（192頁）

○「**内容の幻惑法**は不充分ながら前数章に渉(わた)つてこれを述べたり。（余はとくに不充分といふ。敢て謙遜の意にあらず。余の説ける幻惑法は一時の幻惑法にして、ある一定時をつらぬいて起る幻惑法にあらざればなり。例へば篇中の人物が終始を通じて読者に幻惑を生ぜしむる場合の如きは、その方法と必要と条件とに論なく毫も論及するを得ず……）」

○「**形式の幻惑法**は結構に至りて直接の影響を失ふを発見せり」

『文学論（下）』（194頁）

幻惑を生み出す技として「内容の幻惑法」の他に「形式の幻惑法」があると言っています。内容の幻惑法（F+f）は「一時の幻惑法」だから、一篇を通じて生じる幻惑ではなく、人事（F+f）をめぐる一時の幻惑なのです。それに対して「形式の幻惑法は」結構に至ってはじめて直接の影響を失うと言っています。形式の幻惑は人事（F+f）を正しく表していないことになります。あくまで形式が見せる幻惑で、物語の結末が明らかになるまで幻惑が続くことになります。両方の技が『こころ』に使われています。

▼漱石コード4〈同情的作物は篇中の人物と妄動する〉

○「同情的作物とは……ただ篇中の**人物と盲動**すれば足る。篇中の人物の如何に**愚昧**なるも、如何に**浅薄**なるも、如何に**狭隘**なるも作家の問ふ所にあらず。愚昧なるものは愚昧なる所に向つて徹底に同情し、浅薄なるものは浅薄なる所に向つて専念に同情し、狭隘なるものは狭隘なる所に向つて**満腔に同情**し得て、その**同情の真面目**なる事**吾に同情するが如く**甚しきに至つて始めて**著者の自我を没し**得て**読者の心を動かす**」

『文学論（下）』（197・198頁）

漱石は『文学論（下）』197頁で、「作家の作物に対する二大態度」として、「批評的作物」と「同情的作物」とに一切の小説類を二大別することができると書いています。「批評的作物」とは「作家篇中の人物と一定の間隔を保つて批判的眼光を以て彼らの行動を叙述して成る」もので「この方法によりて成功せんとせば作家自からに偉大なる強烈なる人格ありてその見識と判断と観察とを読者の上に放射し、彼らをして一言の不平なく作家の前に叩頭（こうとう）せしめ」なければいけないと言っています。「作者の自我を主張」しない「同情的作物」である『こころ』の〈偽善者の真〉は、作者がMに妄動して描き得たものです。「盲動」とは「理非の分別もなく行動すること」であり、「愚昧（ぐまい）」は「愚かで道理が分からないこと」、「浅薄」とは「学問や思慮が足らず浅はかなこと」です。また「狭隘」とは「②度量が狭いこと」です。Mはそれらの特質を示す人間として設定されています。

『こころ』は至るところで作者がMに「同情」し妄動した結果の言説を作り出しています。それらの言説が、MはKを自殺させた自責の念を抱いているといった幻惑を引き起こしているのです。KはMに「公平な批評」をさせようと何度か試みています。最も端的な例は「どう思う」（下四十）とKがMに聞いた場面です。Kが何について「どう思う」かと聞いているかをMは理解しながら、それには答えないのです。Mは自分の抱える問題に正直に向き合おうとはしないから「公平な批評」ができず、利害得失によってKの質問を捻じ曲げます。偽善とそれと対照な「公平な批評」（「冷たい眼（まなこ）」）が『こころ』の隠された第二のテーマかも知れません。

Mは平気で何度も自分に都合よく嘘をつく人間ですから、漱石はMの嘘を見抜くヒントをテクストに散りばめています。〈偽善者の真〉に対し〈物語の真〉を見せるためにです。この二律背反的な〈真〉を扱う表出法が『こころ』の失敗の原因として、「即天去私」の「去私」を求めることになったと筆者は推測します。漱石は『文学論（上）』293頁で「文学者のFは文学その物のFとなってあらはるる」と言っています。漱石は同情的に作り上げたMの語り（F+f）を「冷たい眼（まなこ）で研究」（『こころ』（上七））させたいのです。Mの心理を解剖・分析させたいのです。

▼漱石コード5〈人物の特色とその推移は明らかである〉

○「**特色の存在**は明かなると共に、**特色の推移**もまた事実として争ふべからず。推移の源因は個人意識の一部分と、個人意識の全部と、集合意識とを通じて頗（すこぶ）る簡明なり。主観的の俗語を用ゐて、これを断ずれば遂に**倦厭**の二字なる平凡の解釈を得るに過ぎず」（傍点は原文）

『文学論（下）』（260頁）

作中の人物には明らかに特色があって、それが「倦厭」によって推移すると言っています。『こころ』の叔父、K、静、「私」、Mにもそれぞれ「倦厭」と他の原因による特色の推移が設定されています。「倦厭」とは「あきていやになること」です。

▼漱石コード6〈裏面の消息と内部の生活が物語を動かす〉

○「文学者は生命の源泉たる感情の死命を制してこれを擒（とりこ）にせんとす。……文学者は慈母の取計ひの如く理否の境を脱却して、知らぬ間に吾人の心を動かし来る。その方法は表向きならず、公沙汰ならずしてその取捌は**裏面の消息と内部の生活**なり。

これら**内部の機密**は種々**特別の手段**によりて表出せらるるものにして、これらの手段を**善用してその目的を達したる時、吾人は一種の幻惑を喚起**してそこに文芸上の真を発揮し得たりと称す。

既に**文芸上の真を論じ**たる余は勢**この真を伝ふる手段**を説かざるべからず」

『文学論（下）』（13頁）

○「余の説を以てすれば、凡そ文芸上の真を発揮する**幾多の手段の大部分**は一種の「**観念の聯想**」を利用したるものに過ぎず」

『文学論（下）』（14頁）

登場人物の「裏面の消息と内部の生活」という「内部の機密」が「特別の手段」によって表出されたとき、そこに一種の幻惑を喚起して「文芸上の真」が発揮される。それを発揮する手段の多くは「観念の聯想」を利用したものであり、登場人物の「内部の機密」が「観念の聯想」を利用して物語を動かしていくと言っているのです。『こころ』という小説が謎に満ちていると読まれているとすれば、それは登場人物の「内部の機密」が見えていないからということになります。Mの場合は自分の「内部の機密」をありのままには語らず隠しています。M以外の人物は自分の願望や要求や覚悟という「内部の生活」を口にしており、隠しておかなければならない「裏面の消息」はなさそうです。表面の消息のみを語り、裏面の消息や内部の機密を隠す人間が偽善者ということになりそうです。

第一章　静の特色　婚約は「極りが悪い」

学生Mは恋愛の対象ではない

第一章では「先生」Mと妻・静の特色とその推移を、二人の結婚前と結婚後を通して見て行きます。『こころ』という物語の特色がよく出ています。なお「先生」をMと呼ぶことは、「はじめに」の「「先生」」という表記について」でご確認ください。

漱石は批評家の二つの義務についてこう述べています。

「特色を明瞭に意識するは批評家の第一義務なり。この特色を明瞭に意識したる後、これを一期前の特色に比し、これを一期後の特色に比し、始めてこの特色の位地と、この特色のある意味においての価値と、特色の推移に就て一部分の実則とを知るを得、これを批評家の第二義務とす」

『文学論（下）』（２６０頁）

『こころ』はMと静の特色だけでなく、他の登場人物の特色も推移します。大学生Mが静一家の下宿人となったときに、「室の床に活けられた花と、その横に立て懸けられた琴を見ました。何方も私の気に入りませんでした」（下十二）と言っていました。それが「御嬢さんの顔を見た瞬間に、悉く打ち消され」「私の**頭の中へ**今まで**想像**も及ばなかった**異性の匂**が新らしく入って来ました」（下十二）に変化しました。「頭の中へ」「異性の匂」が入ってきたという表現は、感覚的把握としての認識ではなく、観念的な認識であることを示しています。これがMの行う認識の特色です。「異性の匂」と書くことで、あたかも異性に対する嗅覚による感覚的把握と思わせようとしていますが、「頭の中へ」ですから、観念的に異性を意識したことが示されています。静（御嬢さん）をはじめて見たのですから、「今まで想像の及ばなかった」女性であることは間違いなく、視覚を通じて認識したと言っているだけです。観念的な静という認識Fに対して、これまた観念的な「宗教」（下十四）から持ってきた感情fを附着させています。Mは観念的に理解できたので御嬢さんを「好く余裕を有」（下十二）てたのだと言っているのです。世の中を敵視し「厭世的」（下十二）になっていた気分に下宿の奥さんと静を観念的に理解できたので余裕ができたと言っているだけです。活けられた花も琴も感覚的に気に入らなかったのに、静を観念的に受け入れたら「厭でなくな」（下十二）ったのです。人間関係に基づかないMの観念が優位に立ったのです。

私を呼びに来るのは、大抵御嬢さんでした。……それからきっと私の名を呼んで、『御勉強?』と聞きます。……御嬢さんの呼びに来るのを待っている位なものでした。待っていて来ないと、仕方がないから私の方で立ち上がるのです。そうして向うの室の前に行って、此方(こっち)から『御勉強ですか』と聞くのです。……

私が外から声を掛けると、『御這入(おはいん)なさい』と答えるのはきっと奥さんでした。御嬢さんは其所にいても滅多に返事をした事がありませんでした。(下十三)

この記述から見えることとは、静は下宿人Mを眼中においておらず、奥さんの指示によってMを呼びに行っているということです。自分から求めてMを誘いに行っているのであれば、Mが呼びに来たら自分が返事をするはずです。静はMを恋愛の対象としては見ておらず、奥さんの意志で動いているだけで、本人はMをただ下宿人と見ているだけなのです。だから静はMの室の中で落ち着いて、堂々と「子供ではなかった」(下十三)ように振舞うことができるのです。そのことが分かっているから、Mは「奥さんが、叔父と同じような意味で、御嬢さんを私に接近させようと力(つと)めるのではないかと考え出した」(下十五)と言ったのです。静本人の意思ではなく、奥さんの指示で静が呼びにやってくることをMは十分に知っているのです。

学生Mの信仰に近い愛という知識Fとそこに付着された情緒fを見てみます。静に対する「心持」と静から受け取る「気分」について次のように語っています。

私は御嬢さんの**顔を見るたび**に、自分が**美くしくなるような心持**がしました。御嬢さんの事を考えると、**気高い気分**がすぐ自分に乗り移って来るように思いました。（下十四）

これは静の顔を見たり、静のことを考えたりすることで生じる情緒であって、静と交流し会話する中で生まれる静に対する（F+f）ではありません。会話や笑顔が素敵で一緒にいると楽しいといった恋愛感情ではなく、また静との交流を考えると気持ちが高揚して夜も眠れなくなるといった具体的なものはないのです。静に対するMの子供じみた専有心や、静が若い女であることへの嫌悪感がやがて語られ出します。

「御嬢さんの顔を見るたびに」感じる「美しくなるような心持」とは聖母マリアの像や絵を見るたびに感じるような心持であり、「御嬢さんの事を考えると」「気高い気分が」と言われるものはイエス・キリストや、聖書の内容を考えると得られる「気分」を言い換えたものと言えます。キリスト教徒ではない学生Mは自分の知識の中の宗教における愛を静に応用したのです。「愛に対しては、まだ人類を疑わなかった」（下十二）というMの言葉は、金銭については人類を疑ったが愛については、男女の愛を疑えるほどの体験も恋愛観もなかったということの言い替えです。また自分の愛（宗教由来）について、人類の一人である静が応えてくれるものと信じて疑わなかったということでもあります。静はMの信仰に近い愛に応えるように求められるのです。Mの「固く信じて疑わな」（下十五）い「信念」とは、自分の知識や宗教観に基盤を置いたもので、そこに静はいないのです。

Mの静への愛とは、観念の中の話なのですから「御嬢さんに対して、肉の方面から近づく念の萌（きざ）さなかった私」（下十四）と語るのは当然なのです。

私が十六七の時でしたろう、始めて世の中に**美くしいものがあるという事実**を発見した時には、一度にはっと驚ろきました。……**色気の付いた私**は世の中にある**美しいものの代表者**として、始めて**女を見る**事が出来たのです。（下七）

女の代表者として私の知っている御嬢さん……（下二十七）

十六、七のときに感覚的な比較の中で「美くしい」代表として女を認識し、さらに下宿に入ってから女の代表者として静を観念的に認識したということです。すべて観念的理解です。「色気の付いた私」という言葉で、さも両性的本能としての愛にめざめたかのように言っていますが、実際は顔立ちという造作や服装や姿形における感覚的比較の中で、女を「美くしい」とする認識を得たことを「色気」と言っているに過ぎません。美しいと思う対象世界が広がり、その中に女がいたという中学生Mの認識、感覚の広がりを「色気」と言っているのです。静に色気を感じたと言っているのではありません。「頭の中へ……異性の匂」という理解の延長で、「美くしい」ものの代表者が女であって、女の代表者として静という存在を認識したということです。Mの女に対する認識はただ観念的に拡がったという特色を持っています。

やがてMは静から嫌われていることに気づいていきます。

聖なる信念と〈静の恋は罪悪〉という認識によるセックスレス

学生Mが御嬢さんに求めていたものを具体的描写から見ていきます。

> 時たま御嬢さん一人で、用があって私の室に這入った序（ついで）に、其所に坐って話し込むような場合もその内に出て来ました。そういう時には、私の心が妙に**不安に冒されて来る**のです。そうして若い女とただ差向いで坐っているのが不安なのだとばかりは思えませんでした。私は何だか**そわそわし出す**のです。**自分で自分を裏切るような不自然な態度**が私を苦しめるのです。然し相手の方は却って平気でした。……恥（は）ずかしがらないのです。……御嬢さんは決して子供ではなかったのです。私の眼には能くそれが解っていました。能く解るように振舞って見せる痕迹（こんせき）さえ明らかでした。
>
> （下十二）

静は女性として、また人間として自信を持って堂々としています。まるで下宿人である学生Mの存在を意に介していないかのようです。Mは静と差し向かいで坐っていると自分で自分を裏切るような不自然な態度が苦しめると言っています。苦しむとは何を言っているのでしょうか。Mが静に求めるものは、自分を「美しくなるような心持」にしてくれることであり、「気高い気分」にさせてくれることです。Mは女を意識させられると、「信仰に近い愛」が損なわれるから嫌なのです。女を意識させられてそわそわし出すのは、自分の信念を裏切るような不自然な態度が自分をあわてさせるからなのです。Mにとっては信仰に近い愛こそが重要なのです。

> 「私は御嬢さんの立ったあとで、**ほっと一息**するのです。それと同時に、**物足りない**ような又済**まないような気持**になるのです。……
> 私はその人に対して、殆んど**信仰に近い愛**を有っていたのです。私が宗教だけに用いるこの言葉を、若い女に応用するのを見て、貴方は変に思うかも知れませんが、私は**今でも固く信じている**のです。本当の愛は宗教心とそう違ったものでないという事を固く信じているのです。（下十四）

「今でも固く信じている」という言葉には特に注意が必要です。これから自殺するという人間が「私」への手紙で「今でも固く信じている」と言っているのです。Mが自分の固い信念にこだわっている様子が見て取れます。自分が妻をどのように幸福にするか、妻の幸福をどう実現させるかではなく、妻が自分を美しくなるような気持ちにさせてくれること、気高い気持ちを味わわせてくれることに、ずっとこだわり続けたのです。自分の思い込みの中で生きてきたのです。Mは最終的に妻から「殉死でもしたら可(よ)からう」（下五十五）と別れを言い出され、自分の固い信念が満たされす、夫の体面が傷つけられたから妻を殺すために自殺するのです。Mは死ぬまで「信仰に近い愛」という自分の固定観念が大事だったのです。信仰に近い愛によってMは静に性欲を感じておらず結婚前からセックスレスなのです。結婚してもMと静の間に男女の関係はなかったのです。

学生だったMは静が目の前にいなくなると女を意識させられなくて済むから、「ほっと」するのです。静がいなくなってしまうと、接客の思いやりに対し「済まないような気持」になり、また静の顔を見て美しくなるような心持を味わっていられなくなるから「物足りないような」気持ちになると言っているのです。

結婚したときに静とMが、自殺した友人Kの墓参りに行くことになりますが、そのとき以来抱くことになったMの不安があります。

私は妻と顔を合わせているうちに、卒然Kに脅かされるのです。つまり**妻が中間**に立って、Kと私を何処までも結び付けて離さないようにするのです。……ただこの一点に於て**彼女を遠ざけたがりました**。（下五十二）

妻の静を「遠ざけたがりました」と言っていますから、Mは静と顔を合わせるような同衾などしないのです。Mは結婚生活の終始においてセックスレスだったのです。「私」も「先生」について「……愛せずにはいられない人、それでいて自分の懐（ふところ）に入ろうとするものを、手をひろげて抱き締める事の出来ない人」（上六）とその偽善性を語っていました。Mは自分の愛について観念的な潔癖性を持っています。それが「癇性（かんしょう）」（上三十二）から生まれています。「癇性」とは「①感情が激しやすく、すぐに興奮していらだつこと。またその性質。②神経質で、ひどく潔癖なこと。また、その性質」（明鏡国語辞典）です。Mの固い信念には、神経質な潔癖性が附着しているのです。固い信念こそがMのこだわりであり拠り所なのです。それは現実の関係性に基礎を置かない観念なのです。漱石はMの固く信じて疑わない「信念」を一神教における信仰心の象徴として使っている可能性があります。

もし**愛という不可思議**なものに両端（りょうはじ）があって、その**高い端（はじ）には神聖な感じ**が働いて、**低い端**には**性慾（せいよく）が動いている**とすれば、私の愛はたしかにその高い極点を捕（つら）まえたものです。私はもとより人間として**肉を離れる事の出来ない身体（からだ）**でした。けれども御嬢さんを見る私の眼や、御嬢さんを考える私の心は、**全く肉の臭（におい）を帯びていませんでした。**（下十四）

Mの言う「不可思議」という言葉について、「不可思議な私」（下五十六）と「愛という不可思議なもの」の両方を解く必要があります。Mは自分の不可思議な愛の「高い端（はじ）」には「神聖な感じが働いて」いて、「その高い極点を捕（つら）まえたものです」と言っていますから、Mは静に対し「低い端」にある「性慾（せいよく）が動」くことはないのです。Mの静を見る「眼」や静を考える「心」には「性慾（せいよく）が動いて」おらず、妻になった静に「性慾（せいよく）が動」かない人間なのです。

「人間として肉を離れる事の出来ない身体（からだ）」というのは、人間は肉体を離れては存在し得ないと当たり前のことを言っているだけです。Mは「高い極点」としての自分の信仰に近い愛にこだわり「低い端」の「性慾（せいよく）」を嫌悪しています。Mは「性慾（せいよく）」で動くことのない人間であり、男女間の「性慾（せいよく）」で動いた体験はないのです。「肉の臭」とは「性慾（せいよく）」のことで、「臭」と言っているので不快なものの表現です。それは男女間であろうと同性間であろうと「性慾（せいよく）」として同じことなのです。Mは「肉の臭」を嫌う完全なセックスレスの人間として設定されているのです。

Mは性欲を意識させられるのが嫌いなのです。そこに静への信仰心を持つMの潔癖性があります。静がMの前で恥ずかしがらないということは、静自身はMに女性であることを訴えてもいないし、Mを男として意識もしていないからです。女の立ち振る舞いのマナーとして自信を持って対応しているのです。女として落ち着いた接客態度を持つ静に、Mは若い女を意識してしまい、どうしていいか分からないからそわそわするのです。Mはまた静の母親の指示によって男としておびき寄せられていると思い不安や不信がつきまとい、男女の愛や結婚を意識させられることにどうしていいか分からず狼狽するのです。しかもそのおびき寄せに、自分の財産を狙う策略があるのではないかと疑うことで絶体絶命を感じるのです。Mの「信仰に近い愛」という固い信念には、やがて〈静の恋は罪悪〉という認識（第三章参照）が加わることになります。

「絶体絶命」から抜け出すためにKが必要

利害問題から考えて見て、私と特殊の関係をつけるのは、先方にとって決して損ではなかったのです。……

私の煩悶（はんもん）は、奥さんと同じように**御嬢さんも策略家**ではなかろうかという疑問に会って始めて起るのです。二人が私の背後（はいご）で打ち合せをした上、万事を遣（や）っているのだろうと思うと、私は急に苦しくって堪（たま）らなくなるのです。**不愉快なのではありません、絶体絶命**のような**行き詰（つま）った**心持になるのです。それでいて私は、一方に御嬢さんを**固く信じて**疑わなかったのです。だから私は**信念と迷いの途中**に立って、少しも動く事が出来なくなってしまいました。私には**何方も想像であり、又何方も真実**であったのです。（下十五）

Mは静も自分の金を狙って近づいて来ているのではないかと疑っています。Mが国の話として「帰っても何にもない、あるのはただ父と母の墓ばかりだと告げたとき」（下十五）に、相続した家屋敷を「凡て金の形」（下九）に換えて東京に出てきたと正直に告げたのでしょうか。自分にはこれだけの財産があると教えたのでしょうか。漱石はMに「妻の家にも親子二人位は坐っていてどうかこうか暮して行ける財産がある」（下五十二）と言わせています。二人がMの金狙いで近づいているのではないかと疑うのは、静親子にとっては侮辱されたことになります。下宿人の財産狙いで下宿屋を開いているのではないと言うでしょう。Mは「私は金銭にかけて、鷹揚だったかも知れません」（下十二）と言っています。「鷹揚」とは「ゆったりとして小事にこだわらないこと。おっとりとしていること」（明鏡国語辞典）です。しかしおっとり見えているのは外側だけで、内面では金に対する執着心によって「金を見ると、どんな君子でもすぐ悪人になる」（上二十九）として静親子にも猜疑心を向けたのです。

世間を敵視していてどこにも行き場のないMは、奥さん一家を疑いつつ、唯一自分を鷹揚な人間と思ってくれる奥さんの下宿屋を「生活の行路」（下十八）として生涯の住処と定めたい。Mはそう思いながら、自分の猜疑心が迷いを生み「行き詰」（下十五）っています。

Mは下宿屋の母娘を策略家と思っても「**不愉快なのではありません**」と言っています。国で叔父に結婚を勧められたときと違って、敵視している世間の中で住む家ができるのですから不愉快ではないのです。猜疑心を持ちながら結婚の申し込みをしなければいけないのかと思うと、「絶体絶命のような行き詰った心持」になるのです。それが結婚前のMの「内部の生活」です。

Mにとって静に対する信念も猜疑心も両方が真実だったのです。ここに友人Kを下宿に連れて来なければいけない抜き差しならない「裏面の消息」があったのです。Kの「向上心」を頼りに、絶体絶命となっている精神状態から脱け出さなければいけない、自分の持つ「信念と迷い」を何とか解決しなければいけないという裏面の消息によって、Kの学資を出してまで下宿に連れてきたのです。この「裏面の消息」と「内部の生活」がKの自殺までの人事Fを動かしていきます。

Mには恋愛する資格がない

Mは遺書の中で「愛」や「恋」という文字を多量に使うことで、「私」すなわち読者の観念の連想を利用してMが静を愛しているという幻惑を誘致しています。「恋愛の度を増して行った」(下十四)、「強い愛」(下十五)、「御嬢さんを愛している素振」(下二十八)、「愛の裏面」「愛の半面」「高尚な愛の理論家」「迂遠な愛の実際家」(下三十四)、「自分の愛人」「恋人」(下四十七)、「愛する妻」(下五十四)という文句は、あたかも男女間の恋愛であるかのような幻惑を読者の脳裏に誘致するものです。しかしこれらはMの「信仰に近い愛」という観念を隠すための装いの言葉に過ぎません。静との関係を通じた具体的なMの愛の情緒を見出せないまま、読者は自分の体験の中から愛や恋の情緒を思い出しMが恋愛していると思い込むのです。「私は極めて高尚な愛の理論家だったのです。同時に**尤も迂遠な愛の実際家**だったのです」（下三十四）という言葉は、愛の実際について、愛から最も遠くにいることを自白したものです。Mがいかに恋愛とは迂遠な人物であったかを示す具体的な描写を見ておきます。

> 私は又Kと御嬢さんが一所に話している室を通り抜けました。その時御嬢さんは私の顔を見るや否や**笑い出しました**。私はすぐ何が可笑しいのかと聞けば可かったのでしょう。それをつい黙って自分の居間まで来てしまったのです。……
> 夕飯の時、御嬢さんは私を**変な人**だと云いました。私はその時も**何故変なのか**聞かずにしまいました。ただ**奥さんが睨める**ような眼を御嬢さんに向けるのに気が付いただけでした。（下二十七）

静がMも一緒にKとの話に入るように笑い声を出して促しているとも受け取れる場面です。静は話に入るようにMを誘ったのに、Mが挨拶もしないで自分の居間に黙って入ったから、母親の前で「変な人」だと言ったのです。気持ちが無視された静にとってMは人の気持ちが分からない変な人になってしまったのです。奥さんは下宿人を変な人と言う娘をたしなめるために「睨め」たのです。下宿屋という商売上、目の前の下宿人を変な人と言うなということでしょう。Mは何故自分が「変なのか」が分からないまま、静の笑い声と笑顔を嫌い出すのです。「私はこんな時に笑う女が嫌でした」「下らない事に能く笑いたがる女」（下二十六）として嫌悪感をむき出しにします。Mは静の笑い顔を美しいとは思っていないのです。
次はMが静の行動の意味が分からない例です。

> 同時に御嬢さんの笑い声が私の耳に響きました。私は何時ものように手数（てかず）のかかる靴を穿いていないから、すぐ玄関に上がって仕切の襖（ふすま）を開けました。……然し御嬢さんはもう其所にはいなかったのです。私はあたかもKの室から**逃れ出るように去る**その後姿をちらりと認めただけでした。……間もなく御嬢さんが茶を持って来てくれました。その時御嬢さんは始めて**御帰り**といって私に挨拶をしました。私は笑いながらさっきは**何故逃げたんです**と聞けるような捌（さば）けた男ではありません。
>
> （下三十二）

静はお茶を出して「御帰り」と挨拶するために、急いで室を出て準備をしたのです。Mは静に「さっきは何故逃げたんです」と聞いていたら、静は修復不可能なほどMを嫌うことになったでしょう。帰ってきた下宿人のために、急いでお茶を入れようとしたことを「逃れ出るように去る」と感じたり、「何故逃げたんです」と聞きたくなるようなMには、人間と交流してその人間を理解する力も感受性や注意力もないのです。こんなMを静が好きになるわけがありません。恋愛が成立する余地はないのです。

Mの「内部の生活」の特色

下宿人のMが静の家を自分の家にしたいという願望（漱石コード6「内部の生活」）を表現している言葉が多く散りばめられています。「下宿人の私は主人のようなもの」（下十六）、「家庭の一員」（下十八）、「**私の家**」（下二十二）、「家の人」（下二十五）、「二人の下宿している家族」「宅のもの」（下二十七）、「わざわざ宅へ連れてきた」（下二十八）、「宅へ着いた」（下三十一）、「家のもの」（下三十九）、「宅の事」（下四十六）などです。これらの言葉には、下宿しているが故に生じる身内意識や親密感とは別に、Mが静一家の一員となって下宿先の家を自分の住処にしたいという願望が見てとれます。静の家を「私の家」とまで言っています。普通の感覚で言えば、「私の家」とは〈わが家〉のことです。このMの持つ「内部の生活」が結婚までの物語を動かしていくMの特色なのです。漱石は「家」という単語を多く入れることで、下宿人Mの狙いは下宿屋の主に収まることなのだということを示そうとしています。これも観念の連想を利用する技と言えます。神経が「鋭どく尖ってしまった」（下十二）Mにとって、この下宿屋は格好の安住の地なのです。静からどう見られていようと、家長の母親によって「此所の家で充分信用されている」（下十五）のですから、Mは静一家に入り込みたい意思を母親に伝えて承諾を得られれば「生活の行路」（下十八）は決まるのです。静に対する愛の感情があるかないかに関係なく、母親に信用されているから、静に嫌われていても結婚の談判を母親にすればいいのです。

「先生は私を離れれば不幸になるだけです。或は生きていられないかも知れませんよ」（上十七）と語る静の言葉は、Mが世間の中で静一家を唯一の安住の家として潜り込んだことを言っています。静一家の外にMの生存場所はないのです。そのことを充分に分かっているからMは「信念と迷い」を解決しておきたいのです。

ちなみに漱石は「罪」という言葉も多用しています。そのために読者はMの「罪」とは、Kから静を奪ったこと以外にないと、自分の観念の連想によって思い込んでしまうのです。Mの「罪」はまったく別の所にあります。

静は自分で幸福をデザインする

さっきまで傍(そば)にいて、あんまりだわとか何とか云って笑った御嬢さんは、何時の間にか**向うの隅**(すみ)に行って、**脊中を此方**(こっち)**へ**向けていました。私は**立とうとして振り返った時、**その後姿を見たのです。後姿だけで人間の心が読める筈はありません。御嬢さんが**この問題**についてどう考えているか、私には見当が付きませんでした。御嬢さんは戸棚を前にして坐っていました。その**戸棚の一尺ばかり開いている隙間**(すきま)から、御嬢さんは**何か**引き出して膝(ひざ)の上へ置いて眺めているら**しかったのです**。私の眼は**その隙間の端**(はじ)**に、一昨日**(おととい)**買った反物を見付け出しました。私の着物も**御嬢さんのも同じ戸棚の隅に重ねてあったのです。

（下十八）


Mは膝の上のものが何か分からないが、戸棚の「隙間の端(はじ)」に、Mの着物が下に重なって見えた、「立とうとして振り返った時」に見たのですから、実際には坐っているときに見たことになります。

振り返らずにただ坐っているときは、二人は背中合わせの位置関係にあったのです。静が戸棚から実際に何か引き出したときをMは見ていません。仮に重ねられていた着物が見えたとした場合、下宿人Mが自分用に買ったのが既成品の着物、つまり「日本服」だとしたら、その着物がどうしてMの室の押入れに仕舞われないで、奥さんや静の部屋の日常使っている戸棚の中に仕舞われていたのでしょうか。下宿人Mが「十一月の寒い雨の降る日に」外套を濡らして帰ってきたときに、奥さんがMの室で「外套を脱がせてくれたり、日本服を着せてくれたり」（下三十三）したことがありました。そのときはMの室内の押入から奥さんが日本服を取り出して着せてくれました。Mの部屋には「一間（けん）の押入」（下十一）がついているのですから、どうしてその押入に、買ってきたMの着物が仕舞われなかったのでしょうか。

　下宿した当初からMの着物を奥さんたちが使っている部屋の戸棚に仕舞うという約束がない以上、奥さんたちが日常使っている戸棚にMの着物が仕舞われる理由は一つしかありません。それはMの言う「私の着物」とは、これから仕立てる必要のある反物で、その仕立てを静がすることになっていたから部屋の戸棚に仕舞われていたということです。

　奥さんは娘が反物を買ってもらったお礼にMに「御馳走」をし、娘にはMの着物を仕立てさせることにしていたのです。奥さんが「着物を拵（こしら）えろ」と言ったのは「余所行（よそゆき）の着物を拵える」（下十七）ことです。奥さんは最初から娘にMの着物を仕立てさせるためにMに反物を買わせたのです。静は仕立てを母親に命じられていたから、自分とMの二人の反物を、自分の反物を上にして戸棚に仕舞ったのです。それはMの着物の仕立てを娘にやらせるという奥さんの意志と指示があってのことです。このエピソードは、母親の意志と命令により静の運命が下宿人Mの運命と一緒にさせられることを暗示しています。

静は自分の結婚問題について、母親と下宿人Mの二人の会話を聞くのに飽きて、あるいはそんな話はどうでもよくて、あるいはもともと興味がないのを我慢して聞いていたが、途中から一人で戸棚の前に坐り、自分の反物だけを「引き出して膝(ひざ)の上へ置いて眺め」仕立てる楽しみと仕上がり具合を想像していたと解釈するのが妥当なのです。この静の描写は、Mとの結婚生活において静の意識と感情がMへの「**倦**厭（あきていやになること）」によって推移し、自分の幸福を自分の手で仕立てるためにMと別れることの伏線描写でもあるのです。

この場面は、母親の命令でMと結婚させられ、自分の意志でMと別れることの暗示であり伏線描写なのです。結婚生活に耐えていた静が、最終的に夫への〈嫌厭〉（心底いやになること）によって別れを決意します。ここの場面から静がMと結婚したいと思っていたと読み取ることはできません。静はやがて自分の幸福の確立のために夫Mに別れの宣言（「殉死でもしたら可(よ)かろう」）をし、〈自由と独立と己れとに充ちた〉生き方を目指すことになります。静には「親子二人位は坐っていてどうかこうか暮して行ける財産がある」のですから、経済的に独立することはいつでも可能なのです。

奥さんは急に改たまった調子になって、私にどう思うかと聞くのです。……それが御嬢さんを早く片付けた方が得策だろうかという意味だと判然(はっきり)した時、私は**なるべく緩(ゆっ)くらな方が可(い)い**だろうと答えました。**奥さんは自分もそう思う**と言いました。

（下十八）

ここから読み取れるのは、静に結婚願望がないことをMと奥さんの両方が確認したということです。奥さんは前々から娘に結婚願望がないことを知っていて、Mも静に結婚願望のないことが見て取れたから、静の結婚は「緩くらな方が可い」と答えたのです。二人の判断は一致したのです。この場面は「私は肝心の自分というものを問題の中から引き抜いて」(下十八)いたのですから、「なるべく緩くらな方が可い」というMの判断は静を客観的に見たものと言えます。あるいは「肝心の自分」の「信念と迷い」が解決されるまでは「緩くらな方が可い」と答えたのかも知れません。

奥さんはMに対し、娘の結婚は「極めようと思えば何時でも極められるんだからというような事さえ口外」(下十八)しています。これは静の結婚願望や意思の有無に関係なく、奥さんがその気になれば娘の結婚を何時でも「極められる」ことを意味しています。緩くらな方がいいと確認し合った静の結婚について、Mが大学卒業前で仕事も決まっていないのに急いで談判をしたから、Mは「いくら顔を見られても、それに頓着などはしていられません」と言い、奥さんからは「上げてもいいが、あんまり急じゃありませんか」「よく考えたのですか」(下四十五)と言われたのです。Mは静に愛されていないこと、静に結婚の意思がないことを知っていても強引に結婚の談判を奥さんにしたのです。それは静への愛とは関係のない動機によってされたのです。

Mは時代の因襲を利用した

静が下宿人Mを「変な人」と思うのには理由があります。

「私は蔭へ廻って、奥さんと御嬢さんに、なるべくKと話しをする様に頼みました。……

自分が中心になって、女二人とKとの連絡をはかる様に力(つと)めました。（下二十五）

静一家は下宿屋を始めてから、最初の下宿人として学生Mを受け入れたのです。そこへMが自分の友人であるKを自室に居候させました。自分では解決できない「信念と迷い」をKに解決してもらうために、まずKに女たちのことを知ってもらう必要があったのです。しかし静がMに依頼された「Kと話をする」ことを忠実に実行するにつれてMが「変な人」に変わっていったのです。

静がKと一緒にいるのをMに見られたときに、Mから頼まれたことをしっかりやっていますと、Kの眼の前では口に出せないから、恥ずかしそうに笑顔で自分の行動をMに伝えているにもかかわらず、あるいはMにも一緒に話に加わらないかと笑顔で誘っているのに、Mには静のはにかみや笑顔の意味が分からないのです。下宿屋を始めたばかりで慣れていないときに、Kと話をするように頼まれているのですから、静が「何処かで自然を踏み外しているような調子」（下二十六）になるのは当たり前です。Mは静の立場を理解できない人間なのです。自分が頼んだことを不慣れながらも一所懸命やっている静に感謝の言葉もありません。静がMを好きになる訳がありません。静はやがてMの依頼とは関係なく自然にKに対応できるようになっていきます。Mは「こんな時に笑う女が嫌」「御嬢さんも下らない事に能く笑いたがる女」（下二十六）、「私の嫌な例の笑い方をする」「若い女に共通な私の嫌なところも、あると思えば思えなくもなかった」（下三十四）と言っています。自分の「信念と迷い」の解決に関係のない静の笑いは理解しようとせず必要ないのです。二人の間に恋愛感情など生まれる訳がありません。Mは自分の都合で人を見ているだけなので人間関係から得るものが何もなく、いつまでも未熟なのです。

　Mが奥さんに御嬢さんとの結婚を談判したとき、「奥さん、御嬢さんを私に下さい」「下さい、是非下さい」、「私の妻として是非下さい」（下四十五）と「下さい」を四回連呼しています。小供のような言い方で、奥さんから承諾がもらえないと今にも駄々をこねそうに描かれています。ここにもMの幼稚な人格と身勝手な意識が見て取れます。

『宜ござんす、差し上げましょう』と云いました。……

話は簡単でかつ明瞭に片付いてしまいました。……奥さんは……**本人の意嚮さえたしかめるに及ばない**と明言しました。……親類はともかく、当人にはあらかじめ話して承諾を得るのが順序らしいと私が注意した時、奥さんは『大丈夫です。**本人が不承知のところへ**、私があの子を遣る筈がありませんから』と云いました。……

私の未来の運命は、これで定められたのだという観念が私の凡てを新たにしました。（下四十五）

「本人の意嚮（いこう）さえたしかめるに及ばない」という奥さんの言葉は、既にMとの結婚について娘の了解を得ているから確かめなくてもよいと聞こえるかもしれませんが、そう言っているのではありません。娘の意向はどうでもよいという発言なのです。「本人が不承知のところへ、私があの子を遣る筈がありませんから」という言葉は、静がMとの結婚を既に「承知」しているのだと思わせる効果を持っています。しかしこれは不承知なら私が娘を承知させる、娘が不承知なところへ私が嫁にやるわけがないとする発言です。静に結婚願望がないことを知っていても、静の意思が「不承知」でも構わないのです。奥さんは自分が承知すればそれで娘の婚約は極まると言っているのです、

子どもの結婚相手を親が決めるという因襲によって静の婚約は「極（き）め」られたのです。またMは世間の因襲を利用して家長である奥さんに静との結婚の談判をしたのです。結婚願望のない静の気持ちを無視して婚約は決められたのです。倫理的に暗いMと家長である静の母親が因襲に従って静の結婚を決めたのです。世間や人類まで敵視していると語るMが、世間の因襲を利用したのです。

婚約は「極りが悪い」

静に嫌われているMは「奥さんの態度を色々綜合（そうごう）して見て、私が此所の家（うち）で充分**信用されている事**を」（下十五）知っていたから奥さんを利用したのです。その信用とは、Mが「金銭にかけて、鷹揚」だったことを「奥さんは……それを私の全体に推し広げて、同じ言葉を応用しようと力（つと）める」（下

十二）結果、鷹揚と思われていたことです。「私は男に比べると女の方がそれだけ直覚に富んでいるのだろうと思いました。同時に、**女が男のために、欺まされる**のも此所にあるのではなかろうかと思いました」（下十五）と言っています。奥さんの「直覚」とは、Mが金持ちの家に生れたことで信用できると思ったことであり、そのために男にだまされる結果になるのだとM自身が言っているのです。女は金を持っている男に「欺まされる」ことになるとも聞こえてきます。Mに「欺まされ」たのは奥さんの「直覚」のせいであり、静の母親の責任であるという発言でもあります。Mは奥さんと静を「欺ま」して結婚したのです。

　MはKと静の居ないときに奥さんに談判するために、仮病を使って大学を休みます。そして奥さんから承諾をもらったあと「なんだか落ち付いていられないような気」（下四十五）もしたため、かなりの時間外を歩き回わり下宿に戻りました。そのときMは帰っていたKから「病気はもう癒いのか、医者へでも行ったのか」と言われます。その言葉を聞いたMは一瞬「Kに対する私の良心が復活した」が、「然し奥には人がいます。私の自然はすぐ其所で食い留められてしまった」（下四十六）となったのです。

　MはKが自分の病気のことを気にかけてくれていたことを知って、自分の生活の行路や、「信念と悩み」にも関心を向けていてくれているのかと思ったのです。もしかしたら結婚の談判が間違っていたかも知れないと思い一瞬「良心が復活した」にもかかわらず、奥に奥さん一家がいたためにMの「自然」（下四十六）は永久に復活しなかったとなったのです。Mは自分の「自然」が復活しなかったのは奥さん一家がいたからだと責任転嫁をしたのです。Mは「もしKと私がたった二人曠野の真中にでも立っていたならば、私はきっと良心の命令に従って、その場で彼に謝罪したろうと思います」（下四十六）と、さも良心を持った善良な人間であるかのように装っています。しかし下宿屋の中でMとKの二人が曠野の真中に立つことはあり得ません。ここにもMがKに対し謝罪する気持ちのないことが示されています。もしMに本当に謝罪する気持ちがあれば、夕食後でも、就寝前でも通学の途中でもいつでもどこでも話はできます。「故意」にKの留守を狙って談判したのですからMは「故意」に黙っているだけなのです。はじめから「良心の命令に従」う「自然」を追いやっておいて結婚の談判をしたMの狙いは、Kを下宿から追い出すことなのです。Mが御嬢さんとの婚約を決めて、その後だんまりを決め込んでいれば、Kは下宿を出ていかざるを得なくなるのです。もしKに自分の婚約の話をするとすれば、婚約は成立したが、いついつまでなら下宿にいても構わないという話もしなければならなくなります。それを聞けばKは必死になって卒業後の金策の手当をすることになるでしょう。

　夕飯（ゆうめし）の時Kと私はまた顔を合わせました。何にも知らないK**はただ沈んでいただけ**で、少しも**疑い深い眼**を私に向けません。**何にも知らない奥さんは何時もより嬉しそう**でした。……その時**御嬢さんは**何時ものようにみんなと同じ**食卓に並びませんでした**。奥さんが催促すると、次の室で只今と答えるだけでした。それをKは不思議そうに聞いていました。仕舞にどうしたのかと奥さんに尋ねました。奥さんは**大方極りが悪いのだろう**と云って、一寸私の顔を見ました。**Kは猶（なお）不思議そうに**、**なんで極（きまり）が悪いのかと追窮**しに掛りました。奥さんは微笑しながら又私の顔を見るのです。……

平生より多少機嫌のよかった奥さんも、とうとう私の恐れを抱（いだ）いている点までは話を進めずにしまいました。私はほっと一息して室へ帰りました。

（下四十六）

Kは「疑い深い眼を私に向け」なかったという表現は、Kは私を疑ってもいいのにそうはしなかったという意味を持っています。静への愛がなくてもKを追い出すために結婚の談判をしたことをKは疑いもしなかったと言っているのです。Kが「沈んでいただけ」なのは、卒論や大学卒業後の進路や行路などについて思い悩むことがあったからです。Mの魂胆を「何にも知らない奥さん」は、「何時もより嬉しそう」だったが、静は奥さんに催促されても「只今と答えるだけ」で食卓に出てこず、婚約についての奥さんの気持ちと静の気持ちに乖離があることが示されています。

「大方極りが悪いのだろう」という奥さんの言葉に静の気持ちが言い表されています。静は自分の了解もなしに決められた婚約を、「極りが悪い」と抵抗していて、食卓に並ばなかったのです。静は自分の意志が無視された「極りが悪い」婚約に落ち込んでいるのです。奥さんが婚約についての静の気持ちを話し出したらどうなるか、MはKを「恐れ」ています。静とMとの間に愛の感情がないことをKは知っていますから、静にとって「極（きまり）が悪い」婚約が成立したことを知れば、Kがどのような行動に出るのかを「恐れ」るのです。

「奥さんは何時もより嬉しそう」だったのが、Kに「なんで極（きまり）が悪いのかと追窮」されて「平生より多少機嫌のよかった奥さん」に変わりました。奥さんの気持ちに落差が生じたのです。娘の落ち込みを考えれば素直に婚約を喜べないのです。「大方極りが悪いのだろう」という奥さんの発言は、夕飯のときまでに母親からMとの婚約を決めたことを聞かされて静が抵抗していることを言い表わしています。結婚の意思のない静にとって当然の抵抗であり反発なのです。

御嬢さんの挙止動作が私を突ッつく

「私はそのまま二三日過しました。その二三日の間**Kに対する絶えざる不安**が私の胸を重くしていたのは云うまでもありません。私はただでさえ何とかしなければ、**彼に済まないと思った**のです。その上**奥さんの調子や、御嬢さんの態度が、**始終**私を突ッつく**ように刺戟(しげき)するのですから、**私は猶辛かった**のです。……**それ以来**ことに目立つように思えた私に対する**御嬢さんの挙止動作**も、Kの心を曇らす**不審の種**とならないとは断言出来ません。（下四十七）

「Kに対する絶えざる不安」とは、奥さんにした談判のことをKに黙っていることであり「彼に済まないと思った」というのは偽善者の言葉です。Mは最初からKが下宿から出ていくまでは何も語らないと決めて行動したのです。もしKに婚約の話をすると、いつまで下宿に居ても構わないといったことを誠意をもって話さざるを得なくなります。あるいは、必要であれば卒業後もある程度は学資を出して上げると言わなければならなくなるのです。Mの内部の機密として、これ以上の学資をKに出したくない、Kには下宿を出ていって欲しいのです。Kを下宿に連れてきた当初の裏面の消息は消えていません。自分の「信念と迷い」が解決されないから、これ以上Kに学資を出しても何の意味もないと、Mの裏面の消息は変わったのです。だからMはいつまでもKに何も話さず黙っているのです。

この引用文にはもう一つ重要な人事Fが示されています。それは「御嬢さんの態度」や「挙止動作」にMに対する反発と拒否感が強まって現れてきていることです。「奥さんの調子」と静の「態度」が「始終私を突ッつくように刺戟する」ことには二つの意味があります。「奥さんの調子」はMと娘の婚約を喜んでいて、早くKや親戚などに知らせたいという「調子」なのですが、「御嬢さんの態度」はMに対し「極りが悪い」婚約を早く解消しろと責め立てるように「刺戟」するものなのです。静はMに向かって直接に態度に現して拒否を伝えだしたのです。静の反発がKに気づかれ、不審がられることを避けるために何とかしなければいけないのであって、Kに「済まない」からではありません。もし静が食事のときに、みんなの前で婚約を解消しろと言い出したら婚約は解消せざるを得なくなります。静がMは「変な人」だから結婚などしたくないと言ったら、その言葉は説得力を持ってしまうのです。Kも静の味方をするでしょう。またはMに対する静の様子がおかしいことに気づいたKがみんなの前で静にどうしたのかと聞いたら、自分の留守のときにMによって婚約を決められたことを正直に話すことになるのです。

Mは奥さんと静の二人がそれぞれ相反する刺戟を与えてくるから辛いのです。Kが静とMとの婚約が何日前に成立したのかを知れば、Mの結婚の談判の本当の意味も分かってしまいます。

「それ以来」とは、婚約の決まった日、静が夕食の卓に並ばなかった日以来なのです。静の具体的な挙止動作とは、Mと顔を合わせた時の挨拶の仕方とか、食卓で静がMにご飯をよそるとき（食卓に下女は同席していないので、奥さんか静のどちらかがご飯をよそったり、下女との間に入ってご飯の受け渡しをする）の動作とかが今までとは違って、何かぎこちない動作なのです。静はMが自分の夫になることを受け入れて態度や挙止動作に嬉しさを現しているのではなく、極りの悪い婚約への非難と拒否感を態度や挙止動作に現して、静の人事における「物語の真」を見せたのです。静がMに対し直接の婚約解消を皆の前で言い出したら、奥さんも静を止めることはできなくなるのです。Mは大学の卒業前であろうと、下宿を出て行かざるを得なくなります。静の下宿人Mに対する信頼感が完全になくなってしまいますから。Mの生活の行路は立ち消えてしまうのです。

「嬉し涙」という静の特色

Mが静との結婚生活において離婚を考えたことがあると読み取れる描写があります。

> 私は一層（いっそ）思い切って、**有のまま**を妻に**打ち明けよう**とした事が何度もあります。然しいざという間際になると**自分以外のある力**が不意に来て私を抑え付けるのです。……**その時分**の私は妻（さい）に対して**己（おのれ）を飾る**気はまるでなかったのです。もし私が**亡友**に対すると同じような**善良な心**で、妻の前に**懺悔の言葉を並べたなら**、妻は**嬉し涙**をこぼしても私の罪を許してくれたに違いないのです。
>
> （下五十二）

妻に「有のまま」を語ることができないのは、自分の責任ではなく、「自分以外のある力」だと言って誤魔化しています。追い出した良心の力か、あるいは自殺したKの力とも読めますが、「己を飾」り愛があると見せかけて結婚の談判をしたから本当のことは言えないのです。真実を「打ち明け」られないから、「自分以外の力」に抑えつけられるという嘘をつくのです。もし真実を打ち明ければ離婚せざるを得なくなります。「善良な心で……懺悔の言葉を並べたなら」は仮定の話です。懺悔の言葉を並べる積りはないのです。MはKを「亡友」と言っていますが、自殺したKはMを「友」と呼ぶことはあり得ません。

ここに物語の真（静の特色）を見せる記述があります。それは「妻は嬉し涙をこぼして」という文言です。もしも妻に対し結婚の談判についての真実を話していれば、「嬉し涙」を流しても結婚の罪を許して、離婚に応じてくれたと言っているのです。静は愛のない結婚から脱することができるから嬉しいのです。そのことをM自身も分かっていることになります。分かっていながら静を結婚に縛り続けていたのです。

夫MがKを自殺させるに至った真実を告白しても、静がよくぞKを自殺に追い詰めてくれたなどと嬉し涙をこぼすはずもありません。静の「嬉し涙」はMとの結婚に耐えていたことの証であり、静とMの人事Fの象徴です。Mは次のように自己を正当化します。

私はただ**妻の記憶に暗黒な一点を印する**に忍びなかったから打ち明けなかったのです。**純白なものに一雫の印気**でも容赦なく振り掛けるのは、私にとって**大変な苦痛**だったのだと解釈して下さい。（下五十二）

Mは妻の記憶に暗黒な一点を印(いん)することが苦痛なのではなく、妻に「有のまま」を告白することが「大変な苦痛」なのです。内部の機密を「正直」に「有のまま」に告白し懺悔することはできないから、善良さを装って静のために打ち明けられないと偽善を成すのです。静がMとの結婚生活を続けられたのは、何よりも母親と同居する結婚であったこと、静が「同情家」（上十八）であり、「持前の親切」（下三十二）という献身性と忍耐心を持っていたこと、夫を「人間として出来るだけ幸福に」（上十七）するという義務心を持っていたことにあります。「嬉し涙」を内に抱えながらMとの結構生活をしていたのです。これが結婚における静の特色です。

頼りにするのは自分だけ

静が結婚前に抱いたMを「頼もしい人」とする意識はやがて消え失せます。静の母親が死んで静が夫Mと二人だけになった時点で静の特色は変化していました。

> 母の死んだ時、これから世の中で頼りにするものは**私より外になくなった**と云った彼女の述懐を、私は腸(はらわた)に沁(し)み込むように記憶させられていたのです。（下五十五）

これはMが静から直接に言われたことを間接話法で記述したものです。「私より外に」の「私」は

Mと読めますが、静は〈自分より外に頼りにできるものがなくなった〉と言ったのです。話相手である夫は〈あなた〉です。本当に夫Mが頼りなら〈世の中で頼りにするのはあなたより外になくなった〉と言うはずです。静は母が死んだために、これから世の中で頼りにするものは**自分より外に**なくなったと悲観したのです。夫Mは静からあなたは頼りにできないと正直な心情をぶつけられ、体面を傷つけられたのです。夫Mはのっぴきならない静の心情を隠したのです。この一つ前の（下五十四）の会話を見てみます。

母は死にました。私と妻はたった二**人ぎり**になりました。妻は私に向って、これから世の中で**頼りにするものは一人しかなくなった**と云いました。自分自身さえ頼りにする事の出来ない私は、妻の顔を見て思わず**涙ぐみました**。そうして妻を不幸な女だと思いました。又**不幸な女だと**口へ出しても云いました。**妻は何故だ**と聞きます。妻には私の意味が解らないのです。私もそれを説明してやる事が出来ないのです。**妻は泣きました**。（下五十四）

まず「二人ぎり」という語句が、たった二人で寄り添って生きることになったと思わせる効果を持っています。その上で「一人しかなくなった」の「一人」が、夫Mを指しているように読ませます。しかし夫のことを示すなら〈あなたしかなくなった〉となるはずです。夫Mは自分で自分が頼りにならない（義務心のない人間）と言う人間ですから、頼りにならないと自分で語る夫Mを静が頼りにすることはないのです。静は母親が死んで正直に〈世の中で頼りにするものは自分一人になった〉と言ったのです。漱石は偽善者であるMの人事（F＋f）を描いています。「妻の顔を見て思わず涙ぐみました」は偽善者のだましの言葉Fと感情fです。漱石は静の正直さや妻としての献身性とMの偽善が対立している人事Fを見せているのです。自分を頼りにできないと言われた夫Mは、夫としての体面を傷つけられ、内面で妻に苛立ち、いかほどの屈辱を感じていることでしょう。

静は夫から「不幸な女だと」言われて「何故だ」と聞いています。〈何故私を不幸にしたのだ〉と聞いたのです。夫としての責任と義務はないのかと詰問したのです。静は夫Mとの結婚生活の中で唯一頼りとしていた母親が亡くなり、孤独の中で義務・責任感のない束縛的な夫と生きるしかなくなったのです。これが静の結婚という夫婦間の〈人事Fの真〉であり「物語の真」なのです。

そんなときに「私」と先生Mとの交流が始まったのです。「上」や「中」に描かれている人事Fの真は、「下」の章を読み進めるにつれて見えてくるように作られています。「下」を読んで先生Mの嘘に気づけば、新たな発見とともに〈物語の真〉が見えてきます。『こころ』は必然的に二度読むことになる作品と言えます。そこに『こころ』読解のスリリングが味わえるのです。「考えると女は可哀そうなものですね。私の妻などは私より外にまるで頼りにするものがないんだから」（上十）というMの語りを見せられても、その語りが（下五十五）や（下五十四）を読むまでは嘘だとは気づかないのです。Mが妻から言われたことを間接話法を使い真逆の人事Fに変えて幻惑を誘致しているのです。これこそ「内容の幻惑法」（漱石コード3）と呼べる記述で一時的な幻惑を誘致したのです。もしMの言うことが本当で、静が夫Mを本当に頼りにしていたのなら、夫Mに向かって「では殉死でもしたら可かろう」（下五十五）などと言うはずはないのです。「下」を読んでMの嘘に気づく以外に物語の真にたどり着く手立てがないと言えます。

偽善の暖かい情緒

漱石は「情緒の上々燗（じょうじょうかん）を吾人に与ふるが文学書の文学書たる所以なるべし」（『文学論（上）』226頁）と言っています。「上」にはMの偽善者としての情緒fが混在しています。Mが静と「言逆（いさか）いらし」い喧嘩をしたあとで「私」の下宿の窓の下まで来ますが、やがて静の許へ帰るMと一緒に「私」も散歩に出ます。

「もう遅いから早く帰りたまえ。私も早く帰って遣るんだから、妻君の為（ため）に」
先生が最後に付け加えた「妻君の為に」という言葉は**妙に**その時の私の**心を暖かにした**。私はその言葉のために、帰ってから**安心して**寐る事が出来た。私はその後も**長い間**この「妻君の為に」という言葉を**忘れなかった**。（上十）

「妻君の為（ため）に」という言葉を聞いて「私」は「安心して寐る事が出来た」と言っています。その言葉を聞いて「言逆（いさか）いらしかった」（上九）と思ったものの、「先生と奥さんの間に起った波瀾（はらん）が、大したものでない事はこれでも解った」（上十）とも言っています。しかし漱石は「妙に」として、どうして妙だったのかを読者に考えさせようとしています。「妻君の為に」という言葉が、「妙」な「暖か」さを生み出したのはなぜなのか。「私」が長い間「妻君の為に」という言葉を「忘れなかった」のは、それが本当だったのか、実は自分のために帰って行ったのではないかと「私」が疑いはじめたことを言っています。「妙に」気になって、何かを誤魔化すために発した言葉ではないかと思えるのです。「言逆いらしかった」という「私」の認識と「妻君の為」という先生Mの発言の間に疑いを差し挟める余地が残ったのです。本当は自分の「薄暗い過去」に気づかれないようにするために早く帰る必要があったのではないか。最後にMは静をだますために「早く帰って遣る」と言っていたことが理解できたから、もう忘れていい言葉になったのです。

また「あなたが私から余所へ動いて行くのは仕方がない。私は寧ろそれを希望している」「私は**変に悲しく**なった」(上十三)における「変に」という副詞が「悲しくなった」という感情の変化に立ち止まるように置かれています。「私」は静を救い出すという「直覚」に動かされて先生Mの所に来ているのに、静を救う必要はないと言われたように聞こえて「変に悲しく」なっているのです。「私」の情緒を形容している「妙に」と「変に」という言葉も物語の真を見ていくためのヒントなのです。

間接話法を使って人事Fを歪曲する

静は母親が死んで一人ぎりで、頼りとする者がいなくなり精神的に孤立して生きていかなければならなくなって、今後の人生に対する悲痛な思いを吐露したのです。それをMは「私は腸に沁み込むように記憶させられていた」と言い、「妻の顔を見て思わず涙ぐみました」と静への同情と心優しい夫を装い、逆に自分が同情を得られるように記述したのです。Mは静との人事Fを真逆のFに変えて記述しています。Mにしてみれば、夫として失格の烙印を押された不快な人事Fを、間接話法を装置にして自分に都合の好い人事Fに作り変えたのです。自分の体面を装いながら、Mの内心は不快に満ちているのです。

静は自分の義務として、できるだけ夫が幸福になるように尽くしているのに、どうして自分を「不幸」にしたのだと夫に詰問し、反発したのです。静は孤独の中で自分一人を頼りに、幸福を確立するための自己本位（漱石が「私の個人主義」の中で述べた生き方の指針）に目覚めていくのです。（自己本位は筆者にもあって、本稿の執筆はそう呼べます）。

漱石は一語一句の意味と語句の並びに細心の注意を払いながら、片面において読者がMの語りに欺(だ)まされるように、また片面で物語の真を把握できるように、両面の工夫をしています。それら両面の記述から作品の真を見つけるのが『こころ』鑑賞の醍醐味です。静は夫Mに対し縁切り宣告を行うに充分な状況にいたのです。『こころ』という作品は心理推理小説とも呼ぶことのできる特色を持つ作物(さくぶつ)です。人物の性格や心理の解剖をベースにした斬新な小説と言えます。

間接話法を利用した人事Fの描写は漱石の言う「特別の手段」と言えるものです。この間接話法を利用して幻惑を与える創作が『こころ』にだけ見られる特色なのかどうか、簡単に『こころ』の直前と直後の小説の会話文を見てみます。まず直前の小説『行人』（新潮文庫）の描写です。

「成程梅に鶯(うぐいす)だ」と自分も云いたくなった。（友達二）

登場人物が、心に思ったが口には出さないことも「」に入れて直接話法形式で叙述しています。『こころ』の直後の小説である『道草』の描写は次の通りです。

「教育が違うんだから仕方がない」

彼の腹の中には常にこういう答弁があった。

「矢っ張り手前味噌(みそ)よ」

これは何時でも細君の解釈であった。

（三）

ここでも心の内で思ったことを「」に入れています。口には出さない心の中の思いまで「」に入れて直接話法形式で書いています。『こころ』の「下」は手紙形式ですから、間接話法による記述が普通かも知れませんが、静との会話個所はわざと静の側の人事Fを真逆にするように間接話法を使っているのです。直接話法に直すと意味が真逆となって物語の真が現れます。間接話法による歪曲はMとKが上野公園で会話をする場面においても多用されています。間接話法を利用した「幻惑」の創出は、（漱石コード2）の技として突出した特色になっています『こころ』以外では見たことがないのではないでしょうか。偽善者を描くのに必要な技とも言えます。

第二章 「私」の恋と直覚

『こころ』の水面下で、「私」と静のドラマが読者に気づかれずに静かに進んでいきます。第二章では「私」と静のドラマに込められている愛と希望、幸福というテーマ性を見ていきます。

「事実の上に証拠立てられた」こと

私は最初から先生には近づき難(がた)い不思議があるように思っていた。それでいて、どうしても**近づかなければいられないという感じ**が、何処かに強く働らいた。こういう感じを先生に対して有(も)っていたものは、多くの人のうちで或(あるい)は私だけかも知れない。然しその私だけには**この直感**が後(のち)になって**事実の上に証拠立てられた**のだから、私は若々しいと云われても、馬鹿気ていると笑われても、**それ**を見越した**自分の直覚**をとにかく**頼もしく又嬉しく**思っている。（上六）

ここで「私」は自分の「直感」や「直覚」が「後（のち）になって」、つまり先生Mの死後に現れた「事実」の上に証拠立てられたのだと言っています。先生Mが「私」に手紙（遺書）を残して自殺することを直感や直覚していて、それが事実となって頼もしく嬉しいと言っているのではありません。「私」は先生Mの死後にどんな事実が現れたから頼もしく嬉しいと言っているのでしょうか。「直感」とは「推理や考察によらず、感覚によって物事の状況などを瞬時に感じ取ること」（明鏡国語辞典）であり、「直覚」とは「直感的にわかること」（同）です。「直覚」を〈直に覚る〉と解すれば、「隠されているもの、また自分の運命などについて、それと気づく。感づく。察知する」（デジタル大辞林）となります。「私」は先生Mの自殺とそれが意味するものを、それと気づいて察知していたことになります。「私」が近づいた先生Mの所には、先生Mと奥さんの静しかいません。つまり先生Mの死後に現れた「事実」とは静に関するもので、静に現れる「事実」に証拠立てられる「私」の「直感」や「直覚」があったのです。

静にある「事実」が現れることを見越して「私」は先生Mに「近づかなければいられない」という「直感」が働いたのです。ある「事実」を出現させなければいけないと察知した「直覚」があったのです。「直感」や「直覚」が示していた静に現れる「事実」とは何なのか、漱石が省いた人事Fを商量し、その人事Fにたどり着くためのヒントや語句を押さえる必要があります。結論から言えば、「私」は静を救うことを直感的にわかっていたのです。では何から救い出すのか。『こころ』の鑑賞にとって商量は是非とも欠かせないのです。

人間を愛し得る人、愛せずにはいられない人、それでいて自分の懐に入ろうとするものを、手をひろげて抱き締める事の出来ない人、——これが先生であった。（上六）

これは「私」の回想ですが、次節では一転して「先生はそれでなくても、**冷たい眼で研究されるのを絶えず恐れていた**のである」（上七）と言っています。人間を愛し得る人であるが、冷たい眼で研究されるのを絶えず恐れていた人物が先生Mであると言っています。「手をひろげて抱き締める事」が何故できないのか、そこに先生Mの隠しておきたい内部の機密があることになります。先生Mは「この**不可思議な私**」を「**解らせるように**」「**叙述で己を尽くした**積りです」（下五十六）と言っています。先生Mが自分で言っている「不可思議な私」を解読する必要があります。漱石が「不可思議な」先生Mを「冷たい眼で研究」しろと言っているかのようです。「不可思議」とは「常識では理解できないこと。怪しく異様なこと。不思議」（明鏡国語辞典）です。先生Mの言葉と行動には常識では理解できない怪しく異様なものがあると漱石が言っているのです。先生Mの心を冷たい眼で読み解けと言っているのです。

結婚当時の状況に就いては、殆んど何ものも聞き得なかった。私は……それを善意に解釈しても見た。……艶めかしい回想などを若いものに聞かせるのはわざと慎んでいるのだろうと思った。時によると、又それを悪くも取った。……二人とも私に比べると一時代前の因襲のうちに成人したために、……正直に自分を開放するだけの勇気がないのだろうと考えた。尤も**何方も推測**に過ぎなかった。そうして何方の推測の裏にも、二人の結婚の奥に横たわる花やかなロマンスの存在を仮定していた。

私の**仮定は果して誤らなかった**。けれども私はただ**恋の半面だけを想像**に描き得たに過ぎなかった。先生は**美くしい恋愛の裏に、恐ろしい悲劇**を持っていた。（上十二）

「私」は善意に解釈しても悪く取っても静と先生Mとの間に「花やかなロマンスの存在を仮定していた」が、あくまで仮定として「誤らなかった」、間違っていなかったと言っているのです。「花やかなロマンス」は「仮定」の話であって、実際は二人の間に花やかなロマンスはなかったと言っているのです。ロマンスを語ることを「慎んでいる」と「善意に解釈し」ても、「因襲のうちに成人したため」「自分を開放するだけの勇気がない」と「悪くも取っ」ても「**推測**」に過ぎず、二人の間に花やかなロマンスはなく、先生Mや奥さんと交流をし観察してみても、また先生Mの手紙を読んでみても、ロマンスなどなかったと言っているのです。

「ロマンス」は想像だけの恋の半面の話で、先生Mの側には、美しい恋愛を想像した裏に「恐ろしい悲劇」があったと言っているのです。先生Mが言う「恋は罪悪」や「天罰」という言葉からもロマンスを想像できないのです。先生Mの側の「恐ろしい悲劇」が二人の恋愛（結婚）を生んだと言っています。先生Mと静の関係においては愛がなかった、悲劇だけがあったのです。愛の不在が二人の人事Fのテーマなのです。二人はともに因襲のうちに成人し、悲劇の内で結婚したのです。「私」と静の関係においては、先生Mに対する疑惑の解明が共同作業となっていきます。「悲劇のために寧ろ生れ出たともいえる二人の恋愛」(上十二)と「私」は言っており、悲劇が起きなければ二人は結婚しなかったと言っているのです。

ヒント1：「先ず」の意味

「私」の「直感」と「直覚」がとらえた先生Mの静に対する殺意の存在があります。

そうしてその悲劇のどんなに先生に取って見惨なものであるかは相手の奥さんにまるで知れていなかった。奥さんは今でもそれを知らずにいる。先生はそれを奥さんに隠して死んだ。先生は**奥さんの幸福を破壊する前に、先ず**自分の生命を破壊してしまった。(上十二)

奥さんは先生Mが下宿に連れてきた友人Kの自殺の実相を知りません。Kの自殺がどれほど先生Mを「見惨」にさせたか、奥さんは知らされていないのです。「見惨」という言い方には「私」の先生Mに対する同情が感じられますが、奥さんが疑惑を抱くのは、先生MがKの自殺の真実を隠しているからです。Kの自殺がMにとって「見惨なものである」ことを知っている「私」はMの手紙を読んで、Kの自殺の理由も自殺当夜の状況も理解しています。「奥さんの幸福を破壊する」とは、「先生」は「見惨」さを隠して奥さんの幸福を破壊しようとしていたと言っているのです。そのために「先ず」

自分の生命を破壊したと言っているのです。これは自殺の順番を示す言葉で、「先ず」先生Mが自殺して、次に「奥さんの幸福を破壊する」（奥さんが自殺する）ことを示しています。先生MはKが生きていた間は本名を呼んでいたはずで、死後にKと呼び出していることに、「私」はそんな「余所々々（よそよそ）しい頭文字（かしらもじ）などはとても使う気にならない」（上二）と批判して手記を書きはじめていました。「私」の先生Mに関する回想は、同情と批判を混じえて記されています。

「私」は先生Mが「奥さんの幸福を破壊する」ことを「直感」や「直覚」によって感じ取っていたことになります。手紙を読むまでもなく直感していたのです。先生Mの自殺には、静の幸福を破壊するという目的があったのです。「殉死」や「頓死（とんし）」（下五十六）と語る自殺の陰で、静の幸福を破壊しようとしていたと「私」が言っているのです。それが「先ず」に込められた意味です。この言葉は先生Mと静の人事Fの真を見せるものです。

「私」が先生Mに近づかなければいられないと感じていた直感、直覚とは、静の幸福が破壊されようとすることを感じ取り、その幸福を守り実現させることです。「私」は静の生命を守り幸福を実現させたあとに、「それを見越し」て行動した「自分の直覚をともかく頼もしく又嬉しく思っている」と書いたのです。「奥さんの幸福を破壊する前に」と語る「私」の後ろには、静が小供を抱いてあやしている姿が見えそうです。静が幸福を抱きしめたから「私」は手記を書きはじめたのです。奥さんの幸福は「私」が手記を書きはじめるまでに事実として現れ、目にも見え手にも触れることができるものとなったのです。

「殉死」の罠

先生Mは静に後追い自殺をさせるために「殉死」という言葉と、「頓死（とんし）」という故意で「不自然な」（上二十四）自殺を利用します。「頓死（とんし）」とは「にわかに死ぬこと。あっけなく死ぬこと。急死」です。先生Mは「妻の知らない間（ま）に、こっそりとこの世から居なくなるようにします」「頓死（とんし）したと思われたいのです」（下五十六）と言っていますから、あっけなく死んだように思わせるために自殺するのです。そこに先生Mの自殺のねらいがあります。「明治の精神に殉死する」ことを目的にしているのではありません。『文学論（上）』に興味深い指摘があります。

> されども身を以て国に殉ずといふに至りてはその真意甚（はなは）だ疑はし。国はその具体の度において個人に劣ること遠し。これに一身を献ずるは余りに漠然たり。**抽象の性質に一命を賭するは容易のことにあらず**。もしありとせば**独相撲（ひとりずもう）に打ち殺さるる**と一般なり。故に所謂（いわゆる）かく称する人々はその実この抽象的情緒に死するにあらず、**その裏面に必ず躍如（やくじょ）たる具体的目的物を樹立し**これに向つて進み居るものとす。
>
> 『文学論（上）』（142頁）

主観的な抽象の性質に命を賭するのは容易ではないという漱石の指摘は、先生Mの「殉死」にも当てはまります。漱石は先生Mが「明治の精神」という「抽象の性質」に殉死するのではなく、「その裏面に」「躍如たる具体的目的物」として、静を後追い自殺させるという「目的」を樹立して「進み居る」と設定しているのです。「抽象の性質に一命を賭す」のは「独相撲に打ち殺さるると一般」と言っていますから、先生Mの「明治の精神に殉死する積り」は「独相撲」という喜劇的芝居を演じて終わるのです。先生Mの特色は、妻殺しを実行に移そうとする倫理的に暗い人物であるということです。先生Mが自分の化けの皮を自らはがすように、自分は「固より倫理的に暗い」人間であるとは言わないはずです。わざとそう言うことによって、倫理的に暗い人物ではないと思わせる効果を持たせようとしています。「固より倫理的に暗い」という規定は、漱石が『こころ』の先生Mの特色として設定している性格であり精神を示すものです。


「私は淋しい人間です」……「私は淋しい人間ですが、ことによると貴方も淋しい人間じゃないですか」……

「私はちっとも淋しくはありません」……

「あなたは私に会っても恐らくまだ淋しい気が何処かでしているでしょう。私にはあなたの為にその淋しさを根元から引き抜いて上げるだけの力がないんだから。貴方は**外の方を向いて**今に手を広げなければならなくなります。今に**私の宅の方へは足が向かなく**なります」（上七）

自分を淋しい人間と語る先生Mと、「私はちっとも淋しくはありません」と語る「私」が対比されています。この「私は淋しい人間です」（上七）と「淋しい今の私を我慢したい」（上十四）という言葉は先生Mの弱さを装う言葉であり、淋しいと言うことで同情を得て、自分の内部の機密を研究されないように、また自分が責められないようにしています。自分の内面を探られないように弱さや被害者を装うことも偽善者の特色なのです。

先生Mは静が自分の愛に応えてくれなくて淋しいから、静を道連れにして死にたいとして「今に私の宅の方には足が向かなくなります」と言っているのです。Mの「内部の機密」は静を道連れにして死ぬことに推移していくのです。「上　先生と私」における先生Mの言説は「下　先生と遺書」を読み解かないと隠されている物語の真が分からないように創作されています。「下」を読んでから「上」に戻ることで『こころ』の謎が見えてきます。先生Mという人物の表面と、偽善者としての裏面を読み解くには、少なくとも『こころ』の二度読みが必要です。そのことでMの心が見えるとともに、作品にかけた漱石の熱意と技倆と鑑賞における醍醐味を味わうことができるのです。

先生Mの「貴方も淋しい人間じゃないですか」という問いに「私」は「ちっとも淋しくはありません」と答えています。「私」に「淋しい」という感情はなく、先生Mが淋しくて結婚したとも思っていませんから、「私」は先生Mをさむしい人間と見ているのです。結婚して何年も経っている大人が「私は淋しい人間です」と語ることはいぶかしいこととして、「私」は疑問を抱くことになります。静も夫に対し「召上がって下さいよ。その方が**淋しくなくって好いから**」（上八）と言っています。「淋しい」と語る先生Mの言葉を二人とも信じていないことが分かります。先生Mは「私」に対し何の力にもなれないと言い、今に「外の方を向いて」手を広げることになると言います。夫婦での自殺を考えていることが先生Mの特色に変わるのです。やがて明白な殺意の生成に至ります。

幸にして先生の**予言は実現されず**に済んだ。経験のない当時の私は、この予言の中に含まれている**明白な意義**さえ**了解し得なかった**。私は依然として先生に会いに行った。

（上八）

夫婦二人の自殺という「予言は実現されず」に済んだと言っています。『こころ』の「上」「中」は「私」の回想文となっていますから、「私」は先生Mが「予言」を実現させようとしていたことを知っているのです。「明白な意義」とは家の消滅がくわだてられていたということです。しかし人生経験のない当時の「私」は、先生Mが夫婦二人の自殺を考えていることを「了解し得なかった」と言っているのです。

静の特色を示す機会と相手

先生の奥さんにはその前玄関で会った時、美くしいという印象を受けた。……然しそれ以外に私はこれと云ってとくに奥さんに就いて語るべき何物も有たないような気がした。

　これは奥さんに特色がないと云うよりも、**特色を示す機会**が来なかったのだと解釈する方が正当かも知れない。然し私はいつでも先生に付属した一部分の様な心持で奥さんに対していた。奥さんも自分の夫の所へ来る書生だからという好意で、**私を遇していたらしい**。だから中間に立つ先生を取り除ければ、つまり二**人はばらばらになっていた**。

（上八）

「私」は奥さんの幸福を守るという「直感」や「直覚」に基づいて先生Mに近づいたのですが、この時点では運命的なものを感じる「何物も有たないような気がした」と言っています。しかし「私」は奥さんが先生Mと一緒にいて特色を示す機会がなかった、幸福を実現する機会がなかったと言っているのです。奥さんは「私」と出会って、以前からの「特色を示す機会が来」たのだと言っていることになります。奥さんの特色を示す相手が「私」となったのです。「奥さんの方も……私を遇して**いたらしい**」とわざと伝聞体にしています。静の幸福を守ったあとで静から聞いた話を伝聞体にしているのです。「私」と静の二人の関係性が簡単には見破られないようにです。「先生を取り除(の)ければ、つまり二人はばらばらになっていた」という言葉は物語の展開を示したものです。二人は先生Mを取り除ければ、別の人生を歩むばらばらな二人だったが、二人が出会ったあとに先生Mの死によって二人はばらばらではなくなることが言われているのです。二人の出会いと結びつきが「ばらばら」という言葉によって暗示的に語られているのです。「私」が先生の宅で酒を飲まされたときの会話に、奥さんの特色（幸福）が奥さんの口から明らかにされる場面が描かれています。奥さんが夫に、お酒を「召上(めしや)がって下さいよ。その方が淋(さむ)しくなくって好(い)いから」と語ったあとの場面です。

> 「子供でもあると好(い)いんですがね」と奥さんは**私の方を向いて**云った。私は「そうですな」と答えた。然し私の心には何の**同情**も起らなかった。**子供を持った事のないその時の私は**、子供をた**だ蒼蠅(うるさ)いものの様に考えていた**。
> 「一人貰って遣ろうか」と先生が云った。

「貰ッ子じゃ、ねえあなた」と奥さんは又**私の方を向いた。**

「子供は何時まで経ったって出来っこないよ」と先生が云った。

奥さんは黙っていた。「何故です」と**私が代わりに聞いた**時先生は「**天罰だからさ**」と云って高く笑った。

（上八）


ここにも漱石がわざと省いた人事Fがあります。ここの夫婦の会話は、結婚してから十年近く経った時点のものであることを考える必要があります。ちなみに十年近いという計算は、「日清戦争」（下十）中に静の父親が戦死していますから、日清戦争（明治二十七年〜二十八年）のあと一年目あたりにMは下宿人になったと想定すれば、先生Mと静の結婚生活は十三年間ほどです。奥さんは結婚後十年ほど経って、はじめて「私」という客の前で、「貰ッ子」ではない血のつながった実の子供が欲しいと夫Mに言ったのでしょうか。そしてはじめて夫に拒否されたのでしょうか。

この時点で「私」が先生Mの自宅へ通うようになってから二年くらい経っています。奥さんにとって夫が子供を作ろうとしないことは「私」が現れるずっと前から分かっていたと見るべきです。拒否されていたのです。奥さんは改めて拒否の言葉を夫に言わせるために、とうの昔に夫に話していて、その都度奥さんは「貰ッ子じゃ」ない実の子供が欲しいということを、夫に言わせるために、「私」に訴えるかのように二度「私の方を向い」て語ったのです。それは二人の結婚生活の実体を教えることだったのです。夫の言葉を引き出し結婚生活の実体を知ってもらうために「貰ッ子じゃ、ねえあなた」と「私」に話しかけたのです。実の子供が欲しいとする思いこそ、奥さんの幸福の具体的内容であり特色なのです。

「私」の出現によって自分の特色を示す機会と相手が現れたのです。

もし奥さんが「私」の前で、結婚後はじめて「子供でもあると好いんですがね」と口に出して訴えたのだとしたら、「天罰だから」「子供は何時まで経ったって出来っこないよ」と答える夫Mに、どうして奥さんは何の反応も示さなかったのでしょうか。驚いて〈天罰とは何です。どういう意味です〉と聞き返してもいいはずです。あるいは「天罰」が夫自身に関することだと思ったなら〈何があったのですか〉と聞き返してもいいはずです。夫の発言に対する反問がないことに、「天罰だからさ」という言葉は静がすでに何度か聞いていたものであることが示されています。夫Mは静に子供ができないことを「天罰だからさ」と言って「高く笑っ」たのです。もし自分の責任によってKが自殺し、「天罰」が自分に下ると思っていたなら、決して「高く笑」うことはできなかったはずです。「私」は高く笑いながら語る「天罰」が何を意味しているか気になったでしょう。

奥さんは以前から夫Mに「天罰」と言われている事実を「私」に教えたのです。「私」は先生Mの発言に疑問を感じたから代わりに「何故です」と聞いたのです。静はやがて「私の心臓(ハート)を動かし」(上十九)て、夫に対する「疑いの塊り」の解明に一緒に向かわせようとします。そのために夫Mの「天罰」を聞かせたのです。

「同情」には、「共感：sympathy」「哀れみ：pity」「深い思いやり：compassion(苦しんでいる人を気の毒に思って積極的に助けてやろうとする気持ち)」(ジーニアス和英辞典)の意味があります。「私の心には何の同情も起こらなかった」という言葉は、「私」はその時分までに子供が欲しいと思っている人間ではなかったから「同情」は何も起こらなかったと言っているのです。静を助けなければいけないという思いは、先生Mの手紙を読むうちに「直覚」が確信に変わるのです。「同情」が「共感」という（F+f）を含んでいることは、英語に堪能な漱石ならではの設定と思います。「子供を持った事のないその時の私は、子供をただ蒼蠅（うるさ）いものの様に考えていた」の対照句（反対句）は、〈今は子供を愛おしいものに思っている〉です。この気持ちは「私」が手記を書きはじめるまでに得た自分の小供についての（F+f）なのです。なお漱石は、「子供」と「小供」を厳密に使い分けています。

Mのたくらみから静を救い出したあとに、やがて二人に小供が授かるという幸福を得て共感の（F+f）となったのです。「私」の直覚によって静の幸福を守る物語が内包されているのです。

「あの人は駄目ですよ」

「私」が大学生になってから先生の留守中に、奥さんと会話する機会に出合った際に、夫Mに対する奥さんの評価（認識）が語られる場面があります。

差向いで色々の話をした。……そのうちで**たった一つ私の耳に留まった**ものがある。……

私が奥さんと話している間（あいだ）に、問題が自然先生の事から**其所へ**落ちて来た。

「先生は何故ああやって、宅で考えたり勉強したりなさるだけで、世の中へ出て仕事をなさらないんでしょう」

「**あの人は駄目ですよ**。そういう事が嫌（きらい）なんですから」

「つまり下らない事だと悟っていらっしゃるんでしょうか」……「それが解らないのよ、あなた。それが解る位なら私だって、こんなに心配しやしません。わからないから**気の毒**でたまらないんです」（上十一）

奥さんが断定的に語った「あの人は駄目ですよ」「気の毒でたまらない」という文句は、夫Mに同情を寄せつつも見切っている言葉です。この奥さんの評価はさぞ強く「私の耳に留まった」ことでしょう。「私」はなにがあったのかと考え出すのです。この会話の前の場面に、先生Mの「どうしても私は世間に向って**働らき掛ける資格のない男**」という発言と「先生の顔には**深い一種の表情**がありありと刻まれた。私にはそれが失望だか、不平だか、悲哀だか、解らなかったけれども、何しろ二の句の継げない程に**強いもの**だったので、私はそれぎり何もいう勇気が出なかった」（上十一）という「私」の記憶が書き留められています。「問題が自然先生の事から其所へ落ちてきた」の其所とは先生Mの「世間に向って働らき掛ける資格のない男」ということです。それについて静も語り出したのです。「私」が先生Mに見た「深い一種の表情」「二の句の継げない程に強いもの」はKを自殺させてしまった罪の意識が現れた表情ではありません。何か隠しているものがある表情なのです。「私」の「懐かしみ」（上三十）という親しみの感情を拒否する「強いもの」なのです。先生Mに対する疑問は幾重にも「私」の心に沈殿していくのです。

「然し気を付けないと不可ない。**恋は罪悪**なんだから。私の所では満足が得られない代りに危険もないが、――君、**黒い長い髪で縛られた**時の心持を知っていますか」……「君は私が**何故**毎月雑司ケ谷の墓地に埋っている**友人の墓**へ参るのか知っていますか」……「又悪い事を云った。……この問題はこれで止めましょう。とにかく**恋は罪悪ですよ**、よござんすか。**そうして神聖なもの**ですよ」（上十三）

何故友人の墓に参るのか、普通は供養のためと相場が決まっていますが、先生Mの口調ではそうではなさそうです。まるで静に恋の罪悪があって、その罪悪のために友人の墓参りに行っていると匂わしているようです。ここの先生Mの語りからは、Kの自殺についての自責の念を感じ取ることはできません。友人の死を恋の罪悪という抽象的なもののせいにしています。悪いのは静の黒い長い髪で、（静の恋の罪悪が）Kを自殺へ追い詰めてしまったと仄めかしているようです。この先生Mの言葉にも「私」は疑問を持つことになります。先生Mと奥さんの間に本当に恋愛があったのか、静の恋が罪悪であれば幸福な結婚ではなかったのかと思うのです。Mは静には恋の罪悪があるが、自分の愛は「信仰に近い愛」で「宗教心とそう違ったものでない」（下十四）から「神聖」だと言っているのです。神聖な愛を持っている自分が、静の恋の罪悪を罰するという意識（「天罰」）につながるのです。

漱石は『文学論（上）』109頁で、「東洋人の心底に蟠まる根本思想を剔抉してこれを曝露するとせよ。……尋常の世の人心には恋に遠慮なく耽ることの快なるを感ずると共に、この快感は一種の罪なりとの観念附随し来ることは免れ難き現象なるべし。吾人は恋愛を重大視すると同時にこれを常に踏みつけんとす、……必ず罪悪の感随伴し来るべし」、「これ誠に東西両洋思想の一大相違といふて可なり。西洋人は恋を神聖と見立て、これに耽るを得意とする傾向を有する」と言っています。先生Mの言う「神聖」とは自分の恋を西洋人の宗教心由来として見立て、「殆んど信仰に近い愛」（下十四）である自分の恋を神聖として肯定し、静の恋を東洋的な罪悪として否定しているのです。自分と静の関係性を抜きにして、「宗教だけに用いるこの言葉」（下十四）としての「愛」を静への愛に応用して神聖とする、未熟で観念的な自己肯定の意識です。漱石は「浅薄」で「狭隘」な愛をMに語らせているのです。『虞美人草』（明治四十年『朝日新聞』発表）「十二」に次の描写があります。「愛は信仰より成る。信仰は二つの神を念ずるを許さぬ」「神聖とは自分一人が玩具にして、外の人には指もささせぬと云う意味である」。Mの神聖な信仰心は静の自由（恋）を許さぬと言っているのです。静の恋を罪悪とする意識は「歌留多を遣る」（下三十五）場面で、静が快活に楽しく遊んだときに生まれたものですが、この意識は結婚後に二人一緒に行ったKの墓参りにおいて決定的な認識に変わり、以後Mの心の中に長く巣食うことになります（第三章「Kの運命を冷罵したのは静なのか」参照）。

『文学論』を経由して『こころ』に流れ込んでいる西洋文学の流れの一つを遡るならば、偽善者の愛として、シャーロット・ブロンテ『ジェーン・エア』に辿り着くと思われます。キリスト教徒である主人公のジェーンが、宣教師となってインドへ布教に行こうとする牧師から、愛してもいないのに執拗に結婚を迫られ、布教に同行するように求められるのですが、そのときの牧師の求婚の文言に「結婚によって神聖」という言葉が出てきます。「宗教心とそう違ったものでない」（下十四）「本当の愛」であると語るMの愛も人間同士の関係における愛ではなく、「信仰に近い愛」という神を前にした宗教心に基づく愛なのです。そこには知識としての神がいて、愛は神聖であるという信念を形作っているのです。信仰における固い信念は偽善者にとっての盾なのです。Mは倫理的に暗い自分を隠して美しく気高くなるために静を求めていると言えます。キリスト教を信奉していないMにとって、宗教心とそう違わない愛とは単なる知識Fに過ぎません。Mは自分の知識Fを愛を装う道具にしているのです。倫理的に暗いがゆえに現実の人間関係（男女関係）を通じて愛を得ることができず、自分の愛を宗教心に求めて偽装していると言えます。自分の愛を偽るためにキリスト教の愛（F＋f）を利用しているのです。『こころ』のテーマには偽善者の愛と宗教心（信念）も入っています。

『ジェーン・エア』について漱石は、ジェーンと相思相愛の相手であるロチェスターに対する「吾人の同情」が、ロチェスターの正妻である狂女を殺して相思の情を遂げしめんと不道徳の方面に向かって進むようであれば、それは「不道徳情緒の頂点」であると言っています（『文学論（上）』「fに伴う幻惑」240頁）。また「吾人は文学を賞翫するにあたり、常にこの意味における不道徳を犯すものにして、所謂（いわゆる）健全の趣味を解する作者も読者も共に遂にこの偏重を免れ能はざる」（『文学論（上）』「fに伴う幻惑」242頁）とも言っています。「賞翫（しょうがん）」は「そのものの美しさやよさを味わい楽しむこと」（明鏡国語辞典）です。漱石が「私」と静の恋の進展を分かりづらくし、二人の恋の結実をテクストから省いているのは、不道徳的情緒を読者に抱かせないようにする配慮なのです。漱石は読者の商量の中に「私」の恋の進行と結実が浮かび上がるように創作しているのです。『ジェーン・エア』の作者の創作技法を、漱石は取捨選択して『こころ』に取り込んでいると言えます。『こころ』以外の漱石の作品においても、三角関係を扱う際の燃え上がる恋愛感情なり行動の描写を漱石が省いたり、あるいは控えるのは、「不道徳情緒」を生じさせないようにする配慮があると言えます。

人間としての義務を果たしている静

先生Mが静と離れれば、世の中で生きていけなくなることが静の口から語られます。

「……先生は**私を離れれば不幸**になるだけです。或は**生きていられない**かも知れませんよ。そういうと、己惚になるようですが、私は今先生を**人間として**出来るだけ**幸福にしている**んだと信じていますわ。どんな人があっても私程先生を幸福にできるものはないとまで思い込んでいますわ。それだからこうして落ち付いていられるんです」（上十七）

静は夫Mを妻や女としてではなく人間の義務として、「人間として出来るだけ幸福にしている」と信じていると言っています。人間の義務を果たしているから落ち着いていられるのです。先生Mは静と離婚すれば不幸になると言われています。静を離れると「生きていられない」のですから死ぬしかないのです。先生Mが高等学校生のときから金に執着してわがままな自由を求めて世間を敵視することになったことを静は知らなくても、敵視している世の中で生きていけないことを静は見抜いているのです。

「私は嫌われてるとは思いません。嫌われる訳がないんですもの。然し先生は世間が嫌なんでしょう。世間というより近頃では人間が嫌になっているんでしょう。だからその人間の一人（いちにん）として、私も好かれる筈がないじゃありませんか」（上十七）

静は夫Mが「信仰に近い愛」（下十四）という固い信念を持っていることを知りません。知らないから信念ゆえの復讐が起きることを静は想像できないのです。そもそも宗教心由来の愛しか持ち合わせていないMとは結婚するべきではなかったのです。Mがやがて静も嫌いになればMは静とも暮らせなくなります。静は夫Mの行く末を知っているかのようです。Mの「私の敵視する叔父だの叔母だの、その他の親戚だのを、あたかも人類の代表者の如く考え出しました」（下十二）という語りは、Mが人類さえ敵視すると言っていることになります。そもそもMは世間の中における安住の家として静一家と暮らしているのですから、静の母親が死んだあとにMが静を嫌って敵視すれば、もはや生きる場所はなくなるのです。静に嫌われていることがはっきりすれば、自分の「信仰に近い愛」に背いた妻として無理心中を考え出すのです。それがMの復讐なのです。「私は今日（こんにち）に至るまで既に二三度運命の導いて行く最も楽な方向へ進もうとした事があります」（下五十五）と言っています。「私」と交流しているときに既にMは静との無理心中を考えていたのです。そしてMにとって最終的な別れの宣告が静の「殉死でもしたら可（よ）かろう」（下五十五）という発言なのです。

「希望するような頼もしい人」の意味

私は女というものに深い交際をした経験のない**迂闊な青年**であった。……**私は奥さんの女であるという事を忘れた。**私はただ誠実なる先生の**批評家及び同情家**として奥さんを眺めた。

「奥さん、私はこの前何故先生が世間的にもっと活動なさらないのだろうと云って、あなたに聞いた時に、あなたは仰ゃった事がありますね。元はああじゃなかったんだって」

「ええ云いました。実際**あんなじゃなかった**んですもの」

「どんなだったんですか」

「あなたの希望なさるような、**又私の希望するような頼もしい人だった**んです」（上十八）

「私」は「あの人は駄目ですよ」（上十一）「今先生を人間として出来るだけ幸福にしている」（上十七）という奥さんの言葉を「批評家及び同情家」の言として受け止めたと言っています。奥さんはMのことを「又私の希望するような頼もしい人だったんです」と言っていますが、いつMが静にとって頼もしい人であったのでしょうか。この静の言葉は、Mが「頼もしい人」でなくなった理由を一緒に考えて欲しいとして「私」への呼び水にしたものですが、静は今現在のMを「あんなじゃなかった」と言って否定しています。Mが頼もしく見えた理由は、次の二つの引用文から見えてきます。

「静、おれが死んだら**この家を御前に遣ろう**」

奥さんは笑い出した。

「序に地面も下さいよ」
「地面は他のものだから仕方がない。その代りおれの持ってるものは皆な御前に遣るよ」

（上三十五）

私が今居る家へ引越したのはそれから間もなくでした。……

移って二カ月程してから私は無事に大学を卒業しました。卒業して半年も経たないうちに私はとうとう御嬢さんと結婚しました。

（下五十一）

ここから分かるのは、学生だったMがKの自殺のあとに奥さん一家が移り住める家を自分の金で手当てしたということです。静一家に新しい住まいを提供したのです。「今居る」「この家」の名義はMなのです。学生Mは、自分が連れてきたKが自殺して静一家に迷惑をかけたことの責任を取って新しい家を準備してくれたから、静に「私の希望するような頼もしい人」と思われたのです。しかしそれも過去形の「頼もしい人だった」に推移したのです。Mは金の力によって静一家に取り入ることに成功したのです。母と娘が一緒に住める新しい家を提供したから静との結婚が叶い静を束縛することに成功したのです。

「あなたは**私に責任**があるんだと思ってやしませんか」と突然奥さんが聞いた。
「いいえ」と私が答えた。

「どうぞ隠さずに云って下さい。そう思われるのは、**身を切られるより辛いんだから**」と奥さんが又云った。「これでも私は先生のために出来るだけの事はしている積りなんです」……「私はとうとう辛防(しんぼう)し切れなくなって、先生に聞きました。私に悪いところがあるなら遠慮なく云って下さい、改められる欠点なら改めるからって、すると先生は、御前(おまえ)に欠点なんかありゃしない、**欠点はおれの方にあるだけだ**と云うんです。そう云われると、私悲しくなって仕様がないんです。涙が出て猶(なお)の事自分の悪いところが聞きたくなるんです」（上十八）

何も語ろうとしない夫Mについて、静は自分に責任があるのなら身を切られるより辛いと言ったのです。夫Mの「頓死」（下五十六）が静に責任のあることと思い込むようになれば、静は「身を切られるより辛い」思いをするのです。夫Mは自分の自殺が静に責任のあることだと思い込ませることに成功すれば、静を後追い自殺させることが可能になるのです。夫の死が「殉死」であれば夫の意志で自殺したのですから、静は自責の念に駆られることはなく納得できるのです。静は私の悪いところは改めるからとも言っています。夫の突然の「頓死」が自分の責任として起こってしまえば、静は自責の念により命に代えて責任を取ることを考えてしまうのです。このことが先生Mの自殺直後に静の身に起ころうとした「事実」の一つであり、この危険な「事実」から「私」は静を救うのです。静に命の危険が迫ることが先生Mに近づかなければいけない「直感」として「私」に感じ取られていたのです。Mは「欠点はおれの方にあるだけだ」と言いながら静に後追い自殺をさせる方法を考えていたのです。

「故意」か「自然」か

先生Mは「人間全体を信用しないんです」と言っており、次の間に奥さんがいて「奥さんの耳に私の話し声が聞こえるという事も知っていた」（上十四）中で、先生Mは次のように言っています。

「……つまり自分を呪うより外に仕方がないのです」
「……遣ったんです。遣った後で驚ろいたんです。そうして非常に怖くなったんです」（上十四）

隣の座敷でこれを聞いていた奥さんは、「自分を呪う」「遣ったんです」「非常に怖くなった」という夫の発言に、夫は一体何を遣ったのかと、Kの自殺のことを思い出すのではないでしょうか。

「とにかくあまり**私を信用しては不可ませんよ**。今に後悔するから。そうして**自分が欺むかれた返報に、残酷な復讐をする**ようになるものだから」（上十四）

先生Mは奥さんから「あなた、あなた」と呼ばれて話を中断させられたあとも、「私」に向かって「私を信用しては不可ませんよ」と言っています。奥さんは〈夫が言う信用とは何か、残酷な復讐とは何なのか〉と思っても不思議ではないことになります。奥さんは「私」と夫の会話によってさらに「疑いの塊り」を大きくした可能性があります。また奥さんが話途中の夫を呼んだのは、「私はもう少し先まで同じ道を辿って行きたかった」（上十四）と思っていた「私」が夫に影響を受けて夫の話にだまされないようにするための中断だったと見ることもできます。「遣ったんです。遣った後で驚いたんです」という発言の意味が分かり出すのは「下」においてです。ここで少し「下」を見てみます。

殆んど世間と交渉のない孤独な人間ですから、義務という程の**義務は**、自分の左右前後を見廻しても、どの方角にも**根を張っておりません**。**故意か自然か**、私はそれを出来るだけ**切り詰めた**生活をしていたのです。（下二）

然し奥には人がいます。私の**自然**は**すぐ其所**で食い留められてしまったのです。そうして悲しい事に**永久に復活しなかった**のです。（下四十六）

Mは「故意か自然」の二つを「出来るだけ切り詰めた生活をしていた」と言っています。「故意」とは「わざとすること。またその気持ち」（明鏡国語辞典）です。（下四十六）で言われていることは、奥に静一家がいたためにKに対する「自然」を失くしたということです。奥さん一家のいる「其所」でMの「自然」の発露は食い留められてしまったのです。奥さんへの結婚の談判は「自然」ではなく「故意」だったのです。故意だから談判自体を取り消せず、取り消せば自分が正直な人間でなかったことがばれてしまうのです。「自然」の行為だったら取り消せるのです。「故意」に遣ったことを「私の自然は」「悲しい事に永久に復活しなかったのです」と言うのは、まさに偽善者の言葉です。Mの談判も「悲しい」という感情も「故意」に用意されたものなのです。叔父が「私の財産を胡魔化した」（下九）という言説も「故意」によるものであることがいずれ見えてきます。Mの「故意」はMの手紙全体を覆っています。「私」は「自然」が抜け落ちたあとのMと交流していたのです。「自然」とは「天然のままで人為の加わらないさま。あるがままのさま」ですが、『こころ』の場合は、「良心の命令に従って」（下四十六）、「故意」の加わらない「有のまま」（下五十二）に生きることです。そこに正直という徳が息づいています。

Mは「殆んど世間と交渉のない孤独な人間」だから「義務」はどこにも根を張っていないと言っていますが、実はその逆で、義務を放棄したから「世間と交渉のない」人間になったのです。長子相続という権利・義務、大学の卒業まではKの学資を出してあげるという義務、結婚した静を人間として幸福にするという義務、これらを放棄した人物がMなのです。「自然」と「義務」を追い出し、「故意」に弱さを装い責任を他に転嫁し攻撃して自己正当化を図るのがMです。「上」に戻ります。

奥さんの様子が次第に変って来た。奥さんは私の頭脳に訴える代わりに、**私の心臓を動かし始めた**。自分と夫の間には何の**蟠まり**もない、又ない筈であるのに、やはり何かある。それだのに眼を開けて見極めようとすると、やはり何もない。**奥さんの苦**にする要点は此所にあった。（上十九）

「蟠まり」はMが持っているのです。静は自分とMとの間の「何かある」ものの正体を見極めようと「私の心臓を動かし始めた」のです。静は自分の「苦」を「私」に語り、「苦」である夫Mへの

「疑い」を一緒に見極めようと「私」の心を動かし始めたのです。

先生の態度は何処までも良人らしかった。親切で優しかった。**疑いの塊り**をその日その日の情合で包んで、そっと胸の奥にしまって置いた奥さんは、その晩その包みの中を私の前で開けて見せた。……

「……**先生は嘘を吐かない**方でしょう」

奥さんは何とも答えなかった。しばらくしてからこう云った。

「実は私すこし思い中る事があるんですけれども……」

（上十九）

先生Mが夫の態度として静に親切や優しさを見せている中で、「私」は静が夫Mに対する「疑いの塊り」を持っていることを知ったのです。「然し私の有っている一点、私に取っては容易ならんこの**一点が**、**妻には常に暗黒に見えたら**しいのです」（下五十四）とMが言っていますので、静がMには暗黒な「一点」があると見抜いていたことを知っているのです。「この一点」という静の疑いの塊りは何なのでしょう。「先生は嘘を吐かない方でしょう」という「私」の問いに静は答えず、「すこし思い中る事がある」と言っています。

「……けれどもその事があってから後なんです。先生の性質が段段変って来たのは。何故その方が死んだのか、私には解らないの。先生にも恐らく解っていないでしょう」

（上十九）

静はKが死んだ原因が分からない、そこに暗黒に見える「一点」があるのです。Kの自殺時の状況は正しく静一家に伝わっていません。「先生にも恐らく解っていないでしょう」という静の言葉は、Kの自殺の実相をMがうまく隠したために静一家がだまされていることを示しています。

疑いの波にただよう二人

静や静の母親はKが自室の襖を締め切ったまま自殺したと思っています。静はKが自室の襖をわざわざ締め切って自殺するくらいなら、下宿を出て人の迷惑にならない場所で自殺してもいいのではないかと思うのです。どうして居候のKがMの座敷の中で襖を締め切って自殺したのか、そこに暗黒な「疑いの塊り」があるのです。Kが仕切の襖を「約二尺ばかり」（下四十三）という「この間の晩と同じ位開（あ）」（下四十八）けて死んでいたという事実は、静や母親や警察にも伝わっていないのです。そこにMの偽装工作があったのです。Mはどのようにして Kの自殺の実相を隠すことができたのか。そこに『こころ』最大のトリックがあります。

けれども私はもともと事の大根（おおね）を攫（つか）んでいなかった。**奥さんの不安**も実は其所に漂よう薄い雲に似た**疑惑**から出て来ていた。**事件の真相**になると、奥さん自身にも多くは知れていなかった。……従って慰さめる私も、慰められる奥さんも、**共に波に浮いて、ゆらゆらしていた**。ゆらゆら

しながら、奥さんは何処までも手を出して、覚束ない私の判断に縋り付こうとした。（上二十）

「不安」にさせる「疑惑」と、多くは知られていない「事件の真相」が二人の間で話されたのです。「事件の真相」を知らない（知らされていない）ことによるＭへの「疑惑」が、「妻には常に暗黒に見え」ていたと言われる正体なのです。「私」と先生Ｍとの出会いの場所が鎌倉の海だったのに対し、「私」と静の出会いの場は、先生Ｍに対する疑惑の海であり、共にゆらゆら浮いています。静は「私」の「判断」に縋り付こうとしています。静は「不安」の元である疑惑について、解明の手がかりや救いを求めています。静の不安は、「私」が直感や直覚として感じ取っていた静の幸福が破壊されるという不安につながっています。「私」も先生Ｍに関して「私の疑惑」（上十五）を持っていました。

「私」の「疑惑」とは、先生Ｍの「淋しい今の私を我慢したい」「自由と独立と己れとに充ちた現代に生れた我々は、その犠牲としてみんなこの淋しみを味わわなくてはならないでしょう」（上十四）という「覚悟」について、「奥さんはそれで満足なのだろうか」（上十五）と思うものであり、その覚悟が何処から出ているのかというものでした。しかもこれら先生Ｍの発言は、隣の部屋にいる静にわざと聞かせるために話していたと言えるものです。先生Ｍは暗に、淋しいから静に復讐すると聞かせていた可能性があります。「先生は現に奥さんを愛していると私に告げた」（上十五）にもかかわらず、隣の座敷にいる静に聞かせるように「私は淋しい人間です」と連発しているのです。愛し合っている二人の間に「淋しい」という情緒fは起きそうにないものです。Ｍは静に愛されていないことを知っていて「淋しい」と聞かせていると言えます。静は「有のまま」を語らない夫Ｍを疑惑の塊りを抱えたまま愛することなどできないのです。Mに対する疑惑の解明という共通の目的を持って静と「私」の人事Fは動いているのです。

> **先生は寧ろ機嫌がよかった。**然し**奥さんの調子は更によかった。**今しがた奥さんの美くしい眼のうちに溜（たま）った涙の光りと、それから黒い眉毛（まゆげ）の根に寄せられた八の字を記憶していた私は、その変化を異常なものとして注意深く眺めた。……今までの奥さんの訴えは**感傷（センチメント）を玩（もてあそ）ぶ**ためにとくに私を相手に拵（こしら）えた、**徒（いたず）らな女性の遊戯**と取れない事もなかった。尤（もっと）もその時の私には奥さんをそれ程**批評的に見る気**は起らなかった。私は奥さんの態度の急に輝やいて来たのを見て、寧ろ安心した。これならばそう心配する必要もなかったんだと**考え直した。**
>
> （上二十）

ここに「感傷（センチメント）を玩（もてあそ）ぶ……徒らな女性の遊戯」という言葉が挟み込まれています。この言葉は、「私」と奥さんの人事Fの進展をあえて分かりづらくさせるものです。漱石は「私の判断に縋り付こうとした」と書き、片方で奥さんの「徒らな遊戯」として読者の判断を迷わせ、簡単には二人の人事Fの真に近づけないようにしています。

「批評的」には二つの意味があって、一つは「徒らな遊戯」として「それ程批評的に見る気は起らなかった」と言っていることです。つまり静の「疑惑」の話自体が「私」を相手にした一種の「徒（いたず）らな遊戯」であって、静の持つ疑惑の中身を「それ程批評的に見る気は起らなかった」ものとして、夫Mに向けられた疑惑は深刻なものではないと否定した言い方です。もう一つは、静自身を批評の眼を持って、同情的にそれほど心配して「見る気は起らなかった」と言っていることです。Mへ向けられている疑惑を「批評」することと、「私」の「直覚」に結びつく奥さんへの同情という「批評的」の二つが言い表されています。疑惑自体と奥さん自身について、それ程心配することはないと思ったのです。「私」は「奥さんの態度の急に輝やいて来た」ので、奥さんの疑惑も状況も深刻なものであると思えず安心したと言っているのです。

奥さんは「私」が夫への疑惑を一緒に考えてくれたことがことのほか嬉しくて、帰ってきた先生Mの機嫌以上に「調子は更によかった」のです。「私」に対する信頼感が生まれて喜んでいる心情の現れです。「私」はこの段階では、夫Mへの疑惑の解明について奥さんが「私」の「心臓（ハート）を動かし始めた」ことは分かっていても、それ程心配するものではないと「考え直した」と言っているのです。

> 私はその晩の事を記憶のうちから抽（ひ）き抜いて此所へ詳しく書いた。これは**書くだけの必要があるから書いた**のだが、実をいうと、奥さんに菓子を貰って帰るときの気分では、それ程当夜の会話を重く見ていなかった。（上二十）

「書くだけの必要がある」ことは二つあります。一つは奥さんが夫Mへの疑いの塊りを持っていて、その解明のために「私」の心臓（ハート）を動かし始めたこと。もう一つは少し離れた所に出てきます。

> 秋が暮れて冬が来るまで格別の事もなかった。私は先生の宅へ出這りをする序（ついで）に、**衣服の洗い**

張や仕立方などを奥さんに頼んだ。……子供のない奥さんは、そういう世話を焼くのが却って退屈凌ぎになって、結句身体の薬だ位の事を云っていた。
（上二十）

奥さんと「私」の関係性が変化したのです。「私」は「衣服の洗い張や仕立方などを奥さんに頼」める程に親しくなったのです。奥さんも「私」に対する扱い方が変わって、まるで身内の人間でもあるかのように衣服の洗い張や仕立を面倒と思わずやってくれるようになったのです。静の抱える疑惑や不安に対して「私」が頼りになる人物として現れてくれて、まるで自分の味方が一人増えたかのように、静に変化が現れたのです。これが二つ目の「書くだけの必要」があったことです。

恋の成就の期待と死の不安

「私」が東京を離れ帰省する度に、静に対する思いの強まっていくのが見えます。最初は大学三年生の冬に父の病気見舞いで帰省したときです。

私は東京の事を考えた。そうして漲る心臓の血潮の奥に、活動々々と打ちつづける鼓動を聞いた。不思議にもその鼓動の音が、ある微妙な意識状態から、先生の力で強められているように感じた。
（上二十三）

やがて静を救い出さなければいけないという「私」の「直覚」によって、「微妙な意識状態」が生まれていて静のことが思い出されるのです。静という「東京の事」を考えると「先生の力で強められている」「鼓動」とは「私」の「直覚」の息づきなのです。

病気見舞いから「松飾」（上二十四）の取払われた東京に戻ってからの「私」は卒業論文の仕上げに取りかかります。無事卒論が通り六月の卒業式を終えた日の晩に、「私」がかねて招かれていた先生Mの家の晩餐に行き、別れの挨拶をして外へ出たときの場面描写にも静のことが描かれています。

> **玄関と門との間にある**こんもりした**木犀**の一株が、私の行手を塞ぐように、夜陰のうちに枝を張っていた。私は二三歩動き出しながら、黒ずんだ葉に被われているその梢を見て、**来るべき秋の花と香**を想い浮べた。私は先生の宅とこの木犀とを、以前から心のうちで、離す事の出来ないもののように、一所に記憶していた。私が偶然その樹の前に立って、再びこの宅の玄関を跨ぐべき**次の秋**に思を馳せた時、今まで格子の間から射していた**玄関の電燈がふっと消えた**。先生夫婦はそれぎり**奥へ這入たら**しかった。私は一人暗い表へ出た。（上三十五）

ここに示されていることが三つあります。一、「静」の存在感と「私」の恋の成就の期待。二、家の消滅として夫婦二人が死へ這入ていくという不安。三、漱石が物語に隠し置いているプロットの三つです。一の玄関と門との間にあって枝を張っている「木犀」は静の象徴です。来る秋の訪問のときの木犀の花と香りとは、「私」から見た静との恋の成就の期待です。二は玄関の電燈がふっと消えた

「宅（うち）」の中で、二人が死の世界に這入（はいっ）てゆくのではないかという「私」の不安の描写です。三に「木犀」に喩えられている静は「宅（うち）」の外において、つまり先生Mの家を出ることによって、はじめてその花とともに人生が香り出すというプロットの描写です。「次の秋」とは、乃木大将が殉死する秋でもあります。

　静が先生Mとともに死に入っていく運命にあるのではないかという「私」の不安は、「中」に二度描かれています。はじめは明治天皇の「崩御の報知」の直後です。

> 新聞を読みながら、遠い東京の有様を想像した。私の想像は日本一の大きな都が、どんなに暗いなかでどんなに動いているだろうかの画面に集められた。私はその黒いなりに動かなければ仕末のつかなくなった都会の、不安でざわざわしているなかに、**一点の燈火**の如くに先生の家を見た。私はその時この燈火が**音のしない渦**の中に、自然と捲（ま）き込まれている事に気が付かなかった。しばらくすれば、その灯（ひ）もまた**ふっと消えてしまうべき運命**を、眼の前に控えているのだとは固より気が付かなかった。（中五）

　先生Mの家の灯が「一点の燈火の如くに」見えるというのは、静の存在のことであり恋の成就の期待です。「音のしない渦」とは、静を後追い自殺させようという先生Mのたくらみのことです。明治天皇の死ののちに、静との恋の成就の期待としてある「燈火」が「ふっと消えてしまうべき運命を、眼の前に控えて」いたと言っているのです。しばらくすれば静が消えてしまう運命が眼の前に控えているとは「固より気が付かなかった」と言っているのです。もう一つは、九月になり「乃木大将」が亡くなる前の語りに出てきます。

> 私の哀愁はこの夏帰省した以後次第に情調を変えて来た。油蝉の声がつくつく法師の声に変る如くに、私を取り巻く人の運命が、大きな輪廻（りんね）のうちに、そろそろ動いているように思われた。
> （中八）

人の生死という大きな輪廻の中で、乃木大将の運命も、父の運命も、先生M夫妻の運命もそろそろと動き出しているように思われたと言っているのです。

「先生の安否」というトリック

そのあと、「手紙を出しても返事を寄こさない先生」と「父とは、まるで反対の印象を私に与える」（中八）として先生Mについて次のように語られています。

> 先生の多くはまだ私に解っていなかった。話すと約束されたその人の過去もまだ聞く機会を得ずにいた。要するに先生は私にとって**薄暗かった**。私は**是非とも其所**を通り越して、**明るい所**まで行かなければ気が済まなかった。**先生と関係の絶える**のは私にとって**大いな苦痛**であった。

倫理的に暗い先生Mの「薄暗」さという「其所を通り越して」明るい所まで行かなければ気が済まなかったとは、先生Mの自殺を通り越した「明るい所」に出ることです。「私」には「是非とも」明るい所に出るという意志と直覚があるのです。先生Mの薄暗さを乗り越えた所とは、静との新たな関係と未来が見通せる「明るい所」なのです。先生Mの自殺とたくらみを通り越すのです。

「先生と関係の絶えるのは私にとって大いな苦痛であった」という言葉は漱石がこしらえたトリックです。先生Mと別れることが苦痛のように書かれていますが、この文言の真意は〈静と関係が絶えることは、私にとって大いな苦痛であった〉ということなのです。漱石は「私」と静の恋愛にまつわる不道徳情緒（静の不倫という想像的情緒）を読者に起こさせないために、わざと二人の人事Fを分かりづらくしているのです。

出立の日が来ても東京へ立つ気が起こらなかった「私」の下へ、先生Mから手紙が届くのですが、それは父の病気が最後の一撃を待つ間際まで進んで来ているときでした。その手紙を、重篤に陥っている父の病室を出て、頁をはぐるように読む場面があります。

「この手紙があなたの手に落ちる頃には、私はもうこの世には居ないでしょう。とくに死んでいるでしょう」

私ははっと思った。今までざわざわと動いていた私の胸が一度に凝結したように感じた。私は又逆に頁をはぐり返した。そうして**一枚に一句位**ずつの割で倒(さかさ)に読んで行った。私は**咄嗟**(とっさ)の間に、**私の知らなければならない事**を知ろうとして、ちらちらする文字(もんじ)を、眼で刺し通そうと試みた。その時**私の知ろうとするのは**、ただ**先生の安否**だけであった。（中十八）

ここにも漱石に拍手を送りたくなる物語の筋を見事にはぐらかす創作技法（トリック）があります。「一枚に一句位ずつ」の一句とは何のことでしょうか。「咄嗟(とっさ)の間に」知りたいと思ったことは何でしょうか。それは静が生きているのかどうかを示す一句です。そのことが知りたくて、ちらちらする文字の中から「眼で刺し通」すようにしながらその一句を探して読んで行ったと言っているのです。ここで「静について」の一句とはっきり書いてしまえば、読者に興ざめを起させるかもしれません。漱石にとって、今まで省いてきた〈私と静の人事F〉を物語の表層に出さないようにしておくべき個所なのです。

先生Mが、自分は「とくに死んでいるでしょう」と言っていることを踏まえて「咄嗟(とっさ)」に「私の知らなければならない事」とは何でしょうか。投函後の「先生の安否」は、手紙では知りようがありません。眼で刺し通すようにして探したのは「先生の安否」ではなく〈静の安否〉なのです。懇意にさせてもらっている夫婦の一方の夫が自殺するとなったら、奥さんの安否が気にならないわけがないのです。この「先生の安否」という語は、〈静の安否〉と読み替えなければいけない語句なのです。しかも「私」には「直感」や「直覚」があったのです。「私」の思いをカムフラージュする描写なのです。これは漱石コード1の技です。漱石の見事な技倆に感じ入るべき場面です。

先生と決別する暗示

ここで「私」が〈なによりも奥さんの安否が気になった〉と書いてしまえば、その時点から〈私と静〉という、今まで作品の深層に隠されていた人事Fが姿を見せてしまうことになり、「私」の恋の進行という唐突なプロットの現れとなってしまいます。読者に違和感やいぶかしさを抱かせるとともに、「不道徳情緒」を与えることが危惧されるのです。漱石はあくまで二人の人事Fの進行を目に見えない形で進めていくのです。

先生の過去、かつて先生が私に話そうと約束した**薄暗いその過去**、そんなものは私に取って、**全く無用**であった。私は倒(さかさ)まに頁をはぐりながら、私に**必要な知識**を容易に与えてくれないこの長い手紙を自烈(じれっ)たそうに畳んだ。

（中十八）

ここは先生Mの過去の薄暗い話なんてどうでもいいから、今の〈静の安否〉が知りたいという切迫した思いを綴った個所です。「私に必要な知識」とは静の生死に関する知識です。先生Mの過去に何があったのか知ろうとしていたが、そんなことは〈静の安否〉にとってどうでもよく無用だったと言っているのです。このことはやがて「私」が全く無用な先生Mの手紙を公表して、先生Mと決別することの暗示になっています。「私」はこの手記の中で、静を後追い自殺させようとした先生Mの手紙を公表してMと決別するのです。

そうして思い切った勢で東京行の汽車に飛び乗ってしまった。私はごうごう鳴る三等列車の中で、又袂から先生の手紙を出して、漸く始から仕舞まで眼を通した。（中十八）

「中」の章を締める簡潔な語りには、「私」が先生Mの「固より倫理的に暗い」という心性も、卑劣な計画も、薄暗い過去も全てを胸に収めて静の所へ向かうことが示されています。静をKのようにナイフで「身を切」（上十八）るような後追い自殺や、夫Mの自殺場所で後追いの投身自殺をさせないために、「頓死」という「不自然な暴力」（上二十四）によって静が殺されないようにするために、「私」は静の許へ急ぐのです。静の心を救うために「私」は何を語ればいいのでしょうか。先生Mの手紙のことには一切触れずに静を救い出すのです。その答えは、かつて先生Mについての疑惑を話し合ったときの静の発言の中にあります。

「私」は静と一緒に父の許へ行く

「私」が手記を書きはじめるまでには、Mの自殺から一定量の時間が経過しています。その時間の中で何が起きたのか、作品中には書かれていないことを商量していきます。

「私」は汽車に飛び乗り、無事に静と再会し、警察からの要請によって二人で先生Mの自殺現場に行き検証に立ち会うことになります。筆者は先生Mの自殺現場の設定として噴火口である可能性が高いとみています。だから先生Mの遺体は上がらないのです。Mの遺体を上げることができなければ、自殺現場の検証は終わることになります。そのあと二人はどこへ行くことになるでしょうか。静を一人だけ家に帰すことなど到底できないので、二人が「私」の故郷に戻ると筆者は推量します。

私は夢中で医者の家へ馳け込んだ。私は医者から父がもう二三日(にさんち)保(も)つだろうか、其所のところを判然(はっきり)聞こうとした。注射でも何でもして、保(も)たしてくれと頼もうとした。（中十八）

警察の検証で夫の自殺現場に立つことで、静の心は「では殉死でもしたら可(よ)かろう」（下五十五）として〈あなただけ死んで私から離れて下さい〉と本心から自殺を勧めた責任を感じ出し、静は限りなく後追い自殺へと心が傾斜していくのです。「殉死」であれば夫の意志だったとして納得し責任を感じなくても済みますが、「頓死」であれば静は自分の責任を感じてしまうのです。夫の自殺現場に立つことで一層強く夫への人情が湧き出してしまうのです。「私」は静をそのまま一人にしておくわけにはいかず、故郷に連れて行くのです。先生Mの遺体が上がらなければ葬式もできず、二人にとってその後始末は何もなく、こういう経過を辿るとすれば「私」の父は二人が戻ってくるまで生きているという商量は充分に成り立ちます。

「私」が静の発言に影響されて父のことを思い出す場面が『こころ』の中に三個所あります。

奥さんは私に「結構ね。さぞ御父さんや御母さんは御喜びでしょう」と云ってくれた。私は**突然病気の父の事を考えた。**早くあの卒業証書を持って行って見せて遣ろうと思った。（上三十二）

奥さんは昔同じ病気で死んだという自分の御母さんの事でも憶(おも)い出したのか、沈んだ調子で**こ**ういったなり下を向いた。**私も父の運命が本当に気の毒になった。**（上三十四）

私は先生に対する**奥さんの態度を学ぶ**事が出来なかった。（中十）

三つ目の「先生に対する奥さんの態度」とは、「あなたが死んだら、**何でもあなたの思い通りにして上げるから**、それで好いじゃありませんか」（上三十五）と奥さんが語ったことであり、人間として義務心を持って夫の気持ちや意思を大事にするという静の気持ちです。「私」も子供としての義務心を持って、父の願いをかなえてやらなければいけないと思いはじめるのです。「私」はこの静の態度に学び、父が遺言を残すのであれば、遺言に従い父の望む通りに生きていこうと思うのです。「私」は静に言われたことに素直に共感して影響を受けはじめています。なお「あなたの思い通りにして上げるから」という静の言葉は、夫Mには〈あなたが死んだら、あなたの思い通りに死んであげるから、それで好いじゃありませんか〉と聞こえているのです。だから夫Mは「それぎり奥さんの厭(いや)がる事を云わなくなった」（上三十五）のです。

漱石は『文学論（上）』「文学的内容の基本成分」の章の中で、様々な情緒の例をリボー（Ribot）の

『情緒の心理』を典拠（文庫本注解）として説明しています。「両性的本能、更に上等の文字を用ゐれば恋」（97頁）と、それと全く絶縁して存在する「同感」について「即ち他人と感情を共にするの義なり、人怒れば怒り、人泣けば泣く、即ち心理的結合」（75頁）と述べています。また「この意味における同感は第一期にして、更に進みて第二期に入る時は最早単に心理的結合にあらずして、心理的結合＋優しき情緒となるなり。文学の内容として用ゐ得べきsympathyは常にこの第二期にあるを要す（76頁）」と言っています。「私」と静の物語はこの「同感」の第一期、第二期を通り、優しき情緒を伴って進展していくのです。

「私」と静は「私」の故郷へ着き、そこで臨終間近い父の枕元に集まっている家族や親族や近隣の人たちから驚きをもって迎え入れられ、「私」が父の臨終に間に合わすかのように、東京から婚約者を連れて帰ってきたと思われるのです。「私」と静に対する国の歓迎の中で、静はMとの結婚における束縛や、自殺に傾斜していた心から完全に解放され、やがて二人は結婚を決めることになるのです。これらのことも漱石が省いた二人の人事Fの商量の範囲にあります。

二人がこういう経緯をたどると商量すると、静は夫Mの認定死亡が確定した後に戸籍上での離籍となり、離籍の確定から半年後に民法上の再婚が可能となります。さらに再婚後に静に子供が授かるまでの期間を約一年とすれば、「私」が先生Mの手紙を自分の手記の中で公表するのは、最短で先生Mの自殺の一年九カ月後となります。「私」は静に子供が生まれるのを待って手記を書き出すのです。これが先生Mの「頓死」後の明るい所の様子であり、静の幸福を実現させるまでの経緯の商量です。

第三章　先生の嘘　偽善こそ罪

Mは一年間Kの墓参りに行ってなかった

Kが何月に自殺したかをうかがい知れる記述があります。まず明治時代の大学の二学期は松の内が明けてすぐに始まっていました。明治二十六年の帝国大学文科大学英文学科は一月九日（月）でした（後掲『漱石研究年表』）。

テクストで言えば、「その内学校がまた始まりました」（下三十九）に当たります。Mの言う「ある日私は久し振に学校の図書館に入り(はい)ました」（下四十）を休み明けの一月十二日と想定すれば、図書館から上野公園に行ったKとMの二人の会話のあった時点を起算日として、翌日から「二日経っても三日経っても」の「一週間の後(のち)」に仮病を使ってMは大学を休み奥さんに談判します。そして奥さんの了解をもらった後「二三日過ごし」、「五六日経った後(のち)」にMは奥さんからKに娘の婚約を話したと告げられます（下四十七）。そこから「もう二日余り」経った「土曜の晩」（下四十八）にKの自殺となります。つまり二人の上野公園での話合いから約二十三日後の、二月初旬にKの自殺という結論になります。このことは（下三十五）に描かれている「歌留多（かるた）」取りのあと、約一カ月でKが自殺したことを意味しています。

（下五十一）において、Mは結婚したくないのに「とうとう」結婚してしまったと言っているようにも聞こえます。

奥さんも御嬢さんも如何にも幸福らしく見えました。私も幸福だったのです。けれども私の幸福には**黒い影**が随（つ）いていました。私はこの幸福が最後に私を悲しい運命に連れて行く導火線ではなかろうかと思いました。（下五十二）

ここに言われる結婚時点の「黒い影」とは、Mの心が生み出した静の恋の罪悪という「黒い影」と、もう一つ、やがてフラッシュバックし出すKの自殺時の黒い影があります。Mにまとわりついているこの二つの黒い影が、Mをして自分が死ぬことで静を後追い自殺させようとする「悲しい運命」の「導火線」となると言っています。

結婚した時御嬢さんが、――もう御嬢さんではありませんから、妻（さい）と云います。――妻が、何を思い出したのか、二人で**Kの墓参（はかまいり）**をしようと云い出しました。私は**意味もなく唯ぎょっとしま**

した。どうして**そんな事を急に**思い立ったのかと聞きました。……私は**何事も知らない妻**の顔を**しけじけ**（「つくづく。よくよく」（文庫本注））眺めていましたが、妻から何故そんな顔をするのかと問われて始めて気が付きました。

（下五十一）

どうしてMは妻の顔を「しけじけ眺め」たのでしょうか。なんでそんなことを言うのかといった様子に感じます。「何事も知らない妻」とは、静がKの自殺の真実も、Mがその真実を隠していることも、今まで自分がKの墓参りに行っていない理由も含めた言葉です。Kの墓参りに行くことを考えていなかったMは妻の言葉に虚を突かれ「意味もなく唯ぎょっと」したのです。犯罪に気づかれたかのようにうろたえたのです。Mにとって心に準備がないことだったから、Kの墓参りに行くことに驚いたのです。Kの死後一年近く経っているのですから、Kの月命日に墓参りに行っていれば、次のKの月命日はいついつだからそのときに一緒に行こうと言えたはずです。「ぎょっと」するような話ではなく、「急にそんな事」にも驚かず、妻の顔を「しけじけ」眺めることもなかったはずです。MはKの死後約一年間、Kの墓参りに行っていなかったということが、ここから見て取れるのです。

「私は私の生きている限り、Kの墓の前に跪（ひざ）まずいて月々私の懺悔を新たにしたかった」（下五十）と語ったのはKの埋葬先を決めた後です。こう言いながらMはKの墓参りに妻に言い出されるまで一回も行っていなかったのです。月々懺悔を新たにしたいと言われると、それを聞いた善良で正直な人間は、Kの月命日にはMが墓参りに行っていて、墓の前で懺悔していると思い込んでしまうのです。そして墓参りに行っているかどうか気に留めなくなり、やがて忘れてしまうのです。偽善者の正直者をだますやり方が永久的特性として織り込まれています。筆者もMは毎月墓参りに行っていると信じ、全く疑ってもいませんでした。偽善者は正直者が忘れ去るのをしばらく待ちさえすれば自分の責任から逃れられることを知っているのです。忘れた頃合いに虚を突いて、また同じことを遣るのが偽善者のやり方で何度も繰り返されます。『こころ』の「先生」も政治家の「先生」も偽善の永久的特性に連なっています。懺悔したり説明責任を果たす積りもないのに、懺悔し責任を果たしたいと語るのはイエスの戒める「倫理的に悪い態度」であり、漱石の言う「倫理的に暗い」性格と心情を見せるものです。「偽善」の反対語は「偽悪」ではなくて「正直」です。

『こころ』には漱石によって解釈された偽善の「永久的特性」と、その反対物として正直さが織り込まれています。静と一緒に行ったKの墓参りが、Mにとってはじめてのことであったことを示す言葉が他にもあります。それは「私は新らしいKの墓へ水をかけて洗って遣りました」(下五十一)というものです。(Kの納骨式があったとすればMも参列したと思いますが)、墓が完成して約一年後のはじめての墓参りだったから、「新らしいKの墓」と漱石が言わせたのです。そこに物語の真が隠されています。Mは静と一緒に墓参りに行ったときに「新らしいKの墓」に水をかけて〈初めて〉洗ってやったと言っているのです。

Kの運命を冷罵したのは静なのか

妻と一緒に行ったKの墓参りにおいて、Mの偽善者としての本性が次の引用文に見事に表されています。恐ろしい偽善者の心理が見えます。

> その時妻はKの墓を撫(な)でて見て立派だと評していました。……私はその新らしい墓と、新らしい私の妻と、それから地面の下に埋(うず)められたKの新らしい白骨とを**思い比べて、運命の冷罵**(れいば)を感ぜずにはいられなかったのです。私はそれ以後決して妻と一所にKの墓参りをしない事にしました。
>
> （下五十一）

> 「**私の亡友に対するこうした感じ**は何時までも続きました。実は私も初からそれを恐れていたのです。年来の希望であった結婚すら、不安のうちに式を挙げたと云えば云えない事もないでしょう。……私は**妻と顔を合せているうちに、卒然Kに脅かされる**のです。つまり妻が中間に立って、Kと私を何処までも結び付けて離さないようにするのです。妻の何処にも不足を感じない私は、ただこの一点に於て彼女を遠ざけたがりました。
>
> （下五十二）

先生Mという人物の特色を示す重要な織り込みです。先生Mの認識について、その核心をとらえることができます。漱石は「思い比べて」という語句を差しはさむことで、読者に何と何とを思い比べてどう解釈すればよいのかを迷わせています。読者がここで迷って正解となる判断を下せないのは、まず比較する対象が不明確なことにあります。「新らしい墓」と「新らしい私の妻」と「Kの新らしい白骨」の三つの中での比較なのか、そこに先生Mも含めて四者の比較の中で読み解くべきなのかがはっきりしないからです。漱石がわざと不明確にしています。偽善者の誤魔化しの言説を創っているからです。

分かりやすくするために、意味の重複する語句をまとめ、語順も整えてみます。「新らしい墓」と「Kの新らしい白骨」は同じ事実を示しますから、〈Kの死の事実〉とまとめることができます。そうすると次のようになります。

〈私は新らしい私の妻と、眼の前に見るKの死の事実とを思い比べて、運命の冷罵(れいば)を感ぜずにはいられなかったのです。私はそれ以後決して妻と一所にKの墓参りをしないことにしました〉「私の亡友に対するこうした感じ」

こうなれば、「新らしい私の妻」が、Kの「運命の冷罵(れいば)」と感じた「こうした感じ」と次節に読みつなぐことが正解になってしまうのです。Mは私の妻が亡友の運命を冷罵した主体であると言っているのです。恐ろしい偽善者の言説を作っています。Mの本性を表しています。ここをあいまいにしたままで読み進めると、最後までMという人物の持つ真の恐ろしさが見えなくなってしまう可能性があります。片方に新しい妻の静がいて、片方にKの死があって、結婚によって得た「新らしい」妻がKの運命を冷罵してKに死を与えたと言っているのです。その感じがいつまでも続くことを結婚当初から恐れていたとして、Mは自分の責任を静に転嫁したのです。漱石は同情的作物として、偽善者ならこういうふうにして責任を逃れ自己正当化を図るというやり方を示しているのです。漱石コード3の

〈内容と形式の混ざり合った幻惑法〉と言えます。筆者はここに漱石の表現（表出法）における躍如たるエンターテイナー性を感じます。

Mは K の自殺を静のせいにしたのです。だからKを「亡友」（亡き友）と語る**善良な心**で追悼できると言っているのです。今まで K の墓参りに行ったことのないMが、一人で墓参りに行くようになったのは、静が K の運命を冷罵したと認識し責任転嫁したからです。自分の責任を逃れて以降Mは静の罪を懺悔するために K の墓参りに行っているのです。これが先生Mという人間です。Mは静の恋は罪悪という認識を基に、結婚後に新たに静が K の運命を冷罵したという認識を加えたのです。MはKを自殺させたことに何の罪も自責の念も抱いていないのです。

現実コード1〈一年経ったらKを忘れたかった〉

「私」が先生Mとはじめて雑司ケ谷の墓地で会ったときの、Mの「表情の中（うち）には判然（はっきり）云えない様な一種の曇があった」（上五）とした「一種の曇」とは、静が K の運命を冷罵したとするMの認識が顔に出たものであり、Kを自殺させた罪を静にかぶせて墓参りしているのを見られてしまった表情だったのです。「私」との会話場面においては、静が K の運命を冷罵したという認識は隠したまま「恋の罪悪」だけを語ったのです。これも漱石の省略の技です。Mが K の墓参りに「自分の妻（さい）さえまだ伴れて行った事がない」（上六）と嘘をついてまで「私」と一緒に行くのを断ったのは、一緒に墓参りに行く間に、静が K の運命を冷罵したと思っていることが知られてしまうことを防ぐためなのです。

MがKの墓参りに行かず、早くKのことを忘れたいと思っていたことを示す言葉があります。Mが静と一緒にKの墓参りに行くまでは一度もKの墓参りに行っていなかったことが分かります。私たちの日常生活の中から持ってくることのできる『こころ』読解の現実的コードです。

一年経ってもKを忘れる事の出来なかった私の心は常に不安でした。私はこの不安を駆逐するために書物に溺（おぼ）れようと力（つと）めました。

（下五十二）

この文言は、一年経ったらKを忘れたかったし、忘れられるだろうと思っていたということを示しています。しかし妻と一緒に墓参りに行ったために、妻が中間に立ってKを忘れられないようにしてしまったのです。一年経ってもKを忘れられなくしたのは妻だとMは認識しているのです。Kを忘れられないMの心は「常に不安」だったのです。MはKを自殺させてしまった罪に向き合うのではなく、早く忘れてしまいたいと思いながら結婚生活を続けてきたのです。忘れられない不安から逃れるために「書物に溺（おぼ）れようと力（つと）め」てKを頭から駆逐しようとしたのです。

現実の生活の中で私たちが〈一カ月経っても忘れる事の出来なかった私〉と語るとき、心の中には〈一カ月経ったら忘れるだろうと思っていた〉自分がいるのです。Mは何よりもKを忘れたかったにもかかわらず、そうならなかったのです。ここにMの妻に対する復讐心が芽生える原因の一つが見出せます。Kを早く忘れたかったというMの心理を読み取ることができれば、『こころ』のおおまかなプロットが分かるのです。Kのことが決定的に忘れられなくなってしまったMは、さぞかし静を恨んだことでしょう。漱石は二度三度と、Mという人物はKの自殺に何の罪の意識も持っておらず懺悔もなく、妻に自分の罪を被せて責める人間であることを描いています。組織の上下関係（家庭内では家長が優位）において上の者が下の者に自分の罪を被せてしまうことは、倫理的に暗い人間のすることとして現代でもよく見かける構図であり、偽善〈者〉の永久的特性です。

明治の復讐の力学

先生Mは家の中で、次の間にいる静に聞こえることを知っていて、「**私は淋しい人間です**」と何度か「私」に向かって話していました。先生Mのこの発言は静に聞かせるためと言えるものです。しかし静は夫Mを「淋しい人間」ではなく、何もすることがなくて「淋しく」過ごしている人間と見ています。この認識は「私」も同じでした。「私」は「貴方も淋しい人間じゃないですか」と語る先生Mに対し「私はちっとも淋しくはありません」として、先生Mの「淋しい」に取り合いませんでした。Mは叔父のせいで「孤独の淋しさ」（下二十）を胸に抱いて東京に出てきたと言っていましたが、最後は「仕舞にKが私のようにたった一人で淋しくって仕方がなくなった結果、急に所決した」（下五十三）と言い出しています。M自身が淋しかったと語るのも、Kが淋しかったと語るのも偽善者の弁です。さむしい人間であることがMの特色になっています。周りを敵視し人間関係を結べないからです。Mは親戚や世間や人類の中で孤立していてさむしいのです。さむしい人間が道連れとして妻殺しを考えるのです。Mの語る「淋（さび）しい」は、自分を被害者で弱い人間と幻惑させ同情を引くためにあります。同情が得られれば、内部の機密を知られなくて済み、周りが自分との人間関係を結んでくれることが期待できるのです。

静の耳に聞こえているとしていいMの語りの中に、『こころ』の結構を示すものがあります。それは「自分が欺むかれた返報に、残酷な復讐をする」「かつてはその人の膝の前に跪いたという記憶が、今度はその人の頭の上に足を載せさせようとする」（上十四）という言葉です。「跪いた記憶」を持っている人間として一番分かりやすいのは、MとKです。MはKの向上心に跪き、KはMの金力に跪いて、同じ下宿に居るのです。二人がそれぞれ自分が欺かれたと思えば、そこに復讐劇が生じます。またMが恋の罪悪を持っていると認識している静に跪く形で、Kを追い出すために結婚の談判を静の母親にしたと記憶していれば、またあるいは静に跪いたにもかかわらず、静がMの固い信念に応えてくれず「欺むかれた」と記憶していれば、Mも静に対して復讐をすることになります。

〈束縛と模倣と他人とに充ちた〉現代

私は**未来の侮辱**を受けないために、**今の尊敬**を斥ぞけたいと思うのです。私は今より一層**淋しい未来の私**を我慢する代りに、淋しい今の私を我慢したいのです。**自由と独立と己れとに充ちた現代**に生れた我々は、その犠牲としてみんな**この淋しみ**を味わわなくてはならないでしょう。

（上十四）

ここには先生Mの未来、つまり死後が語られています。「未来の侮辱」を受けたくないとは死後の侮辱は受けたくないということです。Mには死後に侮辱を受けることが分かっているのです。死後において侮辱を受けないようにしたいから「今の尊敬」は排除したいと言っているのです。Mが復讐を実行するには「今の尊敬」は不要なのです。死ぬことで復讐しようとしているからです。尊敬されずに淋しいのは我慢してもよいが、未来（死後）に一層の淋しさを味わうのは我慢ならないと言っているのです。静を巻き添えにすることで淋しさから解放されるとしているようです。また自由と独立と己れを求める静に復讐するとも言っているようです。

静が夫Mの束縛から解放され、幸福を求めて自立するのはMの「淋しみ」なのです。Mはこのまま生きていても未来が「一層淋しい」ものになる、静に決別され「淋しみ」を味わうことが分かっているのです。漱石は先生Mに、自分の行動も手紙も世間から侮辱されることになると予感させています。「妻には常に暗黒に見えたらしい」（下五十四）と言い、静が自分への疑惑を持っていて、自分が暗黒に見えていることをMは知っていたのです。静に尊敬されているとは思っていません。尊敬されていないから自由に復讐ができるのです。「先生の性質の特色として、こんな執着力を未だ嘗て想像した事さえなかった。私は先生をもっと弱い人と信じていた。そうしてその弱くて高い処に、私の懐かしみの根を置いていた」（上三十）と言う「私」も、やがて嫌厭により先生Mを尊敬しなくなります。強い復讐心を持って低い処に生きていると理解します。

隣室の静に聞こえるように「私は淋しい人間です」と言うのは、静に対し自分の固い信念が報われていないことを訴える言葉とも、静に後追い自殺を求める言葉とも受け取れます。現世では静が自分の信念に報いてくれなかったが、静がMの自殺に従って後追い自殺をしてくれれば、Mは自分が美しくなるような心持を味わえるのです。Mは自分の信念に執着しているがゆえに、静を自分の死に束縛し従わせようとするのです。自殺に従わせることで、夫としての体面を回復させ、溜飲を下げることができるのです。結婚生活において自分の信念が満たされるかどうかは静次第だったのです。つまり静への束縛と依存が同じ関係性の中にあったのです。静はやがて夫への倦厭によって、夫を人間として幸福にして上げようとする義務心や献身を止め、自分の幸福の確立のために自己本位に立脚した人生を歩むことを決意します。

　漱石に「模倣と独立」という講演記録があります。これは『こころ』の新聞連載開始の四カ月前の講演内容です。このなかで「独立」の対照（反対句）として「模倣」が取り上げられています。この文章には『こころ』のまえがきとして読むことのできる個所があります。「インデペンデント」（独立心、筆者）について、「罪を犯した人間が、自分の心の径路をありのままに現わすことが出来たならば、そうしてそのままを人にインプレッスする事が出来たならば、総ての罪悪というものはないと思う。総て成立しないと思う。それをしか思わせるに一番宜いものは、ありのままを**ありのままに書いた小説**、良く出来た小説です」（『漱石文明論集』岩波文庫165頁）と書いています。『こころ』の先生Mは「一層思い切って、**有のまま**を妻に打ち明けようとした事が何度もあります」（下五十二）と言いながら、結局は言い訳をして「有のまま」を隠し通した人間です。だから死に追い込まれて行ったとも言えます。漱石はMを「一人の罪人」（上三十一）としてその罪を「有のまま」に現わすことのできない人間として描いていています。Mの手紙に「有のまま」は記述されていないのです。

漱石は『文学論（上）』202頁に「試みに吾人の**精神作用の対偶**（対になったもの、注解）の或物を列挙すべし」として「独立は服従と対し、勇気は温厚と対し、主張は恭順と対す。如斯きものは凡て皆、流俗（世の常、筆者）の等しく賞揚する性質にしてしかもその対偶の一は他と全く矛盾せるものなり」と述べています。独立も服従も、「流俗」の中ではともに賞揚されているが、明らかに矛盾する性質のものであると言っています。「自由と独立と已れとに充ちた現代」の対偶に〈束縛と模倣と他人とに充ちた現代〉と〈支配と服従と他人とに充ちた現代〉という認識が置かれていることになります。『こころ』には束縛、模倣、支配、服従、他人が描き込まれているのです。

「私」と静の模倣

「私は先生の後につづいて海へ飛び込んだ」（上三）に始まって、「先生の学問や思想に就ては、先生と密切の関係を有っている私より外に敬意を払うもののあるべき筈がなかった」「実際先生は時々昔しの同級生で今著名になっている誰彼を捉えて、ひどく無遠慮な批評を加える事があった。それで私は露骨にその矛盾を挙げて云々して見た」（上十一）、「私は思想上の問題に就いて、大いなる利益を先生から受けた」（上三十一）、「少し先生にかぶれたんでしょう」（上三十三）などと「私」自らが語っていることの中に模倣が見えます。しかも先生Mに敬意を払うものは誰もいなかったと言っているのです。「私」だけが模倣していたとも聞こえます。束縛としては「恋は罪悪」（上十二・十三）、「君の御父さんが達者なうちに、貰うものはちゃんと貰って置くように」「田舎者は都会のものより、却って悪い位なものです」「いざという間際に、急に悪人に変る」（上二十八）、「先生の注意――父の丈夫でいるうちに、分けて貰うものは、分けて貰って置け」（中二）といった先生Mの人生観や処世訓や注意があり、それらの観念や注意の一部は「私」の意識に入り込み束縛されている様子が見て取れます。

また「先生は……何時か私の頭に影響を与えていた。……私は胸と云い直したい。肉のなかに先生の力が喰い込んでいると云っても、血のなかに先生の命が流れていると云っても、その時の私には少しも誇張でないように思われた」「けれども元々身に着いているものだから」（上二十三）、「先生から見下げられるのを遥かに恐れていた」（中十一）などにも先生Mという「あかの他人」（上二十三）から受ける束縛や支配や服従関係が見えます。先生Mに影響を受けて知らずしらず身に着けてしまった、あるいは洗脳を受け、あるいは従わなければいけないかのように思う意識の中にMの意思による支配と、それに対する模倣や服従があると言えます。

静の模倣としては、何よりもMと結婚するにあたり、母親と同居することで母の考えや行動基準を頼りにMとの結婚を乗り切ろうとしたことです。母を模倣したからこそ、Mとの結婚生活を続けられたのです。母親からの束縛と支配は、まずもって娘の意向を確かめずに静の結婚が因襲的に決められたことです。因襲も時代の集合意識と言えますが、その集合意識に束縛されて結局は受け入れた静の結婚があったのです。さらに母親がMの金力に対して「頼もしい」といった人間的な評価を与えたことも静にMとの結婚を受け入れさせる要因になりました。母と同居する結婚生活の中に、模倣と支配と服従が混在していることになります。母親の考え方や生き方を頼りに模倣することで結婚生活を続けられたからこそ、母親の死で頼りにするものがなくなったのです。

静は子供が欲しいと思っているのに対し、夫Mからは「天罰だからさ」「子供は何時まで経ったって出来っこないよ」「一人貰ってやろうか」（上八）などと言われることで、夫Mの意思に束縛され服従していたことになります。夫Mに「嫌われる訳がない」（上十七）にもかかわらず「私も嫌われている一人」（上十六）とする思いや、「身を切られるより辛い」「出来るだけの事はしている積りなんです」として「奥さんは眼の中に涙を一杯溜めた」（上十八）と語られていることの中にも夫Mへの服従が見られます。夫Mは自分の意識や生活様式によって静を束縛し従わせていたのです。Mが結婚願望のない静に跪まずき、生活の行路を静一家に求めたことにMの依存意識が見えます。Mは依存しながら静に服従を求めたのです。

さらに「最も強く明治の影響を受けた私どもが、その後に生き残っているのは必竟時勢遅れだ」（下五十五）というMの発言は、〈私ども夫婦はともに死ななければいけない〉ということを言っており、Mが自分の自殺を静に模倣させることで、静を服従させ支配しようとする意識が見て取れます。だったら一人で「殉死でもしたら可かろう」と静が怒り反発するのは当たり前なのです。静が夫Mの意識と束縛（支配）に反発した局面こそ、Mに対する静の倦厭が極点に達し、静の献身的な特色が夫を見切る方向に舵を切った瞬間なのです。静にとっての結婚とは、夫Mの他人本位な意識に支配され、服従的で献身的な生活を続けた日々だったのです。

ちなみにKとMの間にも、学費（Mの金力）へのKの依存と服従があり、Mが自分の「信念と迷い」の解決のためにKの向上心に跪ずいたことにも依存意識が見て取れます。『こころ』には先生Mによる束縛と依存と支配と、先生Mに対する模倣と服従が描かれているのです。

「先生」は固より倫理的に暗い

漱石は一番分かりやすいMの嘘として、Kの墓参りには「自分の妻さえまだ伴れて行った事がない」（上六）と語らせています。「下」に読み進んで最初に知る一番分かりやすい嘘と言えます。漱石は明らかなMの嘘を一つ見せて、Mという人物は平気で嘘をつくから、その嘘を見破れというメッセージにしたのです。「私」は先生Mが平気で嘘をつく偽善者であることは「手紙」（遺書）を読んで分かっていますが、作品の案内役を兼ねていますので、先生Mが随所で嘘をついているとは書けないのです。そう書いてしまえば、最初から先生Mの嘘の解明が主題になってしまいます。〈作品の真〉の解読という醍醐味は、隠されているMの内部の機密（裏面の消息と内部の生活）と、漱石がテクストに織り込んであるヒントと、読者の商量から得られるものです。商量することで、漱石が『こころ』を単行本として発刊する際の自作の広告である「人間の心を捕へ得たる此作物」とする〈作品の真〉が姿を現してくることになります。漱石は偽善者の心を捕え得たと言っているのです。偽善というMの様々な態様を客観的描写において描き切ったのです。漱石にはそれだけの自信があったのです。

私の暗いというのは、固より倫理的に暗いのです。私は倫理的に生れた男です。又倫理的に育てられた男です。その倫理上の考は、今の若い人と大分違ったところがあるかも知れません。

（下二）

先生Mという人物が、両親の倫理的な結婚によって父の正妻から嫡出子として生まれ、両親の古い道徳観の下で育てられた男として、固より倫理的に暗いという論理が示されています。漱石が先生Mの出自・来歴と人格を示しているのです。ここの文章構成は「文素の結合による幻惑」の技によって、「固より倫理的に暗い」という語句を先に出して意味を取りづらくしたものです。先生Mの人物像をわざと不明瞭にしたと言えます。漱石は『文学論（上）』163頁に、「情緒そのものは依然として生死源頭より出立せる猛烈なる世襲の情緒なり。……人間の情緒は真面目にして、重大なり、永久の生死ここにかかると信ず」と書いています。この世襲の情緒は先生MとKにも設定されており、この世襲の情緒がKの自殺時の行動を生み出すことになります（第三章「Kの義理堅い世襲の情緒」参照）。

『こころ』は倫理的に暗い人物の反倫理的言動を描いた作品です。暗い倫理観を持っている先生Mのことを「一時代前の因襲のうちに成人した」と「私」は語り、先生M自身にも「私は決して理に暗い質ではありませんでした。然し先祖から譲られた迷信の塊も、強い力で私の中に潜んでいたのです。今でも潜んでいるでしょう」（下七）と言わせています。「迷信」を「迷妄と考えられる信仰。また、道理にあわない言い伝えなどを頑固に信ずること。通常、現代人の理性的判断から見て不合理と考えられるものについていう」と理解すれば、先生Mの倫理的に暗い考え方や、因襲を利用する行動を「迷信」と設定しているとも言えます。愛情に基づかない静との結婚を、人事の決定権を持っている静の母親（家長）に談判し、まるで家長同士で政略結婚を決めるような時代錯誤的な行動を取ったことを「因襲」や「先祖から譲られた迷信の塊」と言っているとも受け取れます。先生Mは「理」に暗い行動を取ったのです。

高等遊民になる自由と偽善の始まり

漱石は自分の作品において、主人公と金との葛藤を一つのテーマとして描いています。例えば、『三四郎』（明治四十一年『朝日新聞』連載）「八」においては、美禰子から「みんな、御遣いなさい」と言われて借りた、三〇円に対する主人公三四郎の葛藤する様子が描かれています。『それから』（明治四十二年『朝日新聞』連載。『三四郎』に次ぐ作品）においては、主人公代助の、父親から与えられる生活費に対する葛藤が描かれています。これら二つの作品における葛藤には金の他に正直さと偽善と愛が絡んでいます。『こころ』は、高等遊民として生きるために金に執着した人間の、愛の不在の物語であるとともに、人間としての正直さや義務を放棄したがために自滅していく物語となっています。Mは二十歳になった時点で、相続した邸と財産を全て金に変えて始末し東京に出て行った人間です。そのときに自分に反対した叔父や親戚や人類まで敵視したのです。

「一口でいうと、叔父は私の財産を胡魔化（ごまか）したのです。事は私が東京へ出ている三年間の間に容易（たやす）く行われたのです。……

私と叔父の間に他の親戚のものが這入りました。その親戚のものも……寧（むし）ろ敵視していました。

それでも**彼等は**私のために、**私の所有にかかる一切のもの**を纏めてくれました。　（下九）

Mは「一口でいうと」として具体的事実と経緯をわざと省いています。具体がないのに「叔父は私の財産を胡魔化した」と言うのは誹謗中傷です。胡魔化された事実がないから何をどのように叔父が胡魔化したのかを書けないのです。にもかかわらず読者はMの言うことをただ信用して読み進んでしまうのです。しかし漱石はこれらの文言における解読ポイントを示してくれています。それが引用文の「彼等は……私の所有にかかる一切のもの」という言葉です。彼等は「一切のものを」胡魔化しなく正直に纏めてくれたと言っているのです。ここには叔父と親戚の正直さと、Mの偽善が対立する構図が示されています。Mの法定代理人である叔父は、M家の財産管理を三年間行って、二十歳になったらM自身が世間で売ろうとしていた邸を買い取り、残りの相続財産の一切を「纏めて」くれたのです。叔父は法定代理人としての義務を果たしたのです。叔父が「私の財産を胡魔化した」と言うのは、家督を継ぐ気のないMが相続財産の一切を売ったことを隠す嘘なのです。真実と嘘の両方をテクストから読み取る必要があります。叔父に財産を胡魔化されたから、残りの遺産を「凡て金に変えようとし」たと思わせようとしています。しかしMは高等学校に入るときから親の遺産を全て金に変えようと考えていた人物です。Mが高等学校の三年生になれば二十歳になり一人で財産を処分できるようになりますから、そのときに全ての遺産を金に変えて東京に出て行くと決めていたのです。

Mは叔父に財産をだまし取られた被害者を装って、家督相続の権利・義務を果たす意思のないこと、高等遊民を目指していたことを隠したのです。自分の内部の機密を隠すために叔父、親戚を悪人呼ばわりしたのです。

明治政府は、太政官指令などで家督は長子相続としました。Mは嫡流の長子として「旧い歴史を有っている」「由緒のある家」（下五）の家督を継ぐ権利と義務を持っていました。Mは二十歳になった高等学校三年時に、邸も相続した財産も全て売り払って東京に永住すると言い出したために、叔父と親戚の大反対に遭ったのです。叔父や親戚たちは自分たちの嫡流の家系を絶やすことになる邸の売却に反対し、邸を人手に渡したくなかったから、Mを交えた四回目の話合いで邸を叔父が買い取ることにし、あわせてM家嫡流の祭祀権を叔父がMから譲り受けたのです。これがMの相続という人事Fの真なのです。


私は思案の結果、市に居る中学の旧友に頼んで、私の**受け取ったものを、凡て金の形に**変えようとしました。……私は永く故郷を離れる決心を**その時に起した**のです。……

私は国を立つ前に、又父と母の墓へ参りました。私はそれぎりその墓を見た事がありません。もう**永久に見る機会**も来ないでしょう。（下九）

Mが故郷を離れる決心をしたのは「私の受け取ったものを凡て金に変えようとした」「その時」ではなく、東京の高等学校に進学する決心をした時点で故郷を永久に離れる決心をしているのです。Mが高等遊民になることを決めて行動していたことを示す文言が、父母の墓を永久に見る「機会も来ない」という表現です。Mは父母の墓さえ捨てたのです。叔父が執り行うM家嫡流の祭祀には永久に参列しないと言っているのです。叔父への邸の有償譲渡に合わせ、M家嫡流の祭祀権を叔父に無償譲渡したことが言い表されています。Mは実家を継ぐ意志があるかのように装い、M家の財産管理も自分の面倒も叔父に三年間見させたのです。叔父はM家嫡流の家督を甥に継がせ、地主を続けさせるために結婚を勧め家族ぐるみの親戚付き合いをしようとしていたのです。

「所有にかかる一切のもの」が「私の予期より遙かに少ないもの」（下九）だった理由は、漱石が最後に種明かしをしています。まずM家の由緒ある邸については築年数も古かったために維持管理に金がかかり世間では安くしか売れない物件だったことが挙げられます。

「私は二度と国へは帰らない。帰っても何にもない、あるのはただ父と母の墓ばかりだ」（下十五）というMの話は同情を得るためのでっち上げ話です。自分が財産を処分したことを隠しています。Mは高等遊民になるために、相続財産を処分し祭祀権を叔父に譲り渡して父母の墓と永久に別れたのです。Mは今後の墓守りをしてくれる叔父に感謝をしてしかるべき人間なのです。

「自由と独立と己れとに充ちた現代に生れた我々は、その犠牲としてみんなこの淋しみを味わわなくてはならないでしょう」（上十四）というMの言葉には、Mという「己れ」が高等遊民として自由と独立を得るために相続財産を全て金に変えたことが含まれています。Mは叔父や親戚や世間や時代の「犠牲」にはなっておらず、自から先祖（亡くなった両親を含む）や叔父、親戚との縁を切り自由と独立を得たのです。『こころ』には、高等遊民となったMの「自由と独立と己れ」と、Mとの決別を宣言した静の「自由と独立と己れ」の二つが描かれているのです。Mは自分の行動を棚に上げて静の自己本位確立の「犠牲」になったと言いたいのです。

Mにとって金（財産）こそが高等遊民としての生活基盤であり存在証明です。漱石は『文学論（上）』181頁で、「人間は慾望を充し得て始めて満足の念を生ず、然るにこの満足の念を充慾より転置して金銭に及ぼし、金を得れば直ちに満足の念を生ず、これ明に転置法の一例なり」と述べ、金銭に対する執着心と金の力を言い表しています。西洋化されていく東京の生活へのMのあこがれと享受は、「一人の西洋人を伴れていた」（上二）や、「先生は時々奥さんを伴れて、音楽会だの芝居だのに行った」（上九）や、先生Mの食卓が座卓の上に「西洋料理店に見るような白いリンネル」の「卓布」（上三十二）が掛けられたものであることや、「アイスクリームと水菓子」（上三十三）が食後に出てくることなどに見えます。

金計算をするMに配された小供

Mが相続する邸を売りたいと思っていたことを示す描写があります。

田舎では由緒のある家を、**相続人があるのに**壊したり**売ったりするのは大事件**です。今の私ならその位の事は何とも思いませんが、**その頃はまだ子供**でしたから……　（下五）

Mは自分が相続の当事者だったから、当時の由緒のある家を売ろうとするのは大事件で、簡単にはいかなかったと言っています。今なら叔父や親戚に反対されても平気で由緒ある家を世間に売りに出していたとする語りです。Mは子供の時分から由緒ある家を売りたいと思っていた人間なのです。

「私は**財産家**と見えますか」……

「そうでしょう」と私が云った。

「そりゃその位の金はあるさ。けれども決して**財産家**じゃありません。**財産家ならもっと大きな家**(うち)**でも造るさ**」

この時先生は起き上って、縁台の上に胡坐(あぐら)をかいていたが、こう云い終ると、竹の杖の先で**地面の上へ円のようなものを描**(か)**き始めた**。それが済むと、今後は**ステッキ**を突き刺すように**真直に立てた**。

「これでも元は**財産家**なんだがなあ」……

「これでも元は**財産家**なんですよ、君」……

（上二十七）

この場面で「財産家」という言葉を五回発しています。先生Mは財産家と言われるだけの金は持っているが、財産家のように大きな家は造らないし要らないと言っているのです。財産家であることに自分の存在証明があるようです。「財産家」という言葉を「財産」と「家」とに分けて、「家」は要らないから売り払い、他の遺産も金や債券の形に変えて所有している財産家だと言っているのです。先生Mにとっては財産家であることが高等遊民の基盤なのです。先生Mが地面に円のようなものを描き、ステッキを突き刺した行為は、自分の所有する財産の額を確認した行為です。金に換えた不動産と所有している債券の総額の確認です。この場面が、金を計算したものであると納得させる描写が漱石の『永日小品』（明治四十二年）の中の「金」という作品に出ています。

「金は魔物だね」……

空谷子（漱石が作った架空の人物、文庫本の注釈。（くうこくし）と読む）は火鉢の灰の中に**大きな丸を描いて**、君ここに金があるとするぜ、と**丸の真中を突ッついた**。……

「この丸が善人にもなれば悪人にもなる。極楽へも行く、地獄へも行く。……もう少し人類が発達すると、金の融通に制限を付けるようになるのは分りきっているんだがな」　「金」

この「金」という小品には、「私の個人主義」における金力についての記述につながる認識Fが見えます。先生Mは、「私」と一緒に出かけた初夏の郊外で、植木屋の縁台に寝て青空を見上げ、自分の実家の家屋敷や土地のことを思い浮かべ、金に変えた総額を地面に円のように描いて確認したのです。金に執着し、金を頼りにしている先生Mがそこにいるのです。

先生Mは自分の財産を計算し確認した郊外からの帰り道で、「私はこれで大変**執念深い**男なんだから。**人から受けた屈辱や損害**は、十年立っても二十年立っても忘れやしないんだから」と語り、「私は**先生の性質の特色**として、こんな**執着力**を未だ嘗て想像した事さえなかった」、「私は慰藉の言葉さえ口へ出せなかった」（上三十）と言っています。Mには叔父や親戚に東京で高等遊民になることを反対された「屈辱」と、叔父への邸の売却額が予期していた金額よりも安かったという「損害」があるのです。その屈辱と損害を「二十年立っても忘れ」ないと言っているのです。先生Mは、「こんな執着力」と「私」が評するほどの「特色」を持つ人間で、「慰藉の言葉さえ口へ出せな」いほど金への執着心が強い人物なのです。「**弱くて高い処**」（上三十）という「私」の先生Mに対する認識と評価は、金への執着力が強くて低い処の人間であると変わったのです。「私」の「懐かしみ」の情緒も同情心も推移していくのです。強くて低い「先生の態度に畏縮し」た「私」は、「先生は果たして心の何処で、一般の人間を憎んでいるのだろうかと疑った」（上三十一）のです。「私」は先生Mの金への執着力と、一般の人間に対する敵愾心の解明に向かいだすとしてよさそうです。「私」は先生Mに対する「疑」を明らかにしたいために「真面目に人生から教訓を受けたい」（上三十一）として先生Mの過去を話してくれるように迫ったのです。

漱石は『文学論（下）』85頁において「**人事の背景には必ず自然**あり、自然の前景には必ず人事あるを常とす」として「調和法」を述べています。また『文学論（下）』111～113頁で「今ここにこの調和を破るべき**対置法**を掲げ来りて**文学上必須の具**なりと論ずる……」としています。この文学上必須の具である「対置法」の中の「緩勢法」（緩和法）として、「沙翁」（シェイクスピア、筆者注）の悲劇「マクベス」を取り上げ、「しきりに魍魎の影を紙上に踊らして読者の肝を奪う事一再ならず。遂に彼らをして送迎に動心し、去来に驚魄し畏怖の念一歩を超ゆる能はざるに至らしめて爾時俄然として片碧の浄空を天の一方に現出し、一**脈の和気を忙中に投入**せり」と言っています。

先生Mの財産の確認場面（上二十六～三十）において、漱石は先生Mの金への「執着力」を緩勢（緩和）するべく、自然を背景にしている植木屋の邸に「十位の小供」を登場させ、先生Mをして「五銭の白銅を小供の手に握らせ」（上二十八）ています。まさに金に執着している人物の物語に「一脈の和気」を投入しようとする描写です。しかもこの場面に登場する小供に「今斥候長になってるところなんだよ」と言わせています。斥候長とは少数の偵察隊の隊長のことです。日露戦争の影響が小供の遊びにまで及んでいることをさりげなく描いています。先生Mの金に対する執着力の強さに配して、背景に郊外の自然と植木屋を描いて調和させ、「十位の小供」と対置させることで一脈の和気を『こころ』に投入したのです。漱石の語る調和と対置の合わさった技と言えます。漱石は『こころ』の創作に『文学論』に著した技術理論を応用しているのです。

真っ先に悪人に変わったM

Mは「私は彼等から受けた屈辱と損害を**小供の時**から今日まで脊負わされている」（上三十）と語っています。「十位の小供」を物語に登場させたあとに、自分も善良な罪のない「小供」であるかのように装っています。「下」に読み進んでいない読者は、先生Mは財産のことで小供のときに「屈辱と損害」を味わっていたんだと思い込んでしまうのです。

「田舎者は都会のものより、却って悪い位なものです。……平生はみんな善人なんです。……それが、**いざという間際に、急に悪人に変る**んだから恐ろしいのです……」（上二十八）

「いざという間際」とは、Mがこれから相続財産を売却して東京に永住する積りだと叔父や親戚に意志表示したときのことを言います。そのときに平生はみんな善人なのに、急に自分に反対する悪人に変わったと言っているのです。

「金さ君。**金を見ると、**どんな君子でも**すぐ悪人になる**のさ」（上二十九）

「金を見ると」とは、叔父が金を見て悪人に変わったと幻惑を与える効果があります。Mが邸を金に変えることを知った「間際」に叔父や親戚が、「悪人」になって反対したと言っているのです。しかし一番先に邸の売却額の金額を知ったのは、売却額を中学時代から予期していたMです。つまりM自身が真っ先に「悪人」に変わったことを意味しています。漱石はMに「自分で自分が信用出来ないから、人も信用できないようになっているのです」（上十四）と言わせています。Mは自分の利害得失のために嘘をついて胡魔化すように、他も胡魔化すと思っている人間です。邸の売却額を予期して悪人に変わったMは、周囲の人間も金を見るとすぐ悪人になると思っている人間で、静一家もMの金を知ったら悪人になると疑うのです。

母はただ叔父に**万事**を頼んでいました。……『この子をどうぞ何分』と云いました。私はその前から**両親の許可**を得て、**東京へ出る筈**になっていましたので、母は**それも序に**云う積りらしかったのです。それで『**東京へ**』とだけ付け加えましたら、叔父がすぐ後を引き取って、『よろしい決して心配しないがいい』と答えました。……然し**これ**が果たして**母の遺言**であったのかどうだか、今考えると分からないのです。　（下二）

死ぬ前の母が叔父に対して「この子をどうぞ何分」「東京へ」と言った言葉が「母の遺言であったのかどうだか」とわざとあいまいにしています。つまり遺言ではないことが示されています。「東京へ出る筈になっていた」とはMの言葉であり、そこに東京での永住の意思を含ませようとしています。Mにとっての「東京に出る」こととは、東京で学生となり卒業後は高等遊民になることなのですが、それは両親のあずかり知らないことなのです。叔父はMの母親の発言を、Mが東京の高等学校に入学することと理解して、三年間の親代わりになることを引き受け「心配しないがいい」と答えたのです。叔父はMから高等学校卒業後の進路については何も聞かされていないのです。もし知っていたら、Mの面倒は見なかったでしょう。Mは自分の意志で東京に出たのに、そこに母の意志（「遺言」）があったかのように匂わせ、自分の内部の機密を隠したのです。Mが家屋敷を売り払って東京の大学に行き、そのまま東京に永住することに母の許可などはなく、Mは叔父と両親の両方を欺いたのです。

私の**父母が亡くなった後**、どう**邸を始末して**、**私が東京へ出るか**という相談の時　（下五）

「父母が亡くなった後」ですから、Mは一人で叔父に相談したのです。「邸を始末」するとはMの意志を表す言葉で叔父の知らないMの内部の機密ですが、高等学校三年間の邸の手入れをどうするかという意味合いでなら、Mと叔父の共通の検討事項であった可能性もあり得ます。その結果叔父一家が時々住むという約束になったと言えます。売却処分する意味での「邸（やしき）を始末」する意志は、高等学校に入学する前からMが一人持っていたことなのです。叔父はMが東京の高等学校に入る三年間の面倒を見ればいいと思っており、Mの大学進学は考えてもいなかったことです。母親も亡くなる時点でMが家屋敷を全て売却し東京の大学に進むことは知らないのです。Mは二十歳になったら自分で財産を処分できますから、そのときに叔父に東京に永住すると言い出せばよいと考えていたのです。叔父は三年経ったら、Mが国に戻って親の後を継ぐものと信じてM家の財産管理をし、Mの邸が痛まないように一家で住み、親戚としての付き合いを続けていたのです。

　Mが語る「君のうちに財産があるなら、今のうちに能（よ）く始末をつけて貰って置かないと不可（いけな）いと思う」「君の御父さんが達者なうちに、貰うものはちゃんと貰つて置くようにしたらどうですか」（上二十八）という処世訓は、親とはいつでも縁を切ってもいいから、親が生きている間に独立するための金をもらっておけという人生訓です。漱石が明治三十五年三月十日に英国から妻の鏡子にあてた書簡に次の文言を認めています。「人間大体の価値は十八、九、二十位の間に決まる。慎み給え励み給へ。其許（そこもと）もよく気をつけて二女を養育あるべく候」。これは英国留学の最後の年に妻へ送った手紙の一節です。「悪人」となったMは、十八、九、二十歳の三年間叔父を欺き続けたのです。

　私の心にむしろ**薄暗い影**を投げたのは、**叔父夫婦が**口を揃（そろ）えて、まだ高等学校へ入（はい）ったばかりの私に結婚を勧める事でした。それは前後で丁度三四回も繰り返されたでしょう。私も始めはただその**突然なのに驚ろいた**だけでした。二度目には判然(はっきり)断りました。三度目には此方(こっち)からとうとう**その理由を反問**しなければならなくなりました。彼等の主意は単簡(たんかん)でした。**早く嫁を貰って**此所(ここ)の家に帰って来て、亡くなった**父の後を相続しろ**と云うだけなのです。家(いえ)は休暇(やすみ)になって帰りさえすれば、それで可(い)いものと私は考えていました。**父の後を相続する**、それには嫁が必要だから貰う、両方とも理窟としては一通り聞こえます。……私は**叔父の希望**に承諾を与えないで、ついに**又私の家を去りました**。　（下五）

Mは叔父夫婦から結婚を勧められて、心に薄暗い影を投げられたと言っています。Mは結婚と父の後を相続することの両方の勧めを拒否しています。Mにとっての家とは高等学校時代に、年に一度「休暇(やすみ)になって帰りさえすれば、それで可(い)い」ものなのです。

財産を売却すると決めていた

Mは叔父の二つの勧めを「突然なのに驚ろいた」と言っています。Mに相続する意志がないのですから、結婚話や相続の話はいつ聞かされても迷惑で不快な話なのです。叔父夫婦はMが三年後には地主としての仕事と財産管理ができるように、早く嫁を貰って世帯を構えさせたいのです。叔父にとって「結婚を勧める事」を「三四回」も繰り返したのは当たり前のことなのです。「三四回」目の叔父・親戚との話合いにおいて、Mは大学に進学し、卒業後は東京に永住すると言い出すのです。

Mが叔父・親戚を誹謗中傷して敵視し、叔父が財産を胡魔化したと言うのは、叔父たちを攻撃して、自分の内部の機密を守ろうとする意識の現れです。自分の「自由と独立と己れとに充ちた」未来の行路に反対された「屈辱」を晴らすためでもあります。見方を変えると、金力に執着するわがままな自由を否定されて「屈辱」だったのです。

Mは「叔父の希望に承諾を与えないで、ついに**又私の家を去りました**」（下五）と言っています。これは高等学校一年生の夏（当時は七、八月が学年末の休み）に帰省したときのものですが、Mの心は高校に入学した時点で東京永住を決めていたのですから、既に「家を去」っているのです。高等学校一年の夏に〈また去った〉のです。「二度目には判然断りました」というのは、叔父の「結婚を勧める事」だけを対象にしたもの言いですが、叔父はMが父の後を継ぐことも同時に言っているのです。叔父は自分の娘とならお互いに気心が知れていてうまく収まるかと思いMに結婚を勧めたに過ぎません。結婚を勧める目的はあくまでMが地主としての一家を構えることです。Mが一人暮らしをしながら財産管理をするのは難しいと思うから結婚を勧めるのです。

Mには成人の親兄弟がいないのですから、二十歳になるまではどうしても後見人である叔父の協力が必要で、故郷に戻って家督を継ぐと思い込ませておくことが必要なのです。Mは「叔父の希望」を三年後には欺くと分かっていて夏休みの度に家に帰っていたのです。

Mは叔父から結婚を勧められることだけに反論し、自分に都合の悪い、父の後を継ぎなさいと言われ続けたことには触れないのです。都合の悪い自分の内部の機密と叔父の発言は省くのです。高等学校三年生の学年末に、三回目と四回目の叔父・親戚を含めた話合いがあったのですが、Mはその

「三四回」目の話合いの内容と結論を全て省いています。自分の内部の機密である悪人になった事情は書けないのです。Mは「三度目には此方（こっち）からとうとう**その理由**を反問しなければならなくなりました」（下五）として、結婚しなければいけない理由だけを取り上げ反問したように書いています。叔父が言う父の後を継がなければいけない「理由」はわざと書かないのです。Mは叔父の結婚の勧めと父の後を継ぐ勧めの二つを三年間拒否し続け、二十歳を待って相続財産の処分に向かうのです。

Mの言う「子供でしたから」（下五）、「子供らしい私」（下五・六）、「ただ子供らしく」（下六）、「私を子供扱いにしようとします」（下八）という文言は、自分は世間を知らない子供で叔父に欺かれて被害にあったと思わせようとしています。「私を子供扱いにしようとする」という文言だけは、もはや二十歳になっている自分を子供扱いしようとするとして、反発の言辞を発していることになります。Mは自分の都合のいいように「子供」という言葉を使い分けるのです。二十歳を迎えたMが「子供」であるわけがありません。漱石は「愚昧なるものは愚昧なる所に向つて徹底に同情し、浅薄なるものは浅薄なる所に向つて専念に同情」（漱石コード４）することでMの言辞を作っています。物語の真を見るためには「冷たい眼（まなこ）」（上七）によるMの心理と言説の解剖が必要なのです。

漱石は「人事Ｆは Ｆの**最も曖昧**たるもの」（『文学論（上）』２０６頁）として「**自分に都合悪しき部分を除去**して叙述に快感を与へしむる場合」があり、「人を褒むるも、責むるも、……作家の**勝手次第**にして如何様（いかよう）にも理屈をつけ得べし」（同２０７頁）と言っています。Mが「除去」した人事Ｆの「最も曖昧」な個所と、自分勝手な「理屈」を検証する必要があります。Mは手紙を「私」に書いてあげるとして、「これが義務の遂行を重んずる私の性格のように思われるかも知れません。私もそれは否（いな）みません」（下二）と書いています。しかしそのあとに続けて「義務という程の義務は、自分の左右前後を見廻しても、どの方角にも根を張っておりません」として、手紙を「私」への義務で書くのではないと言っています。つまりMの「故意」によって「私」と読者を欺くために書いているのです。Mは義務は持っていないと言っていますから、親の希望や叔父の希望に応じる義務は持っていないのです。Mは自分に都合よく「理屈」をつけ、義務の根を張らない高等遊民を目指したのです。義務の根を張らないから、世間の何処にも居場所がないと言えます。それがMの「自由と独立と己れ」なのです。「私は今自分で自分の心臓を破って、その血をあなたの顔に浴せかけようとしている」（下二）という「血」とは偽善者の血なのです。偽善者の血を無理矢理浴びせかけようとしているのです。それもMの自由ということになります。

叔父に邸を売ったことは隠した

三度目にMが帰国したときに、Mが「**従妹も妙**なのです」（下七）と言っています。この三度目の夏に従妹が邸に顔を出していることを、はじめ筆者は奇妙に思いました。前年の夏にMが従妹との結婚を断ったとき「従妹は泣きました。……結婚の申し込を拒絶されたのが、女として辛かったからです」（下六）と書いていました。従妹が辛くて泣いたということが本当であれば、翌夏にまたMと顔を合わせたいと思うでしょうか。ここに見えることは、叔父一家はMの学年末（夏休み）には、従妹も含めみんなでMの邸に移って一緒に過ごすように努力していたということです。叔父にとって嫡流である兄の家系が続いていくように努力していたのです。叔父が「私を自分の懐に抱こうと」せず、叔父一家のみんなが「妙」だったのは、Mの前年の様子から、Mに実家を継ぐ気がないと感じてみんなが困惑し動揺をきたしていたからなのです。

「私は今まで叔父任せにして置いた家の財産に就いて、詳しい知識を得なければ、**死んだ父母に対して済まない**と云う気を起したのです。……

私はとうとう叔父と談判を開きました。（下八）

二十歳に達したMが、自分で予期していた相続財産の総額が正確かどうか、叔父の口から相続財産の全体を聞き出して把握しようとしたのです。売却のために「詳しい知識」が必要だったのです。自分の利害のためであり、死んだ父母に済まないからではありません。「済まない」と言うなら相続財産を全て売却することこそ両親に済まないことであるはずです。両親に済まないのなら遺産を守って後を継いでいけばいいのです。Mが遺産を全て売り払うということは、叔父にとって青天の霹靂だったのです。Mが家督を継ぐものと信じて三年間努力してきた叔父一家の好意を甥が裏切ろうとしているのです。Mは三四回目の話合いの内容と結末を何も書いていません。内部の機密を語ることで自分が卑怯な偽善者で悪人であると知られることを防いだのです。「今その談判の顛末を詳しく此所に書く事の出来ない程先を急いでいます」（下八）として逃げたのです。Mは自分を正当化するために「始めから猜疑の眼で叔父に対していません」（下八）、「親戚のものも私はまるで信用していませんでした。

……寧ろ敵視していました。……他のものも必ず自分を欺くに違いないと思い詰めました」（下九）と書いて、自分に都合のいいように人事Fを歪曲したのです。

Mは「叔父は私の財産を胡魔化した」（下九）と誹謗中傷し、叔父を犯罪人扱いしたのです。自分の悪事を隠すには、相手を悪者呼ばわりするのが一番の防御となるのです。偽善者の永久的自己防衛術です。Mは自分が「悪人」であることを隠すために「事は私が東京に出ている三**年間の間に容易く行われた**」（下九）と被害者を装ったのです。法定代理人である叔父はMが未成年の間は自分を当事者の一方とする法律行為は禁じられています。Mが二十歳になるまでは、叔父とMとの間での譲渡や売買といった行為は禁じられています。叔父が法定代理人である間は不法行為はできないのです。Mが二十歳になったから叔父とMの間で正式な売買契約を結び邸の所有権を叔父に移したのです。それにもかかわらずMは叔父が財産を誤魔化したと手紙に書いたのです。Mは根っからの「悪人」として、また偽善者として描かれているのです。

人間を愛し得ないM

Mは「永久に父母の墳墓の地を去ろうと決心した」「私は**不平と幽鬱と孤独の淋しさ**とを一つ胸に抱いて」（下二十）東京に出てきたと言っています。確かに自分の予期していた金額で財産を売れなかったから「不平」だったでしょう。叔父や親戚と縁を切り故郷を去ったから「幽鬱」だったでしょう。しかし「孤独の淋しさ」は嘘です。叔父を三年間だまして自分の面倒を見させた挙句、自分の意志通りに全ての財産を金に換え郷里を去った人間が、孤独の「淋しさ」を抱いて東京に出てきたと語るのは嘘であり偽善です。Mは周囲との人間関係を切り捨てた孤独な偽善者として東京に出てきたのです。漱石は『文学論（上）』２３８頁に、「吾人は**作家の表出法**に眩惑せられて善悪の標準を顚倒し、同情すべからざる人物に同情し、或はこの同情を一方にのみ寄せて全然他の一方を閑却し去ることあり」と述べています。Mの言説に眩惑させられて、読者はMに同情を寄せ、法定代理人としての義務を果たした叔父のことは閑却してしまうのです。また読者の同情がMに集まり、Kの自殺の真相を閑却してしまうことも言われているのです。

人は自分の期待に応じない人間を抱き締めることはできないのでしょう。「私」が先生Mを評し「人間を愛し得る人」「愛せずにはいられない人」（上六）と言うのは、自分の期待に応じてだけ人間を愛し得ることを言っています。叔父への勝手な期待、Kへの勝手な期待、静や「私」への勝手な期待を持っていたことを、人間を愛し得る人と言っているだけです。実際は人間の親しみや同情や、正直な心を持っていた叔父、K、静、「私」に対して、Mの「懐に入ろうとするものを、手をひろげて抱きしめる事の出来ない人」（上六）であったと言っているのです。

「他の懐かしみに応じない先生は、**他を軽蔑する前に**、まず自分を軽蔑していたものと見える」（上四）と「私」は言っています。しかし本当に先生Mは自分を軽蔑していたのでしょうか。この「私」の記述は「ものと見える」として、実際はどうだったのかを考えさせ判断させようとする言葉とも受け取れます。またMは軽蔑すべき人間だと言っているようでもあります。Mは周囲の人間の情緒を、嫌厭によって軽蔑に変えてしまう人間なのです。漱石は「かの Byron の如きに至りては……吾意に満たぬ者を以て悉くわが敵なりとなす」（『文学論（上）』285頁）と言っています。Mは叔父、親戚、世間、K、静、長子相続を定めた明治時代の人類も「吾意に満たぬ者」として敵と呼ぶ人間なのです。Mの「吾意に満たぬ者」への敵意は、静が自分の信念に応えないことに向かい、最後は静を殺すための自殺に走るのです。

財産は二度に分けて処分した

それは金額に見積ると、**私の予期**より**遥かに少ないもの**でした。私としては黙ってそれを受け取るか、でなければ叔父を相手取って**公け沙汰にするか**、二つの方法しかなかったのです。……中学の旧友に頼んで、私の受け取ったものを、凡て金の形に変えようとしました。尤もそれは私が東京に着いてから余程経った後の事です。……いざとなると足元を見て踏み倒される恐れがあるので、私の受け取った金額は、**時価に比べると余程少ない**ものでした。自白すると、私の財産は自分が懐にして家を出た若干の公債と、後からこの友人に送って貰った金だけなのです。（下九）

「叔父を相手取って公け沙汰にするか」というのは、叔父・親戚が正直に「纏めてくれた」ものが「**私の予期**より遥かに少ないもの」だったから、法定代理人として財産管理をした叔父の責任として公け沙汰にするかと言ったものです。「纏めてくれ」たものの金額がMの予期より遥かに少なく、さらに東京に着いてから売却したものの総額も余程少ないものだったのです。自分の予期に反して二度の売却額が少なくて不満を漏らしています。しかし叔父・親戚がまとめてくれたものに胡魔化しがなかったから「公け沙汰」にはできなかったのです。

ヒント2：「固より……減っていた」に見る種明かし

Mは高等学校生になったときから、いずれ親の遺産を金に変えるために遺産の総額を自分なりに推測・期待していたのです。ではどうしてMが受け取った全ての遺産の総額が予期していた金額に比して遙かに少なかったのでしょうか。

親の遺産としては**固より非常に減っていた**に相違ありません。しかも私が積極的に減らしたのでないから、猶**心持が悪かった**のです。（下九）

代々引き継がれていて、叔父と親戚がまとめてくれたMの相続する遺産が「固より非常に減っていたに相違」ないと言っています。つまり叔父がM家の財産管理を始める三年前よりも前から「固より」減っていたということなのです。先祖が投機に失敗したか、M家に分家が出るたびに財産を分け与えたのか原因は不明ですが、M家の財産を「積極的に減らした」のはM家の先祖たちなのです。Mはこのことを知りながら「叔父は私の財産を胡魔化（ごまか）した」と濡れ衣を着せたのです。故意・悪意による誹謗中傷です。これが漱石の示した種明かしです。

私は叔父が市の方に妾を有っているという**噂を聞きました**。私はその噂を昔し中学の同級生であったある友達から聞いたのです。……一時事業で失敗しかかっていたように**他から思われてい****た**のに、この二三年来又急に盛り返して来たという……私はまた**始めから猜疑の眼**で叔父に対しています。……**憎悪**と共に私はこの叔父を**考えていた**のです。（下八）

ここにあるのは風評と猜疑心です。元中学の同級生から聞こうと誰から聞こうと「噂」ですから風評です。「他から思われていた」もそうです。Mは叔父についてあることないことを聞き、「始めから猜疑の眼で」見て「叔父を憎悪とともに」「考えていた」のです。「事業で失敗しかかっ」たも「急に盛り返して来た」もMの憶測に過ぎません。財産を胡魔化す叔父というイメージ（幻惑）を作り出すための事実の捏造と言えます。「憎悪とともに……考えていた」も自己を正当化するための言辞です。「故意」による他者への誹謗中傷によって自己陶酔しているとも言えそうです。Mは「倫理的に悪い態度」を見せつけている人間なのです。債権を残して他は全て遺産を売却したMこそ「死んだ父母に対して済まない」人間であるはずです。Mは親の遺産が減っていた「心持」の悪さと、自分の売却行為の「心持」の悪さを叔父のせいにしたのです。親の遺産が減っていて「心持が悪かった」のなら、M自身が遺産を売却するべきではないのです。一番心持の悪いことをしたのはMなのです。叔父がMから買い取った邸のみが人手に渡らず、代々続くM家の遺産として叔父の手に残ったのです。Mは叔父に感謝してしかるべき人間です。これがMと叔父の人事Fの真です。ちなみに漱石の生家（旧家）について、「明治三十年六月父直克が死ぬと、三番目の兄和三郎（直矩）は牛込馬場下の生家を売り払った」という注解が『硝子戸の中』（新潮文庫）にあります。相続人が家屋敷を売り払う行為は、漱石の身近にあったのです。漱石は実体験から得たFを作品のFに取り込んでいるとも言えます。

私の父が存生中（ぞんしょうちゅう）にあつめた**道具類**は、例の叔父のために**滅茶々々に**されてしまったのですが、それでも**多少は残って**いました。私は国を立つ時それを中学の旧友に預かって貰いました。それからその中（うち）で面白そうなものを**四五幅**（ふく）裸にして行李（こうり）の底へ入れて来ました。（下十一）

ここにも省かれていることがいくつかあります。まず「滅茶々々にされてしまった」と言っているものは花器や壺などの「道具類」ではなく、「四五幅（ふく）」と言っていますから掛け軸のことなのです。売り払われたのであれば、「滅茶々々」とは言わないはずです。Mが掛け軸の「滅茶々々」な状態を見つけたのは、国を立つ直前ということになります。「滅茶々々」とは、引き裂かれ壊されたことを言っているのではなく、例えばMの父親が季節や作家やテーマ別に掛け軸を整理して保管していたものを、叔父が中身を確認し鑑賞するためにあちこちの部屋に掛けていたことを言っていると推測できます。Mが持ち出し旧友に預けた掛け軸は何幅あったのでしょうか。「その中で面白そうなものを四五幅（ふく）」を持ってきたと言っています。Mは叔父家族が留守の邸から、掛け軸を旧友に預ける分と、自分が東京に持って行く分を勝手に持ち出したのです。持ち出したのは十幅以上になるのではないでしょうか。これは叔父の所有に移った邸の中の掛け軸を黙って盗み出した行為になります。叔父の「財産を誤魔化した」のはMなのです。Mこそ犯罪人です。Mは正直さや向上心とは無縁の人生を歩き始めたのです。義務責任と「自然」を放棄して「故意」による人生を歩き出すのです。

「私」の特色も推移する

「中　両親と私」の章は、「私」の父親と先生Mとを差別化した章です。「私」の父は「私」の大学卒業について「御前に取ってより、このおれに取って結構なんだ。解ったかい」（中一）として、父親としての義務を果たせたことを一番に喜んでいます。先生Mは「私」の卒業を「世間はこんな場合によく御目出とうと云いたがるものですね」（上三十二）と言っていますので、親として子の養育や教育の義務や親子間の情愛を理解できない人間として発言しています。先生Mと父親の違いについて、「私」は「少し先生にかぶれたんでしょう」（上三十三）と語り、「私は全く愚ものであった」（中一）と言っています。「先生は又いうまでもなく、**あかの他人**であるという明白な事実」を「始めて大きな真理でも発見したかの如くに驚いた」（上二十三）と言い「中」において先生Mを「あかの他人」と書いたのです。「私」は大学を卒業して戻った国元で、〈先生は私とは全く縁のない人〉であると気づき、今後「私」は「先生」とは全く縁のない行動を取ることが暗示されています。家族との仲を引き裂くような「先生の注意——父の丈夫でいるうちに、分けて貰うものは、分けて貰って置けという注意」（中二）を処世訓として押しつけてくる先生Mは自分の人生や自分の家族に全く縁のない「あかの他人」と認識したのです。「私」は先生Mの処世訓を思い出しても、病床の父に向かって今のうちに財産を分けてくれなどとは決して言い出さないのです。先生Mへ宛てて書いた手紙を「**寸々に引き裂いて**屑籠へ投げ込んだ」（中五）という行動に、先生Mへの嫌厭によって「私」の特色が推移したことが示されています。尊敬から軽蔑に推移し、先生Mの手紙は「私」にとって反面教師としての価値しかなく、先生Mの「唯一の希望」（下五十六）を拒否して世間に公表して決別するのです。

「私」の父は、「小供に学問をさせるのも、好し悪しだね。折角修行をさせると、その小供は決して宅へ帰って来ない。これじゃ手もなく親子を隔離するために学問させるようなものだ」（中七）と言っています。先生Mは自分から両親と叔父、親戚を「隔離」したのです。「中」には『こころ』の読み解きを補完する役目があります。「私」は先生Mの注意・忠告は「あまりに平凡過ぎてつまらなかった」（上二十九）と言っており、先生Mの処世訓を模倣することは父親の幸せを破壊し悲観させることになってしまうのです。

> 「**イゴイスト**は不可いね。何もしないで生きていようというのは**横着な了簡**だからね。人は自分の有っている才能を出来るだけ働かせなくっちゃ嘘だ」
> 私は兄に向って、自分の使っているイゴイストという言葉の意味が能く解るかと聞き返して遣りたかった。（中十五）

「私」の兄は長男でありながら、両親の面倒も家の財産「監理」も「私」に見させようとしている人間として設定されています。自分の自由を最優先する兄こそイゴイストではないかと「私」は言いたいのです。

ここで『こころ』創作のあとがきとして読むことのできる「私の個人主義」（『漱石文明論集』岩波文庫）の記述の一か所を見てみます。

「権力と金力とは自分の個性を……他人の上に押し被(かぶ)せるとか、または他人をその方面に誘(おび)き寄せるとかいう点において、大変便宜な道具だといわなければなりません。……元来をいうなら、**義務の附着しておらない権力**というものが世の中にあろうはずがないのです。……**責任を解しない金力家**は、世の中にあってはならないものなのです。……金銭というものは……**人間の精神を買う手段に使用出来る**のだから恐ろしいではありませんか。……金を所有している人が、相当の徳義心をもって、それを**道義上**害のないように使いこなすより外に、人心(じんしん)の腐敗を防ぐ道はなくなってしまうのです。……要するに**義務心を持っていない自由**は本当の自由ではないと考えます」

「私の個人主義」（121～129頁より抜粋）

「私」の兄は、親の面倒を見るという子供に課されている扶養義務を弟である「私」にだけ押し付けようとしているようです。「私」はその兄の「横着な了簡(りょうけん)」を、兄に向かって「イゴイスト」という言葉の意味が能く解るかとして批判しているのです。「私の個人主義」のこの引用個所は、（中十五）における「イゴイスト」という言葉と、郊外の植木屋を舞台に、金に執着しているMが自分の財産の額を確認した人物像と、「金」という小品のテーマにも通じています。「私」の兄も先生Mも、自分が親の面倒を見ることを考えないイゴイストとして、義務を負わない自由を得たいとする意識が共通しています。「道義」とは「人の行うべき正しい道。道徳のすじみち」です。漱石は「私の個人主義」で「道義上の個人主義」（130頁）「**個人の幸福の基礎となるべき個人主義**」（133頁）として述べています。漱石の認識には、明治期に勃興した豪商についての洞察も含まれていると思われます。金力に執着している人間が行う他人の幸福の破壊と、道義上の害をMの行動に表しています。Mは叔父を自分の金のために利用し、またKを金の力で自分の役に立たせようとして、嘘をついてまでして「害」のある自由を行使したのです。『こころ』は「私」や叔父やKの正直さと先生Mの偽善が敵対的な人事Fを形づくっています。「私」の正直さは「……真面目に人生から教訓を受けたいのです」（上三十一）として先生Mの過去を正直に「物語ってくれ」と言っていました。それに対し先生Mが「半ば以上は自分自身の要求に動かされて結果」として静殺しの仕掛けをした上で「私は今その要求を果たしました」と書いた手紙を「私」に送ったのです。先生Mの手紙とは偽善者の「**長い自叙伝**の一節」（下五十六）なのです。永久的に存在する偽善者の永い自叙伝の一節なのです。

『こころ』を我党の士に向けて書いた？

漱石は『こころ』を、「先生」と呼び合う若い「わが党の士」に向けて、「世間」と「先生」を恐れ過ぎるなと指摘する側面を持たせて創作したと筆者は見ています。「世間」や「先生」の恐れを悟り、

用心することは人格を下落させると我党の士に向けた書簡に書いています。『こころ』の「先生」は金に執着し猜疑心で人を見て、自分に近づく人間を用心したから人格を下落させ向上心を身に着けることがなかったと見ることもできます。漱石は明治三十九年七月二十四日に中川芳太郎にあてて、「……君は家にをつておやぢを恐れ過ぎ、学校で朋友を恐れ過ぎ、卒業して**世間と先生とを恐れ過ぐ**。その上に世の中の恐しきを悟つたらかへつて困る位なり。恐ろしきを悟るものは用心す。**用心は**大概**人格を下落せしむる**ものなり」と書き送っています。

また明治四十年八月六日小宮豊隆にあてた書簡には、「豊隆先生。……『虞美人草』は……博士以上の人物即ち**わが党の士のために書いているんだ**」と書き、明治四十二年四月二日の鈴木三重吉にあてた書簡には、「大兄も何か一つ**我党のために**御書き被成（なされ）たく候」（いずれも『漱石書簡集』岩波文庫より引用）と書いています。

「元来吾人が**文学を賞翫する**とはその**作者の表出法に対する同意**を意味するものとす。然るにその表出法たるや上述の如く**故意にまたは無意識に**多くの**事実的分子を閑却して文を行（や）る**ものなれば……多くは作者に馬鹿にされ、少なくとも書を手にして面白しと感ずる間全く自己をその作者の掌中に委ねつつあるものなるべし」（『文学論（上）』229頁）と漱石は書いています。『こころ』に描いた登場人物の人事Fにおける事実的分子を閑却した（省いた、筆者）表出法に、わが党の士から「同意」を得られなかったとしたら、省いた事実的分子を商量してもらえなかったとしたら、漱石には『こころ』を失敗させたという意識が残ったと思われます。偽善の永久的特性の様相を描くことに注力したにもかかわらず。

漱石は『こころ』を同情的作物として創作しています。「上　先生と私」における「私」は物語の案内役を兼ねていますので、「先生」という人物へ同情を示しながらも物語の真を見せるようにも語るのです。「私」が見せる先生Mについての回想の中の同情が、「冷たい眼」によって記述した「先生」への批判を分りづらくさせていると言えます。「私」自身への批判として「中」の回想の中で先生Mの考え方に影響を受けていた自分を「全く愚(おろか)ものであった」（中二）とも表現していました。『こころ』の二人の主人公である「先生」と「私」の語りの表出法が、物語の真の理解・把握を逆に妨げたと漱石が認識したのだとしたら、「我党の士」と読者の心に作品の真の一片でも残らなかったと認識したとしたら、同情的作物の技術的限界として自分の表出法を否定せざるを得なかったでしょう。偽善の様相を客観的に描いた叙述が理解されなかったのです。「偽善者の真」という幻惑だけが読者の心に残ったとしたら、漱石には落胆と失敗感が広がったでしょう。

漱石は『こころ』を単行本として刊行する際に、「**自己の心**を捕へんと欲する人々に、**人間の心を捕へ得たる此作物**を奨む」（初出は「時事新報」（大正三年九月二十六日））と自ら広告文を作りアピールしています。「人間の心」を知って「自己の心」を捕えろと言っています。しかも「人間の心を**捕へ得たる**此作物」と言い切っていますから、かなりの自信がうかがい知れます。朝日新聞紙上に発表した「心(こゝろ)」は漱石にとって自信作だったのです。しかも『文学論』に記した文学理論と創作技術の集大成として創作したことも漱石の自信を支えていたのです。

しかし現実には『こころ』の表出法が我党の士をはじめ評家読者から理解を得られなかったのです。広告文を〈**人間の心**を捕へんと欲する人々に、**偽善者の心**を捕へ得たる此作物を奨む〉としていれば

『こころ』に対する評価はどうなっていたでしょうか。「自己の心」と「人間の心」という対比ではなく、「人間の心」と「偽善者の心」という対比を強調したらどうなっていたでしょう。

『こころ』の〈作品の真〉が我党の士や評家読者に読み取ってもらえなかったことを踏まえ、漱石は『文学論』について「私の個人主義」に次のように書いたのです。

> 色々の事情で、私は私の企てた事業を半途で中止してしまいました。私の著わした『文学論』はその記念というよりもむしろ**失敗の亡骸**です。しかも畸形児の亡骸です。あるいは立派に建設されないうちに**地震で倒された未成市街の廃墟**のようなものです。
> 「私の個人主義」（116頁）

『文学論』を未熟な著作物として大正三（一九一四）年十一月の講演記録である「私の個人主義」において否定したのです。三カ月前に新聞発表が完結した『こころ』（十月に岩波書店から単行本を刊行）を作品として失敗させたという認識によるものです。「地震」とは世間における『こころ』の誤読の比喩とも受け取れます。漱石の悔しさや残念さがにじんでいるように感じます。時間さえあれば立派に建設することができたとも読み取れます。『こころ』創作の技術的、理論的な立脚地であり、創意工夫の湧水地点であった『文学論』を否定したのです。『文学論』を継承発展させた「文芸の哲学的基礎」と「創作家の態度」については否定する言葉を述べていません。やがて『明暗』創作中に漱石が意識し出す「即天去私」とは、虚構の舞台を「天」と見なし、その中で『文学論』に規定した「同情的作物」という作家の「私」を排して叙述することであると筆者は理解しています。

親類の男が怖い

Mが静一家の下宿にきた当時「私の心が静まると共に、私は段々家族のものと接近して来ました。……それで三人は顔さえ見ると一所に集って、世間話をしながら遊んだのです」（下十三）と言っていました。Mは静一家と過ごすうちに、是非ともこの一家に潜り込みたいという願望（内部の生活）を持ち始めたのです。そのためには静と結婚して一家に潜り込むしかありません。そんな状況において、さらにMを不安にさせることがありました。それは静一家の親類と思われる男の出入りです。

どうでも可くない事が一つあったのです。茶の間か、さもなければ御嬢さんの室で、突然**男の声**が聞こえるのです。その声が又私の客と違って、頗ぶる低いのです。……私は坐っていて変に**いらいらし出します**。私はあれは**親類なのだろうか**、それとも唯の知り合いなのだろうかとまず考えて見るのです。それから若い男だろうか年輩の人だろうかと思案して見るのです。（下十六）

Mが「いらいら」して不安に思うことは、「親類」の男が出入りして何か話し合っているのではないかということです。Mは親類の男を一番恐れているのです。それは国における叔父や親戚を思い出すからです。奥さんの親類の男たちも自分に敵対し、自分の思い通りにさせてくれないのではないかと恐れるのです。奥さんや静が、Mという大学生を下宿に置きはじめたことを親類に話をし、親類の男がMの素性を確かめるために郷里に問い合わせをしたら、学生Mという男がどんな人間なのか、郷里で叔父や親類とどんないざこざがあったのか、すぐに明らかになってしまうのです。だからMは、静一家における親類の男との付き合いと会話内容を一番恐れ、話の内容を知りたがるのです。若い男との付き合いについてはほとんど関心ないのです。「**物欲しそうな顔付**」（下十六）とは、どんな親類や知り合いの男で、話の内容は何だったのかを知りたがるMの顔付のことです。

Kを連れてきた裏面の消息

Mが自分の迷いのために身動きが取れず、親類の男を恐れはじめているところへKを下宿に連れてきたのです。身動きの取れない状況から脱出するためにはどうしてもKの力が必要だったのです。これがKを下宿に連れてきたMの裏面の消息です。友情という表面の消息に基づいてKを下宿に連れてきたのではありません。Kが「道」の方に動いて行こうすることに「賛成の声援を与えた」ことや、それによる「多少の責任」を「承知していた」（下十九）と言っていましたが、それは表面の消息であって、Kを自分の役に立たせることが目的なのです。

> 私は何を措（お）いても、この際彼を人間らしくするのが専一（せんいち）だと考えたのです。いくら彼の頭が偉い人の影像（イメジ）で埋（うず）まっていても、彼自身が**偉くなって**行かない以上は、**何の役にも立たない**という事を**発見した**のです。……然し**裏面の消息**は彼には一口も打ち明けませんでした。（下二十五）

Kが偉くなって自分の悩みを解決する手立てを与えてくれなければ「何の役にも立たない」人間だと言っているのです。Kが下宿に来てから自分の役に立たせることを「発見した」かのように言っていますが、最初からKの向上心を自分の役に立たせるために、学資を出してまで連れてきたのです。純粋に友情に基づいてKを支援するのなら、学資を含めた必要経費をKに貸して上げれば済む話です。必ずしも下宿に一緒にいる必要はないのです。Mは自分の裏面の消息を隠したいから、Kが下宿に来てからKを偉くさせることを「発見」したかのように語るのです。

Mは身動きの取れない状態から脱け出すには、自分の知力や観察力ではどうすることもできないのです。猜疑心が邪魔して正しく人間を見ることができないのです。Mは自分の金と信念に執着しているから人間としての見識も観察力も未熟なのです。だから「私は蔭に廻って、奥さんと御嬢さんに、なるべく**Kと話しをする様に**頼み……なるべく、自分が中心となって、女二人とKとの連絡をはかる様に力め(つと)……異性の傍(そば)に彼を坐らせる方法を講じた」(下二十五)のです。それら裏面の消息に基づく行動を、Mは「彼の軽蔑に価(あたい)していたかも知れません」と書いたのです。MはKに軽蔑される自覚があったのです。

MはKについて、「私だって**強いて**Kと一所にいる必要はなかった」(下二十三)、「けれども私が強いてKを私の宅へ**引張って来た**」(下二十四)、「私には最初から**Kなら大丈夫**という安心があったので、彼を**わざわざ**宅へ連れて来た」(下二十八)、「私がKを**無理に引張って来た主意**が立たなくなる」(下三十二)と言っています。この中で、Mの表向きの同情心や友情を表しているのは、「主意」という言葉だけです。「主意」によって奥さんを説得したのです。あとはすべて裏面の消息に関係する文言です。裏面の消息によってKに「月々に必要な学資」（下二十一）や「月々の費用」（下二十三）を出して上げることにしたのです。しかも女たちとうまくやっていけるとして「Kなら大丈夫」と言っているのです。そうであれば「彼はどうしても私に取り合う気色を見せな」いことや、「彼の安心がもし御嬢さんに対してであるとすれば、私は決して彼を許す事が出来なくなる」（下二十八）のは当然のことになるのです。居候させ食事代と学資まで出しているのだから、Kにはどうしても役に立ってもらわないと困るのです。Mの抱える「裏面の消息」と、静一家を「生活の行路」にしたいというMの内部の生活がMとKの人事Fを動かしていくのです。

Mに対する悪感

本来Kが誰を好きになるのもMの許可など要らないはずです。しかしKがMの裏面の消息に気づかず、御嬢さんとの「交通」（下三十二）に満足や安心していると考え出すと、MはKを許せなくなり、学資の援助をやめてKを下宿から追い出すことを考えるのです。Mの抱えている問題にKが気づかないことを、「不思議にも彼は私の御嬢さんを愛している素振に全く気が付いていないように見えました」（下二十八）と言っています。Mが静への愛に溢れた顔付きをしていて、言葉や態度にそれが出ているのならいざ知らず、静の笑い声が嫌いだと思っているMの言説に静への愛を感じ取ることはあり得ないのです。

Mの未熟で身勝手な言動は次の描写によく表われています。筆者はこのくだりを読むと、Mは敬意を表すような尊敬される人物ではなく、心底軽蔑に値する人間だと思ってしまいます。

「私は思い切って自分の心をKに打ち明けようとしました。……旅に出ない前から、私にはそうした腹が出来ていたのですけれども、……今から思うと、その頃**私の周囲**にいた人間はみんな妙でした。**女に関して立ち入った話**などをするものは一人もありませんでした。……私は**御嬢さんの事**をKに打ち明けようと思い立ってから、何遍歯掻ゆい**不快**に悩まされたか知れません。私はKの頭の何処か**一カ所を突き破って**、其所から**柔らかい空気を吹き込んでやりたい**気がしました。……私は旅先でも宅にいた時と**同じように卑怯**でした。……**彼の心臓**の周囲は**黒い漆で重く塗り固められた**も同然でした。**私の注ぎ懸けようとする血潮は**、一滴もその心臓の中へは入らないで、**悉く弾き返されてしまう**のです。

（下二十九）

Mは静という「女に関して立ち入った話」をすること自体が「不快」なのです。その「不快」とはMが作り出した宗教心由来の愛と、静を策略家と疑うことに帰着します。「周囲にいた人間」が「みんな妙」だとして、自分が打ち明けられないのを周囲のせいにしています。しかしKには学資を出しているのだから、自分の気持ちを理解して対応を考えてくれるべきだと言っているのです。出している学資の見返りとして回答を求めているのです。

他に言えば、M自身の人格や知性が疑われるような話の内容を棚に上げて、Kの頭が固いから、その一カ所を突き破り柔らかい空気を吹き込んでやりたい気がしたと、Kへの敵対心と攻撃性を露わにしています。自分の「信念と迷い」に気づかないのは、Kの頭が固くて心臓が漆で塗り固められているからだと言っているのです。宅に居たときは卑怯だったと言いながら、旅に出ても卑怯な言説を何度も繰り返すのです。自己反省と向上心のない人物です。Mの言説は読む者に吐き気を催すような嫌悪感を抱かせます。（下二十九）によって、筆者はMが偽善者であることの確信を持つに至りました。自ら「打ち明け」る気がまったくないのに、さもあるかのように語るのは偽善そのものです。先生Mの「血潮」とは偽善者の血潮なのです。

> 或時はあまりにKの様子が強くて高いので、私は却って安心した事もあります。そうして自分の疑を腹の中で後悔すると共に、**同じ腹の中で、Kに詫びました。**……然し少時すると、以前の疑が又逆戻りをして、強く打ち返して来ます。**凡てが疑いから割り出される**のですから、**凡てが私には不利益**でした。容貌もKの方が女に好かれるように見えました。（下二十九）

「凡てが疑いから割り出される」とは、自分の猜疑心が「凡て」を引き起こしていることを言ったものです。漱石はMの猜疑心がMに不利益を与えていると言わせています。Mは叔父や静一家やKに対しても猜疑心を露わにするのです。金への執着心の裏面にある猜疑心です。猜疑心がMをして事実を正しく捉えさせず事実を歪めても平気にさせているのです。猜疑心によって事実に基づかない認識でもって他を敵視し攻撃するのです。そこに知的な認識力はないのです。（漱石コード4）に基づいて漱石はMの「愚昧（ぐまい）：愚かで道理が分からないこと」と「狭隘（きょうあい）：度量が狭いこと」と「浅薄：学問や思慮が足らず浅はかなこと」を描いているのです。

Mに執着心と猜疑心がある限り事実や体験に基づく正しい認識を得ることはできないのです。Kが自分の裏面の消息に気づいてくれないのは、Kに静に対する安心があるからではないかと疑っています。猜疑心があって人間認識力が未熟なMは自分に原因があることを認めたくなく、他人のせいにして攻撃するのです。「彼の安心がもし御嬢さんに対してあるとすれば、私は決して彼を許す事が出来なくなる」（下二十八）、や「Kの様子が強くて高い」（下二十九）としてKと御嬢さんの関係を疑ってもいます。Mは自分が静に好かれていないという事実には目をつぶり、Kが静に対して安心感を持っていて自分に不利益だと言うのです。猜疑心でKを疑うたびに腹の中で後悔し「同じ**腹の中**で、Kに詫び」たと言っています。Mの猜疑や後悔や詫びは、腹の中で何度も繰り返されるものなのです。Mの認識が本物ではないから詫びに具体性がないのです。Kに対する詫びは「静」と結婚後にはじめて訪れたKの墓の前でも「**腹の中**で、ただ自分が悪かったと繰り返すだけでした」（下五十一）にも現れています。「悪かった」と腹の中で済ませて終わりなのです。だから人間関係性に変化が生じないとも言えます。腹の中でただ悪かったと言っているだけだから、自分を公平に批評し反省することがないのです。そこに懺悔も当然ないことになります。

> 御嬢さんに対する**私の感情**が土台になっていたのですから、……**原の形**そのままを彼の眼の前に露出した方が、私にはたしかに利益だったでしょう。私にそれが出来なかったのは、学問の交際

が基調を構成している二人の親しみに、自から一種の惰性があったため、思い切ってそれを突き破るだけの勇気が私に欠けていたのだという事をここに自白します。（下三十一）

　ここでも自己弁護を繰返しています。Ｍの感情の「原の形」とは、キリスト教由来の「信仰に近い愛」で「宗教心とそう違ったものではない」「御嬢さんの顔を見るたびに、自分が美しくなるような心持」になることであり「御嬢さんの事を考えると、気高い気分がすぐ自分に乗り移って来る」ことなのです。それらはキリスト教についての認識Ｆに付着している観念的な感情ｆに過ぎません。男女の恋愛におけるｆとは全く関係がありません。だから誰にも語れないのです。それをＫとの「二人の親しみに、……一種の惰性があった」と語ったり、「勇気が欠けていた」と語るのは偽善者の責任逃れであり自己正当化なのです。静に抱くｆは知識の切り売りとして、見せかけの感情を語っているだけです。ＭがいつＫに対し静に対する悩みや正直な気持ちを打ち明けるのかと期待していた読者は、Ｍが繰り返す弁解にうんざりさせられるのです。Ｍの自己正当化のための装いの言辞が繰り返し発せられることに、読者の同情心は〈嫌厭〉により軽蔑へと変化してしまうのです。Ｍの周囲の人物の感情も軽蔑へと推移していくのです。Ｍに抱く読者や登場人物の軽蔑感という感情を漱石は「悪感」と言っています。

　Ｍが孤立する原因はＭが作り出しています。Ｍは軽蔑すべき人物であるという感想や理解も『こころ』を読んでいく上での解読用コード（情報）となります。ＭはＫが自分の悩みを解決してくれるのを待っているだけです。「私はＫが再び……向うから突進してきてくれれば好いと思いました」（下三十七）と期待して待っているだけです。やがてKが自分の期待通りの動きをしないと判断し、下宿から追い出しにかかることになります。

漱石は、宗教心（一神教であるキリスト教）が知的Fとして伝播していく中で、金への執着力と結びついて、偽善と破壊が現れるという文学者のFを『こころ』のF（テーマ）として描いているように思います。自己正当化と共に現れる他者への攻撃は偽善者の永久的特性であり、最後には自他を巻き込む心中的な破壊という自滅行動として現れるものです。偽善者は人間の関係性を自己の利益のために分断し破壊し、個人を幸福を破壊して平気なのです。

Mの嫉妬はすぐれているKへの妬み

「嫉妬」の意味を辞書に引くと「自分よりすぐれた者をねたみそねむこと。自分の愛する者の感情が他に向くのをうらみ憎むこと。またその感情。りんき。やきもち。」と出てきます。Mと静の間には二人の会話が成立せず、人間的な男女関係に基づく愛がありませんから、静の愛の感情がM以外のKに向くことをうらみ憎むということはあり得ません。静はまた最初からMを恋愛の対象と見ていませんでした。つまりMに起きる「嫉妬」とは、静に対して感じる感情ではなく、自分よりすぐれている人間であるKをねたみそねむ感情に帰着するのです。MがKに抱いている評価を拾い出してみます。

「ことにKは強かった」「彼の行為動作は悉く（ことごと）この精進の言葉で形容されるよう」

「常にKを畏敬していました」「普通の坊さんよりは遙かに坊さんらしい性格」（下十九）
「独立心の強い男」「仏教の教義で養われた彼」（下二十三）
「私より強い決心を有している男」「頭の質が私よりずっと可かった」
「Kの方が常に上席を占めていました」「平生から何をしてもKに及ばない」
「Kは私より偉大な男」「口で先へ出た通りを、行為で実現しに掛ります」「恐るべき男」「偉大でした」「自分で自分を破壊しつつ進」む、「自己の成功を打ち砕く」（下二十四）
「容貌もKの方が女に好かれる」「確かりした男らしいところのある点も、私よりは優勢」「学力になれば……私は無論Kの敵ではない」（下二十九）
「外の事にかけては何をしても彼に及ばなかった」（下四十三）
「Kの果断に富んだ性格」（下四十四）

「自分で自分を破壊しつつ進む」「自己の成功を打ち砕く」という以外は、MがKを畏敬しており一目置く存在であることが分かります。MはKの長所を肯定し賛辞を与えているのです。KはMの人生の問題を解決するために頼りになる向上心を持った人物なのです。Mが言う通り、「私のKに対する嫉妬」（下二十七）であり「Kに対する私の嫉妬」（下三十四）なのです。静は嫉妬の対象ではないのです。女に好かれる容貌をしているから、女たちの話を聞いてもらうにもKの方が向いているとして、Kに白羽の矢を立てて下宿に連れてきたのです。学業にすぐれ、容貌も女に好かれるKが来たから静の「若い女に共通な」「嫌なところは、Kが宅へ来てから、始めて私の眼に着き出した」（下三十四）

という認識になるのです。静がKにフランクな笑顔を見せるだけでKに対する嫉妬心が起き、逆に静を嫌い出すのです。

静が「持前の親切を余分に私の方に割り宛てくれた」ことに対し、Mは「ひそかに彼に対する愷歌（がいか）を奏しました」と言い、静の持前の親切を「専有したいという強烈な一念に動かされている」（下三十二）とも言っています。新年の歌留多取りにおいて御嬢さんが「眼に立つようにKの加勢をし出し」「私は相手次第では喧嘩（けんか）を始めたかも知れなかった」（下三十五）とも語っています。Mにあるのは御嬢さんに対する幼稚な専有心なのです。静をあたかも母として、その世話の多寡について、兄弟間で取っ組み合いの喧嘩をするようなものなのです。成人の男女間の愛とは無縁なMの心情が表されています。

> 奥さんの唯一（ゆいいつ）の誇（ほこり）とも見られる御嬢さんの卒業も、間もなく来る順になっていたのです。Kは私に向って、女というものは何にも知らないで学校を出るのだと云いました。Kは御嬢さんが学問以外に稽古している縫針（ぬいばり）だの琴だの活花だのを、まるで眼中に置いていないようでした。私は彼の迂闊（うかつ）を笑ってやりました。……私には其所が愉快でした。彼のふんと云った様な調子が、依然として**女を軽蔑**しているように見えたからです。**女の代表者**として私の知っている**御嬢さん**を、**物の数**とも思っていないらしかったからです。今から回顧すると、私の**Kに対する嫉妬**（しっと）は、その時にもう充分萌（きざ）していたのです。
>
> （下二十七）

静の価値をKが認めず軽蔑しているように見えたときに、また物の数とも思っていないらしく感じたときに、Kに対する「嫉妬」が起きるのです。Kのことを笑いながらも、静の価値が認められないときに嫉妬するのです。

Mの言う「女の代表者」を〈母〉あるいは〈聖母〉と置き換えてみると、Mが静に対して抱いている心情がよく分かります。「自分が美くしくなるような心持」にしてくれ、「気高い気分がすぐ自分に乗り移って来るように思」わせてくれる静は、まさにMにとっての聖母のような存在なのです。憧憬の対象と言えるかも知れません。例えれば、聖母のように大事な母が近所の子供に軽んじられ馬鹿にされると、その子と喧嘩をしたくなる、そんな反発心が起きるのです。Kと静の二人の間の「交通」さえも「当然以上に見え」(下三十二)て、Kに対する嫉妬心を起こしていました。自分の母親であるような静がKと多く接していることでも嫉妬心を起こすのです。

Mは「愛の裏面にこの感情の働きを明らかに意識していた」「こういう嫉妬は愛の半面じゃないでしょうか」(下三十四)として自分の心情を男女間の愛であるかのように装っています。またその装いは「実際私の**進みかねた**のは、意志の力に不足があった為ではありません。Kの来ないうちは、他の手に乗るのが厭だという我慢が私を抑え付けて、一歩も動けないようにしていました。Kの来た後は、もしかすると**御嬢さんがKの方に意がある**のではなかろうかという**疑念**が絶えず私を制するようになったのです」(下三十四)にも表されています。Mは宗教心由来の観念的な愛と人間の愛情が別物であることを知っていて、静に対する子供のような専有心を嫉妬心であると胡魔化しています。静から「変な人」と思われていることを、「御嬢さんがKの方に意がある」とも胡魔化すのです。

漱石は「文学者が勉めて動情的の語法を用ゐんと試むるは必然の事」とし、「かの笑ふといひ怒るといふが如き悉く情的活動物の本質を表する資格あるもの」としています。それらによって「躍如たる情緒」と「自然活気ある状態を呼び来る」ことは「疑ひなかるべし」と言っています（『文学論（下）』14頁）。Mは活気ある静の情的活動としての笑いを嫌うのです。「自分が美くしくなるような心持」にならないからです。Mは静の情的活動の抑圧者であるようです。『こころ』には静が笑う描写が（下十八）～（下四十二）で九個所ありますが、Mと静の二人が一緒の場で笑っている描写はありません。Mは静の活気ある笑いと行動に、自分の信念に背く恋の罪悪を見ているのです。Mは静が自分を美しくしてくれる存在として自分の信念に従ってくれることを求めるのです。静の笑いを躍如たる情緒として嫌うことの中にMの抑圧的な一面が見えます。

Mの「嫉妬」とはつまるところ、Kというすぐれた者に対する妬みと、静の親切や世話を専有したいという幼い願望と自尊心と、聖母としての価値がKに軽んじられることへの反発と、静が持つ活気ある情緒への抑圧的な嫌悪感などの複数の感情と心理が混じって引き起こされているのです。そこにMの気を引こうとする静の「技巧」（下三十四）などないのです。

歌留多は誰が読んだのか

静に対するMの新たな認識を生じさせた出来事として歌留多取りがあります。

客も誰も来ないのに、**内々の小人数**だけで取ろうという歌留多ですから頗る静なものでした。……私はKに一体百人一首の歌を知っているのかと尋ねました。Kは能く知らないと答えました。私の言葉を聞いた御嬢さんは、大方Kを軽蔑するとでも取ったのでしょう。それから**眼に立つようにKの加勢**をし出しました。仕舞には二人が殆んど組になって私に当るという有様になって来ました。私は**相手次第では喧嘩**を始めたかも知れなかったのです。幸いにKの態度は少しも最初と変りませんでした。（下三十五）

ここには見えていない人事Fがありますので商量していきます。まずこのときに歌留多を読んだのは誰かということです。外からは誰も来ていないのですから、歌留多の読み手は奥さんだったことになります。奥さんは娘がKを応援しながら遊ぶ中で自分も楽しく札を読んだのです。Kはこの一家の遊び方に感心したことでしょう。また歌留多取りをよく知らないKにとって母娘の遊び方はKに新鮮な驚きを与えたのです。奥さん一家に対するKの見方が変わったのです。特に奥さんに対する興味と信頼感が増すことになったのです。奥さんはKを公平に「家のもの」として扱い、「歌留多取りを遣るから誰か友達を連れて来ないか」（下三十五）と言っていたのです。静は歌留多取りをよく知らないKに公平な肩入れをして遊んだのです。

「Kの態度は少しも最初と変りませんでした」というMの記述があります。静に味方されても歌留多取りの前後でKの態度は何も変わらなかったのです。歌留多取りを契機にKが静への恋心を募らせたりしていないのです。Kは奥さん一家に対して抱いた信頼感や親近感によって、二、三日後にKが

「つかつかと私の座敷に入って来て」「**奥さん**と御嬢さんは市ケ谷の何処へ行ったのだろう」（下三十五）と聞いたのです。Kは「奥さん」という言葉を先に出しています。Kの関心の的は奥さんにあったのです。しかも「つかつかと」座敷に入ってきたのですから、静への切ない恋の告白のためにKがやってきたのではないことも示されています。

Mは敷居の上に立ったKを「今まで朧気（おぼろげ）に彼を一種の邪魔ものの如く意識していながら、明らかに**そうと答える**訳に行かなかった」（下三十五）と言っています。Kが下宿に来たときからMはおぼろげにKを邪魔ものと思っていたのです。静がKに応援したのは「持前の親切」と言えるものです。

Mは歌留多取りに静の恋の罪悪を見た

「相手次第では喧嘩（けんか）を始めたかも知れなかった」という記述は、KだったからMが喧嘩をしなかったことを言っています。Kが「慾を離れた恋そのものでも道の妨害（さまたげ）になる」（下四十一）と考えている人間であることをMは充分に知っていたからです。それはMがKの言う「覚悟」（下四十二）の中身を知っていることを意味します。Kが静に恋心を抱いたりしない人間であることを知っていたから安心して下宿に連れてきたのです。K以外の人間で恋のライバルとなる者であれば喧嘩をするのです。またMが喧嘩をしなかった理由で大きなものは、Kに解決して欲しい「信念と迷い」があるからです。喧嘩をしてKに下宿を出て行かれては困るのです。

さらにMにとって問題なのは、歌留多取りにおいて、静に若い女の「恋の罪悪」（上十二・十三）を見てしまったということです。静がKを応援して遊ぶ快活さに若い女の持つ「恋の罪悪」を、目に立つように見てしまったのです。この「恋の罪悪」は自分の「信仰に近い愛」（下十四）が満たされない原因となるものです。『文学論（上）』102頁に、漱石は恋なるものの文学的内容の例証として、コールリッジの「Love（愛）」の詩の一節を挙げ、「この節によりて見れば恋に関して二様の釈義を得べし。いやしくも吾人の心を動かし、**情緒を喚起し、愉快の感を生ぜしむる**は、即ちこれ**恋の力**なりと、これ一なり、愛は神聖なりとこれ二なり」（103頁）と述べています。この記述は西洋における恋と愛の肯定観念を言い表しています。Mは静がKと組になって歌留多取りを愉快に楽しんだ態度と情緒に「恋の力」を見たのです。前出の「躍如たる情緒」と「自然活気ある状態」を静に見たのです。この恋の活気ある力は西洋では「神聖」なのです。しかしMの場合は、キリスト教由来の自分の神聖な「信仰に近い愛」に敵対するものとして、自分の信念を阻害するものと見るのです。『文学論（上）』109頁において漱石は「吾人は恋愛を重大視すると同時にこれを常に踏みつけんとす、……必ず**罪悪の感随伴し来るべし**。これ誠に東西両洋思想の一大相違といふて可なり」と東洋人と西洋人の恋愛観の相違を述べていました。この指摘通りに、Mは倫理的に暗い人物として静の恋（恋愛）は、踏みつけられるべき罪悪であるとするのです。

Mの言う「私の幸福には**黒い影**が随いていました」（下五十一）と、「後には何時でも**黒い影**が括ッ付いていました」「私は妻のために、命を引きずって世の中を歩いていたようなものです」（下五十五）に言われる「黒い影」の正体は、結婚前は歌留多取りのときに見た静の「恋の罪悪」であり、結婚後に「妻のために命を引きずって世の中を歩」くようになったのは、Kの墓参りに一緒に行ったときに静がKの運命を冷罵した主体であると認識したからなのです。〈静の罪悪〉が自分の「黒い影」になってしまったのです。それとともにKが自殺したときの自分の座敷の仕切りを横切る「黒い影」をも思い出すのです。Mには自分の犯した罪悪によってではなく、静の罪悪とKの自殺という黒い影が付きまとい出すのです。

MはKの自殺の「物凄い有様」に「私には綺麗な花を**罪もないのに妄りに鞭うつ**と同じような不快がそのうちに籠っていたのです」（下五十）と言っています。Kの自殺の恐ろしい姿が綺麗な花のような静を「妄りに鞭うつ」ようで不快だったと言っています。自分がKに何をしたのかは問題にならないのです。Kの自殺に何の反省もないのです。それに比して自分が静に下す「天罰」は、静の罪悪を鞭うつものであると意識しだすのです。Mは自分の後ろに付いてまわる静の「黒い影」を消すために自殺するのです。漱石は西洋にあこがれ思想的文化的に影響を受けた未熟な東洋人をMとして設定し、東西両思想・文化の接点において自滅していく姿を描いたのです。

Kの「切ない恋」はでっち上げ

歌留多取りの二、三日後に、Kが「**奥さんと御嬢さん**は市ケ谷の何処へ行ったのだろうと」Mに言い、Mは「大方叔母さんの所だろう」（下三十五）と答えています。さらにKは「中々**奥さんと御嬢さん**の話を已めませんでした。仕舞には私も答えられないような立ち入った事まで聞」（下三十六）いています。Kの質問は二度とも「奥さん」が先になっています。ここにKの関心の的が奥さんに向いていることが示されていて、Kの質問は奥さんが主で静は従なのです。
　次の引用部分では「K」表記は出だしの一個だけで、あとは全て「彼」表記になっています。これは何を意味しているのでしょうか。漱石は読者に対し文体の変化に気付くように分かりやすく一方的な「彼」表記にして注意を促しています。この（下三十六）以降（下四十二）まで「彼」表記が突出して多く出てきます。Mは「彼」表記を使ってKの実像を歪曲するのです。

「**K**は中々奥さんと御嬢さんの話を已(や)めませんでした。……**彼**を思い出すと……**彼**の調子の変っているところに……私はとうとう何故(なぜ)今日に限ってそんな事ばかり云うのかと**彼**に尋ねました。その時**彼**は**突然黙り**ました。然し私は**彼**の結んだ口元の肉が顫(ふる)えるように動いているのを注視しました。**彼**は元来無口な男でした。平生から何か云おうとすると、云う前に能く口のあたりをもぐもぐさせる癖がありました。**彼**の唇……**彼**の意志……**彼**の言葉の重み……
　彼の口元を一寸眺めた時、私はまた何か出て来るなとすぐ疳付(かんづ)いたのですが、それが果たして何の準備なのか、私の予覚はまるでなかったのです。だから驚いたのです。**彼**の**重々しい口**から、**彼**の御嬢さんに対する**切ない恋**を打ち明けられた時の**私を想像して見て下さい**。……（下三十六）

　最初に「K」が出てきたあとに「彼」という表記が一二個所あります。「彼」表記によってKを取り上げた上で、具体的描写をしないまま「私を想像して見て下さい」と言っています。これはMの「故意」と歪曲に気づかせようとする漱石の技です。Kの実体を描写しているのかどうかを考えさせたいのです。Mは「切ない恋を打ち明けられた」と自分への同情を求めています。しかし「打ち明けられた」と言いながら「切ない恋」の具体は何も記述されていません。「切ない」という情緒fを感じることができないのです。読者は観念の連想を自分の体験の中で行い「切ない恋」の認識Fと情緒fを想像するしかないのです。読者の体験から読者の脳に幻惑を誘致しようとしています。Mの質問に答えているのはKではなくて「彼」なのです。Mの使う「彼」表記はKの実像や実体を示すものではなく、Mが勝手に作り上げているKなのです。Mの感覚が捉えた具体的な表現は「肉が顫(ふる)えるように動いている」と「重々しい口」だけです。実際のKの「重々しい口」からは「切ない恋」ではない別のことが語られていたのです。

> その時の私は**恐ろしさの塊り**と云いましょうか、又は**苦しさ**の塊りと云いましょうか、……Kはその間(あいだ)何時もの通り**重い口**を切っては、**ぽつりぽつり**と自分の心を打ち明けて行きます。私は苦しくって堪(たま)りませんでした。
> **彼の自白は最初から最後まで同じ調子**で貫いていました。重くて鈍(のろ)い代りに……**細かい点**になると**殆んど耳に入らない**と同様でしたが、それでも**彼**の口に出す**調子だけ**は強く胸に響きました。
> (下三十六)

ここでもKの「切ない」という具体が書かれていないのにMは「恐ろしさ」や「苦しさの塊り」になったと言っています。Kの話の「細かい点」は「殆んど耳に入らないと同様」にもかかわらず「口に出す調子だけ」が強く胸に響いて「恐ろしかった」「苦しかった」と言っているのです。Mが本当に恐ろしく苦しく思ったことは何なのか、商量するしかありません。ここまでのテクストの読み解きから見えてくるのは、Mの恐ろしさ・苦しさとは、Mの唯一の悩みである「信念と迷い」の解決ができなくなるという恐ろしさであり苦しさです。Mの未来の行路を決める障害となっている「信念と迷い」の解決が遠のいてしまうことなのです。KはMの「信念と迷い」の解決を遠ざけてしまうような話をしたのです。ではKの「重い口」から「ぽつりぽつり」と「同じ調子」で「重くて鈍い」ように「口に出す調子」で語られたことは何だったのでしょうか。

Mが言う「**そんな事ばかり**」(下三十六)とは、奥さんの立ち回り先はどこだとか、どんな用事があって御嬢さんを連れて一緒に年始前から出かけたんだというKの話のことです。Kは奥さんの行動に関心があってつかつかとMの座敷に入ってきたのです。しかしそのあとのMの質問に対して「彼」が「突然黙り」、「御嬢さんに対する切ない恋を打ち明けられた」と書いたのです。Kの実際の話をMは「切ない恋」にすり替えたのです。MはKの関心の中心にいた「奥さん」を消し、御嬢さんへの恋心を話し出したとKの話を歪曲したのです。歪曲することでKの実像を隠したのです。「何時もの通り重い口を切っては、ぽつりぽつりと自分の心を打ち明け」ていく様子に、Kの「切ない」fは見い出せないのです。いつもの通りのKの情緒であり話し方に過ぎません。Kは「最初から最後まで同じ調子」で、Kにとって大事な話を「重い口を切って」ぽつりぽつり語ったのです。

「fはFの具体の度に正比例する」

もう少しFとfの関係について漱石の指摘を見ておきます。『文学論（上）』143頁に「fはFの具体の度に正比例する」とあります。「彼の重々しい口」「何時もの通り」「ぽつりぽつり」「重くて鈍(のろ)い」「最初から最後まで同じ調子」（下三十六）という認識Fから切ないというfは喚起されないのです。Fの具体がなく、それに比例するfもないのです。「切ない恋を打ち明けられた」は事実ではないのです。また『文学論（下）』47頁では「元来**感覚的材料**を用ひて各種の材料を説明する主意は**文学の原理**たる**事物の具体化**に外ならず」と言っています。重い口・ぽつりぽつり・鈍(のろ)い・同じ調子・Kの口元の肉が顫(ふる)えるように動いているという、Mの聴覚や視覚による感覚的材料を使った描写は、「切ない恋」という事物ではなく別のことを言い表しています。静のことを思い出すと夜も眠れなくなるとか、静に振られたといった事実を具体化していないのです。つまり「切ない恋」はMによるでっち上げなのです。MがKの「切ない恋」をでっち上げたのは、Kの自殺の真実が切ない恋によるものではなかったことを意味します。Kの自殺の真実はMの内部の機密とともに隠されたのです。Mの視覚が捉えたKの口元の描写は夕飯のときにも出てきます。

Kは私よりも猶寡言(なおかげん)でした。……奥さんは私にどうかしたのかと聞きました。……すると今度は御嬢さんがKに同じ問を掛けました。……Kは……ただ**口が利(き)きたくない**からだと云いました。御嬢さんは**何故口が利きたくないのかと追窮**しました。……私にはKが何と答えるだろうかとい

う**好奇心**があったのです。**Kの唇は例のように少し顫えていました。**　（下三十八）

Kが御嬢さんに追及されて「口を利」く内容は、Mが好奇心を持って黙って聞いていられるものなのです。MはKが静から掛けられていた質問があることを知っていたのです。もしKの唇の震えが、午前中のときのように切ない恋の自白の前触れを示していて、Kの自白が静に向けられるとMが思ったのなら、再びMは緊張して「苦しさの塊り」や「恐ろしさの塊り」になっていいはずです。しかしそうはならず、好奇心で見ていられるということは、KがMに前に語ったことは、安心して聞いていられる内容だったことが示されています。Kは切ない恋の自白などしていなかったのです。

漱石は『文学論（上）』64頁に「人類の内部心理作用の文学的内容」が文学に入り込む実例として二種類の方法があるとし、「間接及び直接の両途」としています。「或はこれを客観、主観的と名け得べし」「前者は重に劇、叙史詩に行はれ、後者は重に抒情詩に用ゐらる」としています。「間接または客観的といふ意は情緒の状態を喚起するに先ち、その**原因を記するか**、或はその**肉体的徴候**を挙げて**情緒**その物の記載は**これを省略**して、ただ**読者の想像に委ぬる**の儀なり」「小説の如きにありてはその性質上この両方法を両刀的に使ひこなすことしばしばなり」と書いています。漱石はKが重い口を開きぽつりぽつり自分の心を打ち明けた原因を間接的には書かず、Kの「口元の肉が顫え」ていたと肉体的徴候を二度書くことで、情緒の記載を省き読者の想像に委ねたのです。漱石は、Kの口元が震えていたというKの二度の肉体的徴候の記述に対するMの態度の違いを書き、Mが省略したKの話の中身を商量できるようにしているのです。一度目はKの口元の肉の顫えを「切ない恋」の告白の前触れと思わせ、二度目は口元の肉の顫(ふる)えを指摘しながらMが「好奇心」を持って見ていたとすることで、Kの話が「切ない恋」の話ではないことを示したのです。漱石は二度目にMの好奇心という言葉を出してKの切ない恋を否定したのです。静がKを「何故口を利きたくないのかと追窮」したことは、Kから聞きたいこと、Kに言わせたいことがあることを思わせます。静自身は聞きたいのだがどうしてKは答えないかというニュアンスを感じます。

〈大学を卒業したらどうするの?〉

静とKとの間には会話が成立していることをうかがい知ることができます。静に対するKの恋心を静が聞くはずはありませんから、静がKから聞きたいことはもっと別なことなのです。静がKに掛けていた質問を商量する手がかりとなる描写があります。

　同時に私は黙って家(うち)のものの様子を観察して見ました。然し**奥さんの態度**にも御嬢さんの素振(そぶり)にも、別に平生(へいぜい)と変った点はありませんでした。……**彼の自白**は単に私だけに限られた**自白**で、**肝心**の本人にも、又その**監督者たる奥さん**にも、まだ通じていないのは慥(たし)かでした。（下三十九）

ここでもMは「奥さんの態度」を先に出しています。Kの話とは、奥さんの動きが中心になる事柄であることが示されています。その次に「肝心の本人」なのです。肝心の本人とは、Kに質問を掛けた人間が静であることを言っています。Ｋが静に話をすれば、それが必ず奥さんに通じることになる話なのです。Ｋの話が奥さんに伝われば、今度は逆に奥さんが「監督者」として静に指図を出すことになる話なのです。Ｋが静を通じて奥さんに伝えてもらいたい話とは何なのか。それこそがＭが「彼の自白」と呼んでいるものなのです。「肝心」には「極めて肝要なこと」（明鏡国語辞典）という意味があります。Ｋには静から、必要があれば母に話をしますからと念を押されていた話があるのです。Ｋの将来に関しての話なのです。大学三年生のＫにとって、正月が開けた時期に極めて肝要なこととは何でしょうか。しかもＫは無一文なのです。Ｋにとっての肝要なことが「重い口」から「ぽつりぽつり」と「出て来」ていたのです。その話をＭはＫの「自白」としながら、その中身をわざと省いたのです。ＭはＫの「自白」の内容を知っているから、夕飯のときにＫが静に何と答えるか好奇心を持って見ていられたのです。

それは〈大学を出たらどうするの、どこへ行くの〉という質問であったと筆者は商量します。Ｋは静の質問内容をＭに話したのです。Ｋには大学卒業後にもある程度の金（学資）は必要なのです。職を得るまでの活動費と下宿代が要るのです。Ｋは静の質問に答える形で、大学を卒業して職を得るまでの金の工面について奥さんに相談してみようかとも思っているとＭに話したのです。「口元の肉が顫(ふる)えるように動い」（下三十六）たあとで「重い口」から今後のことを「ぽつりぽつり」とＭに話したのです。Ｋが大学を出たあともＭの居候を続けられる保証はないのです。Ｋ、Ｍ、それぞれに大学卒業後の進路があるのです。Ｋの口から奥さんに金の工面の相談をしてみようかと思っているという話が出たからＭは恐ろしく苦しくなったのです。金の手当てができれば、ＫはＭの悩んでいる問題など気に止めなくなることが考えられます。「信念と迷い」の解決が遠のいてしまうのです。

大学卒業（六月）後に国に帰った「私」は、国に居ても就職口についての朗報を得られないために「九月始めになって、私は愈又東京へ出ようとした。私は父に向って当分今まで通り学資を送ってくれるようにと頼」（中八）んでいました。就職の口を見つけるまでにはまだまだ学資がかかることが書かれていました。

Kは無一文ですから、卒業と同時に働き口を得たとしても一か月分の先払いの下宿代や交通費も払えないのです。就職活動にも行く金がないのです。Mに頼んで用立ててもらうか、新たに学資を貸してくれるところを探すしかないのです。黙っていてもMが金銭的、物質的援助をしてくれるのでしょうか。Kはもともと独立心の強い人間でした。Kが以前働いた「夜学校の教師」（下二十一）は「内職の口」です。今度は正職の口を見つけるか、別に当てのある行先を見つける必要があります。Kが親兄弟と縁が切れていて無一文なことは静も奥さんも知っているからKの大学卒業後の行先や身の振り方が心配に思えるのです。KにはMの居候として下宿に残るのか、学資を誰かから借りて下宿を出ていくのかの選択があると言えます。Kの未来の行路は大学卒業後の学資の手当のありなしによって変わるのです。

Kの金策とMの利害得失

「恐ろしさの塊り」や「苦しさの塊り」、「半分どうしようどうしようという念」（下三十六）ということは、Ｋが奥さんに相談して今後の金策問題を解決してしまうと、Ｋの関心は自分の将来の行路のことに移り、Ｍの悩みの解決のめどが立たなくなってしまうことを言い表したものです。自分の悩みの解決前にＫがお金を工面して下宿から出て行ったらどうしようという恐れや苦しさであり焦りなのです。Ｋは学資の相談を奥さんにしてみたいが、現在の月々の学資を出してくれているＭのことを考えれば躊躇することでもあるのです。そのＫの心理が分かっているからＭは好奇心を持って見てもいられたのです。奥さんにお金を貸す余裕がなければ、奥さんの親戚や知り合いを紹介してもらうこともあり得るのです。「監督者たる奥さん」は娘に指示を出し、一緒にＫを誰それの所に連れて行きますとなることもあり得ます。

Ｋの最大の弱点である学資の問題が解決されると、独立して自分の進む道を定めるべくＫはまい進できるのです。Ｍの「すぐ**失策(しま)った**と思いました。**先(せん)を越されたな**と思いました」（下三十六）に言う「先を越された」とは、Ｋの大学卒業後の学資のことを自分から先にＫに話しておくべきだったという思いのことです。大学卒業までに「信念と迷い」の解決ができない場合、さらにＫを下宿に縛っておく必要があるので、場合によっては大学卒業後もＫに学資を出してやると伝えておいた方が良かったかという後悔でもあります。ＭはＫを「一種の邪魔ものの如く意識していながら」Ｋの向上心を頼りにする以外に方法がないのです。だから「失策(しま)った」なのです。Ｍは生活の行路を開くために、Ｋを引き続き自分の金に縛っておく必要があるのです。

Ｋは奥さんが駄目でも奥さんの知り合いを紹介してもらえる可能性があると思っているのです。だからＫは奥さんの外出先や立ち回り先に関心があってＭに聞いていたのです。Ｋが奥さんの知り合いを紹介してもらおうと思っていることを示唆する記述があります。学校が始まりMが「突然往来でKに肉薄」（下三十九）したときのことです。

私が第一に聞いたのは、この間の自白が私だけに限られているか、又は**奥さんや**御嬢さんにも通じているかの点にあったのです。**私のこれから取るべき態度**は、この問に対する**彼の答次第**で極めなければならないと、私は思ったのです。すると彼は**外の人**には**まだ誰にも打ち明けていない**と明言しました。私は事情が自分の推察通りだったので、内心嬉しがりました。（下三十九）

ここでも「奥さんや御嬢さん」として「奥さん」が先になっています。Kの話の鍵を握っているのが奥さんであることが三度示されています。「外の人にはまだ誰にも」という文言は、金策に応じてくれる「外の人」を奥さんから紹介してもらえる可能性を言っています。Mの「内心嬉しがりました」という文言は、Kが金の工面の話をまだ誰にもしていないのなら、自分の金でKを縛り、自分の役に立たせられる可能性がまだあると嬉しがったものです。Mは今までKのために使った金が無駄になるのか、活きるのか、自分の利害得失はどうなるのか、Kが下宿を出ていってしまうのか、そんな恐れを抱き始めているのです。Mが利害得失を気にしていることが少し前の語りにも見て取れます。

此方（こっち）も彼の前に**同じ意味の自白**をしたものだろうか、それとも打ち明けずにいる方が**得策**だろうか、私はそんな**利害を考えて**黙っていたのではありません。ただ何事も云えなかったのです。**又**

云う気にもならなかったのです。

（下三十六）

「同じ意味の自白」とは、静に対する恋の自白を、自分もKの前にした方が良いのかと思ったと幻惑を与える文言です。しかし「得策」という言葉を入れて、恋の話ではなく、金銭的に「得策」なこと、経済的にMの利害得失に絡む話であることが示されています。Kが語った金の工面という話に応じて、自分も「同じ意味の自白」として金の工面の話をしてやろうか、それとも黙っていた方が、大学卒業後までもお金を出さなくて済むから得策だろうかと「そんな利害を考えて黙っていた」のではないと言っていますが、実際は真っ先に「そんな利害」を考えたのです。恋の利害得失を考えたと言っているのではありません。大学卒業までに自分の抱える問題が解決できなければ、さらにKの学資や物質的援助をして下宿に引き留めておくことも考えなければいけないという「そんな利害得失」があるのです。

またKが自分の生活の行路のことを語ったから、自分も未来の生活の行路のことを自白したものだろうかと思ったが、迷いがあって内部の生活のことは「何事も云え」ないので止めたということでもあります。ここに来てMの抱える問題の解決の他に、今後のKへの学資の援助をどうするかが加わってしまったのです。自分の「信念と迷い」の解決と今後のKへの学資援助を天秤にかけてみたが何事も言えなかったと言っているのです。

私は今朝**彼から聞いた事**に就いて、もっと**詳しい話をしたい**が、**彼の都合はどうだ**と、とうとう

此方（こっち）から切り出しました。（下三十八）

Mが K に面と向かって言ったのであれば、〈今朝お前から聞いたことについてもっと詳しい話をしたいが、都合はどうだ〉となるのが直接話法の記述です。ここでもおかしな「彼」表記を挟むことで、漱石は読者に注意を促しMの言う詳しい話とは何なのかを商量させようとしています。MはKに「詳しい話」を「したい」のではなく聞きたいことがあるのです。「細かい点になると殆んど耳に」入っていなかったのですから、もう一度詳しい話を聞きたいのです。「私はこれから私の取るべき**態度を決する**前に、彼について**聞かなければならない**多くを有（も）っている」（下三十七）と言っています。今後Kの学資を出してやるかどうかを決める前に、自分の「信念と迷い」の解決の見通しや解決方法をKから「聞かなければならない」し、Kはいつ下宿を出ていこうとしているのか、本当に奥さんに金の相談をする積りなのか、「聞かなければならない」多くのことがあるのです。Mは詳しく聞きたいことがあるにもかかわらず自分からは言い出せないので「Kが再び仕切の襖を開けて向うから突進してきてくれれば好（い）いと思いました」（下三十七）となるのです。MはKが奥さんに金の工面を相談するかどうかで学資を出すかどうかを決めると言っているのです。Mに無償の友情などないのです。

「はっと」気づくべきこと

「今朝彼から聞いた事」とは、Kが静から掛けられていた質問と、Kの金の工面の話と進路のことなのです。〈大学を卒業したらどうするの、どこへ行くの〉という静の質問に答えるためにも、Kは卒業後の金の手当てを解決しなければいけないのです。Kの今朝の話について「詳しい話をしたい」というMの申し出に、Kは「そうだなあと低い声で渋って」（下三十八）います。K自身が進路や先々の金の必要性についてまだよくは答えられないのです。「低い声で渋って」いるという表現は、切ない恋という感情や悩みと、それらを解決したいという切羽詰まった様子の描写ではありません。「私は又はっと思わせられました」（下三十八）となっています。この文言はKが重い口を開いて語ったことについて、「はっと」気づくべきことがあるだろうとする漱石の言葉です。「又」ですから、最初の「はっと」があるはずで、それは「私の予覚はまるでなかったのです。だから驚いた」（下三十六）ことのようです。予覚がなかったということは、今までKの態度に恋の切なさなど表れていなかったのですから、Kの話は別の話であったのです。予覚がなかったことに続き「又はっと思わせられ」たとして、今まで気づかずにいたKの金策のことが示されているのです。Kに対し友人として義務を果たすべき必要のあることが話されていたのです。Mはそれを隠したのです。

「**Kの生返事**は翌日になっても、その翌日になっても、**彼の態度**によく現われていました。彼は自分から進んで例の問題に触れようとする気色（けしき）を決して見せませんでした。……奥さんの態度にも御嬢さんの素振（そぶり）にも……変った点はありませんでした。Kの自白以前と自白以後とで、**彼等の挙動**にこれという差違が生じないならば、彼の自白は単に私だけに限られた自白で、……まだ通じていないのは慥（たしか）でした。

（下三十九）

「Kの生返事は」を主語として述語は「彼の態度によく現われていました」となっていて意味内容が不明です。読者に勝手に想像してくれと言っているようです。この時点で静は女学校を卒業しているので、世の中を自由に動ける立場になっていることは確かです。「彼らの挙動」とは静一家とKのことで、奥さん、あるいは静とKが連れ立って出かけたり、三人が集まって話をしたりなどの挙動を言います。奥さんの態度と静の素振りを見て、誰にもKが金の工面の話を通じていないのは「慥（たしか）でした」と言っているのです。

「私は**又彼**に向って、**彼の恋**をどう取り扱う積りかと尋ねました」（下三十九）とありますが、MがKに面と向かって「彼の恋を」などと言う訳がありません。ここにもKの実像の歪曲操作があり、しかもその操作が未熟なことが示されています。Kが自白した金策の話をどうしてもMはKの切ない恋の話にすり替えたいのです。Kの恋と言うことで、Kを攻撃し排除する名目が自分にあると正当化したいのです。MがもしKに面と向かって「お前の恋をどうする積りか」と聞いたら、Kは何と言うでしょうか。ふざけるな、恋の話なんかしていないと一蹴するでしょう。静がMと婚約したことによる失恋で、Kが「淋（さむ）しくって仕方がなくなった結果」（下五十三）死んだことにしたいのです。MにはKの自殺の真相を明らかにできない内部の機密があるからです。

「**学資の事**で養家を三年も欺むいていた**彼**」（下三十九）とMは言っています。ここにもMの「故意」による歪曲があります。Kは学資のことで養家を欺いたのではなく、専攻する学科のことで養家の希望に背いたのです。「Kが養家の希望に背（そむ）いて、**自分の行きたい道**を行こうとした」（下二十一）とM

は言っていました。Ｋは「学資の事」ではなく、専攻したい「行きたい道」のことで養家を欺いたのです。「学資の事で」Ｋが三年も養家を欺いたとＭが言うのは、自分も学資の事でＫに欺かれることになると言いたいからです。Ｋが期待通りに自分の抱える問題を解決してくれないことをもって、Ｋが「学資の事」で自分を欺いたと言いたいのです。

これからＫの学資問題が二人の人事Ｆとなって物語を動かしていくことになります。Ｍの金への執着心が叔父との人事Ｆを歪曲したように、ＭがＫに出している学資に対する利害や損得というＭの内部の機密がＫの自殺までの物語を作っていきます。叔父による誤魔化しやＫの切ない恋が『こころ』という物語を作っているのではありません。

「どう思う」の意味

上野公園で二人が話し合う場面があります。Ｋが切ない恋をしているとＭがでっち上げた文脈上でＫの様子が描かれます。

彼は**例の事件**について、突然向うから口を切りました。……けれども**彼の態度**はまだ**実際的の方面**に向ってちっとも**進んでいません**でした。（下四十）

ここからＭによる集中的なＫの実像の歪曲と話の捏造がはじまります。ＭがＫに面と向かって「例の事件」と言う訳がありません。これはKの「自白」内容、つまりKの考えている金策の解決方法がMにとって「事件」だからそう呼んでいるのです。Kが奥さんに話をして金策問題が解決されてしまえば、Mの悩みが置いて行かれると危惧するから「事件」なのです。「実際的の方面」とはKの実体像から言えば、金の工面について奥さんの協力が得られることです。MはKの「自白」を「事件」呼ばわりして、自分が「事件」の被害者であるかのように装っています。

Mは最初「今朝彼から聞いた事」とし、次に「例の問題」とし、ここにきて「例の事件」と言い、Mにとっての事件性を強く打ち出しています。Kが奥さん一家に金の工面の相談をかけることがMの未来の行路にとって最大の「事件」なのです。上野公園での話は金策の話ではなく、切ない恋の話だったように歪曲していくことになります。「事件」という言い方はKが被告席に座らせられていて何か悪いことでもしたような印象を与えます。これ以降Mは「切ない恋」という直接的な言葉を使わず、読者の連想に訴える歪曲描写でKに対する攻撃を正当化していきます。

> **彼**は私に向って、ただ**漠然と、どう思う**と云うのです。どう思うというのは、**そうした恋愛の淵**（ふち）に陥いった**彼**を、どんな眼で私が眺めるかという質問なのです。一言（いちごん）でいうと、**彼**は現在の自分について、私の**批判**を求めたい**様なのです**。
> （下四十）

Kが「漠然と、どう思う」とMに質問したことをもって、どうして「そうした恋愛の淵に陥いった彼」と言われなければならないのでしょうか。悪意ある歪曲描写の極致と言えます。「どう思う」と

「そうした恋愛の淵に陥いった彼」の二つの間には乗り越えることのできない悪意の谷が横たわっています。Ｍの故意が作り上げた越えられない谷です。**死の谷のように**筆者は感じます。

Ｋは〈金の工面の話を奥さんにしてみることをお前はどう思う〉と聞いたのです。「どう思う」は、奥さんが金策の話に乗ってくれるかどうかお前はどう思うと聞いたのです。ＭはＫの話の向きが分かっていながら、「漠然と、どう思うと云うのです」と歪曲したのです。Ｋは奥さん一家への公平な批評をしてみろとＭに求めたのです。「どう思う」はＭにとってＫの向上心が発した言葉なのです。二人がそれぞれの将来の行路を考えるためにＫが用意した話合いの機会だったのです。

Ｋの「どう思う」という言葉の意味をぶれずに押さえておく必要があります。ここでＭの歪曲操作に振り回されると、『こころ』の読み解きと、Ｋの自殺の読み解きが不可能になってしまいます。Ｍの語りの罠にはまって二人の人事Ｆの真が見えなくなります。Ｍが正直に奥さん一家への公平な批評を語っていれば、Ｍの人生を止揚する契機となっていたのです。Ｍは自分の人生を止揚する機会をＫから何度与えられても、奥さん一家への公平な批評を口にすることができないのです。Ｍは自分の心を正直に語れないから、Ｋの「どう思う」という質問の向きを「故意」に捻じ曲げるのです。

「そうした恋愛の淵に陥いった」の「そうした」に何ら具体は示されていません。「彼」表記がここでもＫの実体を歪める装置にされており、読者に勝手に連想させようとしています。Ｍは「彼」表記を使い自分に都合の好い人事Ｆを語っているのです。Ｋは奥さんに金の工面の相談することについてのＭの意見を聞きたくて上野公園に誘ったのです。しかしＫを「打ち倒そうと」（下四十二）するＭによって、Ｋの質問の中身とＫの実像は捻じ曲げられていくのです。Ｍの真の目的はＫに金策の話を奥さんにさせないことなのです。KはMがいくらの財産を持っていて、どんな内部の機密を持っているかなど知らないのです。Kは正直で善良ゆえに、Mが自分の話の向きを勝手に変えても応えていこうとするのです。

Mがもし正直に自分の「信念と迷い」をKに話したあとで、Kがその内容を奥さんに話してしまうと、Mと静の結婚はあり得なくなってしまいます。Mの「迷い」とはMの猜疑心が生み出しているものです。奥さん一家がMの財産狙いの策略を立てて近づいているとMが思っていると知ったら、それは侮辱以外の何者でもありません。Mの静を思う気持ちがキリスト教についての知識Fから生まれたもので、現実の静との関係性から生まれたものではないと理解されてしまえば、奥さんがMと娘との婚約を承諾することなどあり得なくなるのです。Mの未来の生活の行路はなくなります。その恐れがあって、Mは自分の悩みをKに話すことはできないのです。MがKに対し〈大学を出たら御嬢さんと結婚したいと思っているが、お前の進路が決まるまでの学資は今まで通り出してあげる。お前は奥さん一家をどう見ている〉と話していれば、Mの生活の行路を開く解決策は得られていたはずなのです。

「彼」表記で歪曲する

漱石は『文学論（下）』「間隔論」199頁で、「彼（傍点、原文）とは呼ばれたる人物の**現場に存在せざるを示す**の語なり。彼を以て目せられたる人物の、呼ぶ人より遠きは言語の約束上然るなり」と言っています。この漱石の指摘によれば、MがKを「彼」表記を多用して語っている現場に実際のK

はいないことになります。「彼」表記の文中には、Mが「故意」に歪曲したK像が多数混じっているのです。それがMの内部の機密を隠す「特別の手段」（漱石コード6）になっているのです。「彼」イコール「K」ではありません。「彼」とは「K」の実像から遠く離れた人物です。

漱石は「彼」と表した人物と読者との位地の遠近を利用した幻惑法について、『文学論（下）』「間隔論」194頁に、「たとひ読者の歓を買ふ事この点において顕著なるにもせよ、他の方面において作家は、より大なる犠牲を敢てせざるを得ざるに至る。従ってその応用は……普遍ならずと知るべし」と書いています。「より大なる犠牲」とは、歪曲されたKの姿がKの実像として受け止められる危険性が高いことを言っています。普通は「大なる犠牲を」払ってまでそういうことはやらないと言っているのです。漱石はその危険を冒してまでMによる歪曲描写を書き入れたのです。それが偽善者の行う特徴的なやり方だからです。同情的手法によって偽善者の真を描くにはどうしてもMによる歪曲描写が必要だったのです。

以下の部分で描写されたKの虚像を検証し実際の物語の真に近づきたいと思います。「彼」表記の六箇所に（　）で付番しました。

私がKに向って、この際何んで私の批評が必要なのかと尋ねた時、**彼**（1）は何時もにも似ない**悄然**(しょうぜん)**とした口調**で、自分の**弱い人間**であるのが実際**恥**(は)**ずかしい**と云いました。そうして**迷っているから**自分で**自分が分らなく**なってしまったので、私に**公平な批評を求める**より外に仕方がないと云いました。私は隙(す)かさず迷うという意味を聞き糺(ただ)しました。**彼**（2）は**進んで可**(い)**いか退**(しり)**ぞ**

いて可いか、それに**迷う**のだと説明しました。私はすぐ一歩先へ出ました。そうして**退ぞこうと思えば**退ぞけるのかと**彼**（3）に聞きました。すると**彼**（4）の言葉が其所で不意に行き詰りました。**彼**（5）は**ただ苦しい**と云っただけでした。実際**彼**（6）の表情には**苦しそうなところ**がありありと見えていました。
（下四十）

最初に「K」と表記したあとは全て「彼」となっており、Kの実像が隠されています。Kの質問が奥さんを「どう思う」と聞いているのに対して、Kに対する質問であったかのように書かれており、奥さんに対する公平な批評を求めたことが歪曲されています。**彼**（1）で「悄然とした口調」と言っていますが、「悄然と」は歪曲描写なのです。Kの内面に上野公園に来る前から悄然とならなければならない理由があるならば、図書館でKがMに「上半身を机の上に折り曲げるようにして、彼の顔を私に近付け」（下四十）て声を掛ける元気もなかったはずです。「弱い人間」なら明るい態度でMを誘ったりもできないはずです。奥さん一家について「公平な批評」をMに求めるという目的があって上野公園に来たのです。「悄然（しょうぜん）とした口調」はMの歪曲なのです。「どう思う」と聞いておきながら、「恥（は）ずかしい」と思うことも「迷う」こともないのです。進路で「迷って」いることがあったとしても「自分で自分が分からなくなってしまっ」てはいないから、奥さんを「どう思う」と聞いたのです。Kは奥さんについてのMの「公平な批評」を聞きたいのです。Kは自分の将来の選択肢が分かっているから、そのために金策問題を解決しておきたいのです。もしKに迷うことが発生するとすれば、それはMから奥さんの話を聞いたあととなるのです。奥さん一家は収入源を求めて下宿屋を開いているから借金はあっても余分な金などないはずだとでもMから聞けば、Kは金策の打診をすることはためらうかも知れません。

彼（2）の「進んで可いか退いて可いか、それに迷う」もまた上野公園に来る前のKの実体を表しておらず、Mによるでっち上げの描写です。**彼**（3）は金策の解決という問題から「退ぞこうと思」っていないから上野公園に来たのです。「退ぞこうと思えば退ぞけるのか」というMの言葉は、何から退ぞくのかが明らかではありません。「切ない恋」から「退ぞけるのか」と読者に連想させようとしています。**彼**（4）の「言葉が其所で不意に行き詰りました」もMのでっち上げということになります。奥さんに対する批評以外に、Mからの話によって行き詰まることは何もないのです。また**彼**（5）**彼**（6）の「苦しい」も「苦しそうなところがありありと見えて」いたという描写も、自分に都合のいいようにKの虚像を書いたものでKの実像ではありません。

ちなみにKが切ない恋を自白したとMが言う（下三十六）では「K」表記はわずか五個に対し「彼」表記は十八個あります。（下三十九）では「K」表記が六個に対し「彼」表記文が十六個あります。（下四十）においては、「K」が十個で「彼」表記は十六個です。（下三十六）から（下四十）において、漱石は「彼」表記を多用する「特別の手段」を用いてKの実像を歪め、「切ない恋」をしているとでっち上げた延長線上に、Kの虚像と、金策の話を奥さんにしたいKの実像の両方を混在させて創作したのです。偽善者の真と物語の真の両方の幻惑を連想させる技を見せています。

〈向上心があれば学資を出して上げる〉

罪のないKは穴だらけというより寧ろ明け放しと評するのが適当な位に無用心でした。私は彼自身の手から、彼の保管している要塞の地図を受取って、……

私は先ず『精神的に**向上心のないものは馬鹿だ**』と云い放ちました。……然し決して復讐ではありません。私は**復讐以上に残酷な意味**を有っていたという事を自白します。……

『精神的に向上心のないものは、馬鹿だ』

　私は二度同じ言葉を繰り返しました。……

『馬鹿だ』とやがてKが答えました。『**僕は馬鹿だ**』

　Kはぴたりと其所へ立ち留ったまま動きません。彼は地面の上を見詰めています。……私にはKがその刹那に**居直り強盗**の如く感ぜられたのです。　（下四十一）

　Kは「精神的に向上心のないものは、馬鹿だ」と二度強く言われています。このMの発言は、Kにあることを思い出させるのです。最初に二人の間に「向上心」という言葉が出てくるのは、房州旅行に出かけた際にKがMに向かって言った「精神的に向上心がないものは馬鹿だ」（下三十）です。その言葉を利用してMはKを下宿に連れて来るときに「Kと一所に住んで、一所に**向上の路**を辿って行きたいと発議」（下二十二）したのでした。MはそのときにKと一所に「向上心」を大事にして向上の路を辿りたいから、学資を出して上げると言ったのです。Kは「精神的に向上心のないものは、馬鹿だ」というMの言葉に、居候としてMの下宿に来ることを決めたときのことを思い出すのです。自分に向上心さえあれば、引き続きMの居候として下宿に居て月々の「学資」と「物質的補助」をしてもらえるのかと思うのです。Mは二度、Kを呼び寄せた際の「向上心」を引き合いにして「精神的に向上心のないものは、馬鹿だ」と念を押したのです。Kは本当に自分に向上心さえあれば大学卒業後の学資でもMが工面をしてくれるのかと思い始めるのです。

Mは Kを自分の金に縛り身近に置いておく必要があって、その発言を二度繰り返したのです。奥さんに金の工面の相談を掛けることは不要だと思い込ませたのです。Kの「馬鹿だ」という発言は、下宿に来るときのMの友情と自分の向上心を忘れていたことを恥じて言ったものです。Kが「ぴたりと其所へ立ち留まったまま」「地面の上を見詰めて」「居直り強盗の如く感ぜられた」というのは、Mがこれからも本当に自分の月々の費用を出してくれる積りでいるのかと、立ち留まって思いをめぐらしたことの描写なのです。このときMは、Kが地面を見ながら自分の金を当てにすることを考えはじめた「居直り強盗の如く感」じたと言っているのです。MはKの弱点（向上心がないと言われること）につけ込んで、表面的な友情を信じさせようとしたのです。MはKの様子を見て金の力で引き続きKを自分の役に立たせることができると安心したために、「私の眼には勝利の色が多少輝いていたでしょう」（下四十三）という語りになったのです。Kを自分の役に立たせてこそ完全な勝利なのです。

Mの目的はKの学資を援助することではなく、Kを身近に置いて自分の悩みの解決に役立たせることなのです。Mは口約束もせずに、Kに金の工面をしてもらえると信じ込ませることに成功したのです。Kが自分の役に立ちそうもないと判断すれば、いつでもKを切って捨てることができるのです。

「彼の保管している要塞（ようさい）の地図」とは、Kが金に困っていることと、向上心を大事にして生きていることを言っています。「彼の虚に付け込んだ」とはKのその両面を突いたということです。「復讐以上に残酷な意味を有（も）っていた」（下四十一）とは、MがKの恋の行手を塞ごうとしたのではなく、金の力でKの未来を縛り、Kの生殺与奪権を握ったことなのです。

Kは出家する「覚悟」を言っていた

ただKは私を窘（たしな）めるには余りに**正直**でした。余りに単純でした。余りに**人格が善良**だったのです。……其所に**敬意を払う**事を忘れて、……**其所を利用して**彼を打ち倒そうとしたのです。

（下四十二）

「正直」や「善良」さは敬意を払われるべき「永久的特性」をもっているという漱石の認識Fが見えます。「正直」や「善良」さにおいて「罪のないK」とも言っています。だまされるKに何の罪もないのです。Mは「故意」に「敬意を払う事を忘れて」Kの「正直」と「善良」さを利用したのです。「私の個人主義」（114頁）に「世界に共通な正直という徳義」という言葉が見えます。漱石はKに「正直」という徳義を与え、Mには「卑怯（ひきょう）」（下一、他）な特性を与えたのです。Mは自分から卑怯だと語ることで、何度でも同じ行為を繰り返すのです。まるで免罪符でも得ているかのように。

Kはしばらくして、**私の名を呼んで私の方を見ました**。今度は私の方で自然と足を留めました。するとKも留まりました。私はその時やっとKの眼を真向に見る事が出来たのです。……私はそうした態度で、狼の如き心を罪のない羊に向けたのです。（下四十二）

「僕は馬鹿だ」（下四十二）と言ったあとでKはMの名を呼びMの方を見たのです。Mの言いたいことは分かった、本当なのかとしてMを見たのです。

『もう**その話は止めよう**』と**彼**が云いました。**彼**の眼にも**彼**の言葉にも**変に悲痛**なところがありました。……するとKは、『**止めてくれ**』と今度は頼むように云い直しました。私はその時**彼**に向って残酷な答えを与えたのです。……『止めてくれって、僕が云い出した事じゃない、もともと**君の方から持ち出した話**じゃないか。然し君が止めたければ、止めても可いが、ただ口の先で止めたって仕方があるまい。**君の心でそれを止める**だけの**覚悟**がなければ。一体君は**平生の主張**をどうする積りなのか』（下四十二）

ここで「彼」が「もうその話は止めようと」言ったとされている「その話」とは何のことでしょうか。ここにもMが「その話」に込めた罠があります。「その話」とはMが「精神的に向上心がないものは、馬鹿だ」とKに言ったことなのです。Kはその話を止めてくれと言ったのです。Kは悲痛そうに自分には向上心があるからもうその話は止めてくれと言ったのです。Kは自分に向上心があれば、お前（M）が金の工面をしてくれるということは分かったとしたのです。それに対しMは、向上心がないという話は「もともと君が持ち出した話」だとKの「どう思う」を捻じ曲げたのです。房州旅行時にまで遡れば、確かにKがMに対して発した言葉ですから善良なKは黙ってMの話を聞くしかなくなるのです。しかし上野公園では、Kは話がすり替えられていると思いながらMの話に正直に応えようとしてしまうのです。〈俺がお前に聞いたのは、お前が奥さん一家をどう思っているかということだ〉とKは言い返さないのです。そこにKの善良さが出ています。MはKの善良さにつけ込んで、すり替えた話の中にKを引き込み、一貫してKが切ない恋についての批判を求めていたという幻惑を見せようとしたのです。

Kは「君の方から持ち出した話じゃないか」とMに言われた意味が判然としないまま、あるいはそれに取り合わず、Mの発した「覚悟がなければ」「一体君は平生の主張をどうする積りなのか」という「覚悟」にはすぐに反応できたのです。MはKに「覚悟」を思い出させるためにKの話の向きを捻じ曲げたのです。覚悟があれば奥さんに金の工面の話をする必要がないだろうとも言いたいのです。結論を言えば、出家して修行するのだから金は要らないだろうと言いたいのです。そのことをKに思い出させたかったのです。Mは「それを止めるだけの覚悟」として、Kが恋に進むことを止める覚悟と受け取らせようとしています。しかしKの「覚悟」と向上心は別のところにあるのです。

するとは彼は卒然『覚悟?』と聞きました。そうして私がまだ何とも答えない先に『覚悟、——**覚悟ならない事もない**』と付け加えました。彼の調子は独言（ひとりごと）のようでした。又夢の中の言葉のよう

でした。（下四十二）

Kは即座に「覚悟ならない事もない」と答えられたのです。それはKには以前から思い描いていた出家修行の道に進んで精進する「覚悟」があったからです。Kの覚悟こそ向上心と結びついているものです。「精進」とは仏教用語で「ひたすら仏道修行に励むこと」です。Kは中学時代から「意志の力を養って強い人になる」（下二十二）ことや「難行苦行の人」（下三十一）に対するあこがれの気持ちから、出家して精進の道に進みたいとするひそかな覚悟があったのです。それは独りで心に秘めていた「覚悟」だから「彼の調子は独言（ひとりごと）のよう」に聞こえ、夢に描くような修行のことだから「夢の中の言葉のよう」にMに聞こえたのです。前々から思い描いていたことがあったからKは卒然と答えられたのです。

Kは中学時代から出家修行に進みたいとする思いを持っていた人間なのです。向上心を持って出家し精進しようと思っている人間が世俗の中で恋に進むことなど考えてもいないのです。Kが東京に出てからも「寺に生れた彼は、常に精進（しょうじん）という言葉を使いました。そうして彼の行為動作は悉（ことごと）くこの精進の一語で形容されるように、私には見えた」とMは言っています。またKの「道という言葉」が「尊（たっ）とく響」き、「そちらの方へ動いて行こうとする意気組に卑しいところの見える筈は」（下十九）なかったのです。「道」とは仏道修行の道のことなのです。大学卒業後すぐに出家修行の道に進めば、Kにその後の学資は必要なくなるのです。金の工面の問題は重要なことではなくなるのです。Kは大学に入ってMと「同じ科」に入りましたが「専攻の学問」（下二十六）、「専攻の学科」（下二十七）が違いますので、Kがさらに専攻の学問の研究がしたいと思えば学資が必要となるのです。Kには出家と学問研究の道の両方の選択肢があるのです。Kは自由を追求する向上心（養家の希望する医者の道に進むことを拒否した）と独立心を持った特色豊かな己れとして描かれているのです。

Mは Kの覚悟の内容を知っていたからこそ「最初からKなら大丈夫という安心があったので、彼をわざわざ宅へ連れてきた」（下二十八）のです。しかしKが大学を卒業してすぐに出家修行に入らない限り大学卒業後でも月々の費用はかかるのです。Kにとって「前後を忘れる程の**衝動が起る機会**」（下四十三）とは、Mが自分を下宿から追い出すために、愛情もないのに静との結婚の談判を奥さんにしたと知ったときにMを許せないとする衝動が起きることです。

現実コード2〈Kは熟睡がしたかった〉

上野公園から帰った翌朝に、Kが「近頃は熟睡が出来るのか」とMに聞く場面があります。

私は程なく穏やかな眠に落ちました。然し突然私の名を呼ぶ声で眼を覚ましました。見ると、**間の襖が二尺ばかり**開いて、其所にKの黒い影が立っています。……

その時Kは**もう寝たのか**と聞きました。……

翌朝になって、昨夕の事を考えて見ると、何だか不思議でした。……凡て**が夢**ではないかと思いました。……何故そんな事をしたのかと尋ねると、……**近頃は熟睡が出来るのか**と却って向うから私に問うのです。

（下四十二）

ここで押さえるべきは「襖が二尺ばかり開いて」いたことと、「近頃は熟睡が出来るのか」というKの問いです。「二尺ばかり」とは約六〇センチです。どうしてこれだけの幅にKは襖を開けていたのでしょうか。それはMが話に応じるようなら、すぐにMの室に入ろうと思って開けていたからです。「二尺」という襖の開き幅が、Kの自殺時の行動を読み取る鍵になります。「近頃」という言葉も大事なことを示しています。「近頃」とは少なくともここ数日間か、あるいは一、二週間くらいを言い表した言葉です。つまりKは上野公園で「精神的に向上心のないものは馬鹿だ」とMに言われる前から、すでに眠れない状態が続いていたのです。Kは少なくとも一、二週間は、卒論や卒業後の進路や金策のことを思案して熟睡ができない状態にあったのです。上野公園で、Mから向上心さえあれば今後も学資は出してあげると言われたと確信したあとでも、なおKには他にも思案していて熟睡できないことがあったのです。

私たちが身近な家族や友人に、最近熟睡できるかと聞くとき、自分が熟睡できなくて困っている状況になっているからです。上野公園から帰った夜にもKは熟睡できなくて困っていたのです。そこには熟睡を妨げている原因を早く取り除いて熟睡したいという心理が見えます。Kは熟睡するためにMと話をして少しでも気持ちを楽にしたかったのです。Kは翌朝「近頃は熟睡が出来るのか」とMに聞いています。ここはMを皮肉っているようにも受け取れます。自分には前々から熟睡できなくて困っていることがあるが、お前にはないのかとも聞こえるのです。話相手に自分の事情を聞いてもらい気持ちを楽にしたい、あるいは解決のヒントを得たい、早く熟睡できるようになりたいという心理が働いています。Kは早く熟睡できるようになりたかったのです。〈Kは熟睡がしたかった〉というのが物語解読の現実的コードであり、現実の人間心理です。Kは卒論や進路について意見交換しようと、上野公園から帰った夜にMの部屋の敷居に立ったのです。

「精神的に向上心のないものは馬鹿だ」とMから二度言われたことが、Kの自殺の原因などになるはずがありません。逆に金策の問題が一段落したから、Kは安心して卒論や進路のことを考えられる精神的条件ができたのです。その話し合いはMの人生を止揚する契機にもなるものだったのです。

Mが人生を止揚する機会は二度、三度あった

Kの「熟睡**が**出来るのか」という言葉に「**が**」が入っています。筆者はそこにKがMを責めているニュアンスを感じます。上野公園でMは奥さん一家について何も語りませんでした。奥さん一家を批評できなくて、またM自身の進路について何も語らずに〈お前はそれで**熟睡が出来るのか**〉と言っているように聞こえます。何も話し合わずお前は〈それでいいのか〉と言っているように聞こえるのです。この「が」はKの向上心が発した言葉とも受け取ることができます。「が」の一字のありなしですが、漱石は一字一句にまで、発言者の心理にこだわっていると考えます。

Kが襖を二尺ばかり開けて「もう寐たのかと聞」いたとき、Mにとっては「Kが再び仕切の襖を開けて向うから突進してきてくれれば好い」（下三十七）と言っていた絶好の機会が訪れたのです。Kは

Mの返事次第ですぐに部屋に入れるように二尺ばかり襖を開けて立っていたのです。Mには「信念と迷い」を解決する絶好の機会が向こうからやってきたのですから、朝になって「凡てが夢ではないかと思いました」と言ったのです。Kがやってきたのは夢ではないかと言ったのです。しかし前夜、Mはそれにもかかわらず「何か用か」（下四十三）と言って応じなかったのです。歌留多取りの二、三日後にKがMの部屋にやってきたときと、上野公園でKが「どう思う」と聞いたのに続き、Mは三度にわたってKの向上心が用意した人生を止揚する機会を自ら閉じたのです。Mの自滅する路が決まったと言えます。Mにこそ向上心がないのです。

漱石は「心理の作用は、もと反射運動を以て始まること学者の定論なり」（『文学論（上）』159頁）、「生存漸く複雑となるに従ひ、これらの器械的作用は幾多の障害不都合に遭遇し、**何者かこれを意識的に指導する**にあらざれば生存の目的上**自滅を招く**に至ること明なり」（同160頁）と言っています。この記述に従うならば、漱石はKの向上心にMを「指導する」役割を与えていたのです。Kにの人生を止揚して自滅を防ぐ指導が設定されていたのです。しかしKの「指導」をMが活かすことはなかったのです。Mの「自分の品位を重んじなければならないという教育から来た自尊心」（下十六）が自分の悩みを素直に語ることの邪魔をしたとも言えます。Mは金への執着心や宗教心由来の愛という自分の幼い精神性を止揚する機会を捨てたのです。

今朝から昨夕の事が気に掛っている私は、途中でまたKを追窮しました。けれどもKはやはり**私を満足させるような答**をしません。私は**あの事件**に付いて何か話す積りではなかったのかと念を押して見ました。Kはそうではないと強い調子で云い切りました。昨日上野で『その話はもう止めよう』と云ったではないかと注意する如くにも聞こえました。（下四十二）

MがKに面と向かって「あの事件」という訳がありません。昨日あったのはKが金策を自分で解決してしまうという、Mにとっての事件なのです。KがMから「あの事件」と言われていたら、Mへの不信感が生まれていたでしょう。「どう思う」と聞いたことが「事件」なのかと反発することでしょう。MはKが金の工面の話を奥さんにすることは止めたから今後の金策もお前に頼るのでよろしくと言い出すのを待っているのです。それがMを「満足させるような答」なのです。その「答」が聞けないMは苛立ちはじめるのです。しかしKは卒論の方向性も内容も固まらず、専門の道に進むか、出家修行の道に行くか今の段階では決められないのです。Mは高等遊民ですから、働く意志などなく卒論のテーマや将来の仕事のこともどうでもいいのです。Kが金策を今後ともよろしくと自分に言い出さないことをもって、「私は突然彼の用いた『覚悟』という言葉」（下四十三）が気になり出したと言うのです。MはKの「覚悟」の中身を知っているにもかかわらず、切ない恋の話の延長として静に向かっていく「覚悟」があるのだとするのです。

心の耳で聞いた癇性と癇癪の声

MはKが金の工面と静に向かうことの二つを奥さんに話して解決しようとしているのではないかと

疑い始め、Kを下宿から追い出してしまえと考えるのです。Kなら大丈夫と思って下宿に連れてきたのに、そうではなかったと思うと無性にKが腹立たしく思えてくるのです。Mは癇性（かんしょう）によって冷酷にもKを下宿から追い出すことを考えるのです。

「Kの果断に富んだ性格は私によく知れていました。**彼のこの事件**に就（つ）いてのみ優柔な訳も私にはちゃんと呑み込めていたのです。……『覚悟』という**彼**の言葉……或は**彼**にとって例外ではない……凡ての**疑惑、煩悶（はんもん）、懊悩（おうのう）**、を**一度に解決する**最後の手段を、**彼**は胸のなかに畳み込んでいるのではなかろうかと**疑ぐり**始めたのです。そうした**新らしい光**で覚悟の二字を**眺め返して**見た私は、**はっと驚ろき**ました。その時の私が若（も）しこの驚きを以て、**もう一度彼**の口にした覚悟の内容を**公平に見廻したらば**、**まだ可かったか**も知れません。悲しい事に私は**片眼（めっかち）**でした。私はただ**Kが御嬢さんに対して進んで行く**という意味にその言葉を解釈しました。（下四十四）

Mは依然として「彼のこの事件」と言っています。何が事件なのでしょうか。あくまで切ない恋の事件の延長線上での記述にしようとしています。この引用部分は最初と最後がK表記で、あとは全て「彼」表記になっています。ここにもかなりの嘘が混じっていることになります。切ない恋をしているKという虚像の延長線上に「疑惑、煩悶（はんもん）、懊悩（おうのう）」を置いているのです。Kが出家修行の覚悟を持っていることをMは知っているにもかかわらず切ない恋を「一度に解決する」行動に出ると思わせようとしています。Kの行動として自殺が読者の脳に誘致される記述になっています。しかしKにはMに対しての「疑惑、煩悶、懊悩」が生じ、それを「一度に解決する」行動を取ることになります。

「疑ぐり」という「そうした新らしい光」でKの「覚悟」を眺め返したら、Kが「切ない恋」についての「疑惑、煩悶、懊悩、を一度に解決する最後の手段」を持っていると思ったと言っています。「疑ぐり」自体が「片眼」なのです。疑ったからそういう認識になったのです。Mはそのあとで「もう一度」Kの「覚悟の内容を公平に見廻したらば、**まだ可かった**」と言っています。いつ見廻したらよかったと言っているのでしょうか。Mは最初から最後までKの「覚悟」を正しく認識しているのです。「新らしい光」で一瞬疑ったが、両眼でそのときに公平に見廻しているのです。「まだ可かった」とは「片眼」ではなく両眼で見ればよかったという意味ですが、もともと両眼で見ているのに、そのときだけ「疑ぐり」の「片眼」だったとして、これからの自分の行動を弁護し正当化するのです。Mは自分の認識を胡魔化してまで行動を正当化するのです。

Mは Kの「覚悟」の正しい内容を知っていて手紙を書いています。「寺に生まれた彼は、常に精進という言葉を使いました」（下十九）、「Kは真宗寺に生れた男でした。然し彼の傾向は中学時代から決して生家の宗旨に近いものではなかったのです」「道のためには凡てを犠牲にすべきものだと云うのが彼の第一信条なのですから、摂慾や禁慾は無論、たとい慾を離れた恋そのものでも道の妨害になるのです」（下四十一）「私には最初からKなら大丈夫という安心があったので、彼をわざわざ宅へ連れてきた」（下二十八）と言っているのです。漱石はこれらの記述を「公平に見廻したら」Kが出家修行に進む「覚悟」を持っている人間であることが分かるだろうと読者に向けて言っているのです。Mは自分の認識もKの持つ真実も胡魔化して手紙を書いているのです。

私は私にも**最後の決断**が必要だという声を**心の耳**で聞きました。私はすぐその声に応じて**勇気**を振り起しました。私はKより先に、しかもKの知らない間に、……又御嬢さんの留守な折を待って、奥さんに談判を開こうと考えたのです。（下四十四）

「最後の決断が必要」とはKの学費を出すことを止めて、Kを下宿から追い出す必要があることを言っています。「心の耳で聞」いたとは、追い出してしまえという「癇性」や「癇癪」の声を心に聞いたことを言っています。Mは自分の「迷い」の解決を放り出してKを追い出すことを決めたのです。「迷い」は捨てるけれども「信念」は相変わらず持っているのです。Mは自分の「癇性」について「私は精神的に癇性なんです。それで始終苦しいんです」（上三十二）と言っていました。このMの「癇性」という「神経過敏で**激しやすい性質**。また**病的にきれい好きなこと**」による行動は房州旅行のときにもKに向けられていました。Mの場合の「癇性」とは自分の財産や信念についての執着心がもたらす神経過敏性とも言えそうです。猜疑心の元でもありそうです。ちなみに「癇癪」は「神経過敏で怒りやすい性質。また、**怒り出すこと**」です。どちらにも神経過敏という共通の性質があります。「癇性」は内にこもるもので「癇癪」の怒りとは違い、冷酷・冷静さのある感情と言えるかも知れません。癇癪についてMは「その頃の私はまだ**癇癪持**でしたから」「私はそれまで躊躇していた自分の心を、一思いに相手の胸へ**擲き付けようか**と考え出しました。私の相手というのは……奥さんの事です」（下三十四）と言っていました。Mの「癇性」や「癇癪」に勇気などいらないのです。激したまま冷酷に行動すればいいのです。

ある時私は突然彼の襟頸（えりくび）を後（うしろ）からぐいと攫（つか）みました。こうして海の中へ突き落としたらどうすると云ってKに聞きました。Kは動きませんでした。後向（うしろむき）のまま、丁度好（い）い、**遣ってくれ**と答えました。私はすぐ首筋を抑えた手を放しました。（下二十八）

Kが思うように自分の役に立たないことに対する癇性（かんしょう）によって、Mは後ろからKの襟首をつかんだのです。Kに出している学資に対する神経過敏な思いと「激しやすい性質」が表れています。このときのKの「丁度好い、遣ってくれと答えた」ことに応じて、MはKを冷酷にも後ろから海の中へ突き落とすようなことを遣るのです。それが無一文のKを大学卒業前に下宿から追い出すことです。Kは出家修行する覚悟を持っているのだから下宿から追い出しても大丈夫だと思ったのでしょう。

静への愛を偽りKを追い出す

Mが静とKの二人の留守を狙って奥さんに談判したのは、静に面前で拒否されないためです。MはKを追い出すために、静への愛を奥さんに偽り結婚の承諾をもらうのです。Mは静に直接結婚の談判をしても、断られることが目に見えていますから内密に事を運ぶ必要があります。静に愛されていないことをMは知っているのです。もし断られてしまえば、Mは大学卒業と同時に下宿を出て行かざるを得なくなるのです。またKを下宿から追い出すためにする談判ですから、Kにも内密に進める必要があるのです。KはMが静から好かれていないことを知っていますから、もしMが結婚の談判についてKに事前に相談してもKは反対するでしょう。そのことをKは奥さんに伝え、二人の間に愛の感情はないと言うかもしれません。その時点でMと静の婚約は永久に成立しないことになるのです。またMがKに相談するならば、いつまでなら下宿に居ても構わないという話も合わせてせざるを得なくなります。少なくともそれまでの学資の援助の保障はせざるを得なくなるのです。

MはKを追い出してしまえという心の声に従って行動したのですから、完全にKが出ていくまではだんまりを決め込むのです。Mは「信念と迷い」の解決を放り出しての結婚の談判なのですから、Mに残るのは「本当の愛は宗教心とそう違ったものではない」と「固く信じている」「信念」だけです。静に対する勝手な「信念」だけを持ってMは生活の行路を決めるのです。そのことでMの向上の道は閉ざされ、内部の機密を相談する相手も解決の道もなくなるのです。

Kが黙って自分から下宿を出ていくようにさせるには、Kとの会話を断つのが一番です。自分からは何も語らないという態度を取り続ければいいのです。友情などはどうでもいいのです。Mは婚約成立後（下四十五）、「私はそのまま二三日過ごし」さらに「五六日経った後（のち）」（下四十七）に奥さんがKに話をしたあとも「もう二日余り」（下四十八）、つまり婚約成立から十日から十二日の間、Kが自殺するまで何も話さず放っておいたのです。Mはそれを「故意」に遣ったのです。

「私は私自身さえ信用していないのです。つまり**自分で自分が信用出来ない**から、人も信用できないようになっているのです。自分を呪うより外に仕方がないのです」

「そうむずかしく考えれば、誰だって確かなものはないでしょう」

「いや考えたんじゃない。遣ったんです。**遣った後**で驚ろいたんです。そうして非常に**怖くなったんです**」

（上十四）


Mは自分を信用している無一文のKを下宿から「故意」に追い出すことを遣ったら、Kに自殺をされて怖くなったと言っているのです。MはKが自分の役に立たないと判断して冷酷に追い出そうとしたのです。「私はある意味から見て実際彼の軽蔑に価していたかも知れません」（下二十五）と言っています。自分の利害得失のためだけにKを利用したのですから軽蔑されてしかるべき人間だと漱石が言わせています。自分で自分を信用できないと言うMは軽蔑に価しているから、自分を「呪うより外に仕方がない」と匂わしていますが、Kのことには一切触れていません。Kに対して罪の意識などないのです。あくまで自分の身勝手な行動を語り何度も正当化するだけなのです。怖いのは、大学卒業まであと四カ月ほどの時にKを追い出そうとしたMの心です。

Kは奥さんから静の婚約の話を聞いた時点で、婚約成立日から八日ほど経っていることを知るのです。八日間もMが自分からは何も語らず、奥さんから伝えさせたことに、KはMがもはや自分と会話をする積りがないこと、つまり下宿を出て行ってくれという無言のサインだと理解するのです。自分と奥さん一家が親密になるのをMは防ごうとしたのだと理解すれば、Mは最初から静と結婚したい願望を持っていたのかと思うのです。自分に向上心を求めたのは、このMの願望を実現するためにどうすればよいかを考えて欲しかったのかも知れないと思うのです。しかしKはMと話を交わす機会を三度持ちかけていました。お互いの未来の行路について話し合うことに応えようとしなかったMこそ向上心のない人間であると理解するのです。毎夜襖一枚隔てた部屋で寝ていて食卓でも顔を合わせ、時には一緒に通学しているにもかかわらずそんなことも言い出せない人間なのかと軽蔑し腹が立つのです。KにはMに対する怒りと道義心が湧き出すのです。

Kの義理堅い世襲の情緒

Mが奥さんとの談判に入る直前に「Kから聞かされた打ち明け話を、奥さんに伝える気のなかった私(わたくし)」(下四十五)と言っていました。Kが金の工面のことで奥さんに相談をしたがっていたという、Kの未来の選択にかかわる話はどうでもいいのです。Mが静との結婚の承諾を奥さんからもらったあとに外出して、「坂の下で御嬢さんに行き合」うのですが、Mは「今御帰り」と言ったきりで「ずんずん水道橋の方へ曲がってしま」(下四十五)ったのです。自滅の道へ向かったのです。

Mが下宿に戻ったときに、Kから「病気はもう癒(い)いのか、医者へでも行ったのか」と聞かれています。何も知らないKはMの病気を気遣っていたのです。MはKの関心が自分に向いていることを知り、自分の抱える問題の解決が見込める状況になっていることに気づいたから、Kを下宿から追い出そうとして行動したことを「彼の前に手を突いて、詫(あや)まりたくなった」としたのです。しかし「奥には人がいます。私の自然はすぐ其所で食い留められてしまったのです。そうして悲しいことに永久に復活しなかった」（下四十六）と言っています。Mの「自然」はそのときに消滅したのです。Kに手を突いて詫まることが「自然」なことだったとMは認めているのです。つまり奥さんへの談判自体が「故意」であったことを認めているのです。Mは叔父との関係から始まって一貫して「故意」によって行動していて、Mの手紙（遺書）も「故意」によって書かれたものです。

Kの気遣いに気づいたMが自分の悩みを解決できる機会が熟してきていることを知ってもMは何もしなかったのです。「私は飽くまで滑った事を隠したがりました」（下四十七）として「故意」に正直な路から足を滑らせた人生を続けることにしたのです。奥さんから娘の婚約が成立した話を聞かされたときのKの様子をMが奥さんに聞いています。ここに商量すべきものがあります。

> 私はKがその時何か云いはしなかったと奥さんに聞きました。奥さんは別段何にも云わないと答えました。……大した話もないがと云いながら、**一々Kの様子**を語って聞かせてくれました。奥さんの云うところを**総合して**考えて見ると、Kは**この最後の打撃**を、**最も落付いた驚**を持って迎えたらしいのです。（下四十七）

Mと静の婚約がKへの「最後の打撃」として自殺につながったと思わせようとしています。「奥さんの云うところ」、「最後の打撃を……迎えたらしいのです」という言葉も、あたかも奥さんが感じたKの様子と思わせようとしています「らしい」は「①根拠や理由のある推定を表す。②確かな伝聞などに基づく推定を表す」ですから、奥さんがそう思ったように胡魔化しています。具体的「根拠」のない推定で、かつ「伝聞」でもありません。「切ない恋」の結末としてKが自殺したように思わせるMの歪曲描写です。

奥さんが「一々Kの様子を語ってくれました」と言いながらMは「総合して考えて見ると」として奥さんが語ったKの様子を省略していることが分かります。ではKの様子の中で、Kが静の婚約に関して一番知りたくて奥さんに質問して聞き出したと推測できることは何でしょうか。それは静に直接Mが打診して婚約が決まったのか、静が了解したことなのか、いつ婚約が決まったのかということです。この三点はKが知りたいこととして外せないことになります。Mから静と結婚したいと思っているなどと聞いたこともなく、二人の様子や行動のどこにも男女間の愛情や恋愛感情といったものが見られないのですから当然に知りたいことになります。Mは皆の前で静から「変な人だ」（下二十七）と言われていますから、Kは静がMを好いていないと思っています。KはMが寝込んで大学に行かなかったとき、静とKが留守にしていたときに、Mから談判があったと知ることになります。Kは静が夕食の卓に顔を出さなかった日の午前中に婚約が決められたことを知るのです。その夕食のときに、奥さんが娘について「大方極りが悪いのだろう」と言っていたことにすぐにKは思い当るのです。静は母親に決められたMとの婚約に落ち込んでいたのだと理解するのです。静はMと結婚したくないのだと気づくのです。Kは自分がMの談判を事前に知っていれば奥さんに話して、愛のない二人の婚約は拒否するように言っていたと思うでしょう。あるいは静に直接注意してでもMに卑怯なことはさせなかったと思うでしょう。

Kの心にはMの友情についての「疑惑」と、静が気の進まない愛のない結婚をさせられてしまうという「煩悶、懊悩」が生じてしまうのです。それらは全てMが自分を下宿から追い出したいがために行ったことなのだとも理解するのです。Kの一番の「煩悶」と「懊悩」は奥さん一家に対するMの卑怯な振る舞いについてです。Kに「熾烈な感情」（下四十三）が生じるのです。Kの向上心は、Mが奥さん一家に取り返しのつかない迷惑をかける前に死ぬべきだと考えるのです。MはKにとっての煩悩そのものに変わってしまったのです。「疑惑、煩悶、懊悩」という（F＋f）に基づきKは行動を起こすのです。

Kの実父について、「義理堅い点に於て、寧ろ武士に似たところがありはしないかと疑われます」（下二十一）とMは言っていました。Kの実父はKの養家に義理を立てて、養家の希望する進路（医者の道）に進まなかったKを勘当同然に扱ったのです。またそこには実家におけるKの継母に対する父の義理もあるのです。前述の『文学論（上）』163頁における「猛烈なる世襲の情緒」がKに備わっていて、Kが実父のように「武士に似」て「義理堅い」人間であれば、世話になった静一家に義理を立てる行動を取るのです。

第四章　Kの復讐を証言しないM、反解による誤読

Kのダイイングメッセージ

第四章では、Kの自殺の真実と、Mの巧みな言説と行動による隠蔽操作を見ていきます。Mが隠した物語の真の商量になります。

「義理」とは「社会生活を営む上で、人として守るべき正しい筋道。道義上または立場上、他人に対して果たさなくてはならないつとめ」（明鏡国語辞典）です。KはMの居候ながら、いろいろと面倒を見てくれて自分の将来も心配してくれた静が、友人であるMによって意に添わない婚約を決められた責任を取り、静への義理を果たそうとします。「武士（さむらい）に似」たKは道義上の責任を取ろうとするのです。そのためにMと命のやりとりをすることを決めるのです。

東京でのKの修行が描かれていた場面を振り返ってみます。

彼は手頸に珠数を縣け……日に何遍も珠数の輪を勘定するらしかったのです。ただしその意味は私には解りません。……何処まで数えて行っても終局はありません。Kはどんな所でどんな心持がして、爪繰る手を留めたでしょう。

（下二十）

爪繰る手を留めるときとは、普通に考えればまず生理的欲求が生じたときです。次には、何か考え事があって修行に没頭できないときでありそうです。KはMが静一家に対して取った反倫理的で向上心のない行動によって、珠数を爪繰る手を留めさせられたのです。MがKにとっての煩悩となってしまったのです。Mは友情も向上心も愛も道義も破壊して止まない人間なのです。Kは珠数を爪繰る手を留め煩悩を排除するための行動に出るのです。

奥さんがKに話をしてからもう二日余りになります。その間Kは私に対して少しも以前と異なった様子を見せなかったので、私は全く**それに気が付かずにいた**のです。彼の超然とした態度はたとい外観だけにもせよ、敬服に値すべきだと私は考えました。

（下四十八）

KはMが自分の婚約の話をする積りなのかどうか二日だけ待ったのです。二日の猶予を与えたのです。それでもMの口から何の話も出なければ、KはMの頸を切ってから下宿を出て警察に自首すると決めたのです。その決行日を世の中が寝静まっている土曜日の深夜（日曜日の早朝）と決めたのです。

そのためにMの頸を「一息に」切るための「小さなナイフ」（下五十）を用意したのです。煩悩に変わってしまったMという存在を放置していては、Kの将来の修行は実を結ばないのです。静がMと不幸な結婚に入ることはKの悩みが永久に続いてしまうことになります。静のためにもMをこの世から排除することが義理堅いKの道義の実践なのです。

Mの「全くそれに気が付かずにいた」の「それ」とは、Kが自殺することではなく、自分を殺そうとしていたことです。MはKが書き残した手紙によってKに殺されかけたことを知っているのです。Kは土曜の深夜にナイフを手にMの部屋に入っています。それが「この前の晩と同じ位開（あ）いて」（下四十八）いる、つまり「二尺ばかり」（下四十三）開いていた襖の意味です。KはMの部屋に入ったことを示すために、わざと閉めずに開けていたのです。

Mの座敷に入ったKは、Mの寝顔を覗き込んだときに、小さいときから続くMとの交流の思い出や、Mから学資の援助を受けていた義理を思い出してMの頸を切れなくなったのです。漱石が明治四十年に発表した『虞美人草』に「頭で拵（こしら）え上げた計画を人情が崩しにかかる」（十八）という記述があります。KによるM殺害計画は、ここに至ってMへの人情と義理によって身動きがとれなくなり、次善の道義の実践を考えたのです。それが自死です。自死するにあたってMの座敷の襖を二尺開け放つことでMに静とは結婚するなと伝え、静に対してはMへの抗議のために自殺したと伝わるようにしたのです。またMにお前の襟を正すために自殺をしたのだと伝わるようにしたのです。Mの襟を正すとは最終的にMを自死させることです。

漱石は『文学論（上）』161頁で、「正義は常に情実に服すること、古往今来歴史の告ぐるところ」

と言っています。「情実」とは「①ありのままの事情。②まごころ。③私情がからんで、公正な処置のしにくい事柄」です。また「吾人が文学に待つ要素は理性にあらずして感情にあり」（同１７０頁）とも書いています。このセオリー（理論・持論、筆者）は、『虞美人草』や『こころ』に活かされているのです。ＫがＭを殺さなければいけないとした道義の実践（Ｋの正義）は、寝ているＭの顔を見たためにＫの私情という情実に服することになったのです。Ｋの殺人計画はＭに対する人情で失敗に終わるのです。

私が進もうか止（よ）そうかと考えて、ともかくも翌日（あくるひ）まで**待とうと決心した**のは土曜日の晩でした。ところがその晩に、Ｋは自殺して死んでしまったのです。（下四十八）

なぜ翌日まで待つのか。それは翌日が日曜日で授業のないＫが下宿を出ていくことが期待できるからです。翌日のＫの様子を見て婚約の話をするか止めるか考えると言っているだけです。あくまでＭは自分の婚約の話を言いたくないのです。翌日まで待とうと決心したその夜にＭはＫに殺されかけたのです。ＭはＫに語る気がないから、話をする積りがないから黙って下宿を出て行けとして無言を貫いたのです。ＭはあくまでＫが自分で下宿を出ていくのを待ったのです。

何時も東枕で寐る私が、その晩に限って、偶然西枕に床を敷いたのも、何かの**因縁**かも知れません。（下四十八）

「因縁」として、西枕に床を敷いたために、隣室のKの足がMの頭の上にくる配置になったのです。この並びは「かつてはその人の膝の前に跪ずいたという記憶が、今度はその人の頭の上に足を載せさせようとする」（上十四）形になったことを意味します。KはMの金力の前に跪ずいて下宿にやって来たのです。Mの金力に跪ずいたために静一家に災いが生じたとKは認識するのです。その跪ずきの記憶がMへの復讐を生むのです。KはMの静と奥さんに対する反道義的行動への憤怒と、Mの金力に屈服したという自分自身への怒りが相まってKの「熾烈な感情」（下四十三）となりM殺害を決意するのです。MはKの復讐として殺されかけたことを認識しているのです。

現実コード3〈Kは襖を二尺開けてMの座敷に入った〉

私は**枕元**から吹き込む寒い風で不図眼を覚したのです。見ると、何時も立て切ってあるKと私の室との仕切の襖が、**この間の晩と同じ位開いています。**（下四十八）

枕元から寒い風が吹き込むのですから、Mの頭上の襖が開いていたことになります。しかもその開き具合が「この間の晩と同じ位」なのですから、「二尺ばかり」（下四十三）だったのです。Kがこの幅、すなわち約六〇センチの幅で襖を開けて自殺していたということは、自分の自殺姿をMに見せつける意味を含んでいます。人間が公衆の面前や特定の個人の目の前で自殺するのは抗議の自殺です。

政治的抗議として公衆の面前で焼身自殺をすることもあります。

夜の闇の中で襖を六〇センチ開けて、暗い側に坐って明るい方を見ると、明るい方から暗い側に誰か入ってきた人間がいると感じてしまいます。これが現実から得られる情報（コード）です。誰が開けたんだ、誰が入ってきたんだと叫びたくなるような怖い感覚に襲われます。この怖い感覚がKの自殺時の行動を読み解く情報になります。

上野公園から帰った夜は、Kが襖を二尺ばかり開けて敷居の所に立っていただけですが、Kが自殺した夜には、Mの頸を切ろうとしてMの室に入っているのです。これが二尺開いていた襖の持つコード（情報）です。「もしその男が私の生活の行路を横切らなかったならば」（下十八）という言葉の持つ現実的な意味は、〈Kがナイフを手に敷居を越えて私の室に入らなかったならば〉ということなのです。それが「魔の通る」（下十八）の意味なのです。

KがMの殺害を断念するということは、静とMの結婚をやめさせることができなくなることと、自分の煩悩を断ち切ることができなくなることを意味します。このままではMによって生じさせられた煩悶や懊悩や、Mを殺せなかった後悔や悔しさによって自分の出家修行が実を結ばなくなるのです。だからKは「**自分は薄志弱行で到底行先の望みがない**」（下四十八）と書き、Mを殺せなかったことを「薄志弱行」としたのです。Kは現実の世における未練や煩悩を断ち切るために自分の頸を「一息に」切ったのです。そのことでMの襟を正そうとしたのです。自分が自死してMをも自死させようとしたのです。この襖の二尺の開きは、静に〈Mを殺そうとしたができなかった〉〈Mは信用できない人間だからMとは結婚するな〉というメッセージを伝える手段でもあったのです。またMには抗議の自殺であることを示し、巫山戯た人生を送るなとしたのです。Kの手紙に「御嬢さんの名前だけは何処にも見え」（下四十八）なかったのは、静へのダイイングメッセージを残したから、それ以上のことを伝える必要がなかったのです。

漱石は『虞美人草』に「**悲劇は喜劇よりも偉大**である。……巫山戯たるものが急に襟を正すから偉大なのである。……**道義の実践は他人に尤も便宜にして、自己に尤も不利益**である。……**生か死か**。これが悲劇である」（十九）と書いています。この哲学（セオリー）は『こころ』にも流れていて、Kの悲劇と道義の実践が織り込まれています。KはMを殺害することで、静に「極りが悪い」婚約から逃れる「便宜」を与え、自分は殺人罪に服するという「不利益」を引き受ける積りだったのです。それが実行できずに次善の策として、「巫山戯たる」Mの襟を正させるために生かしておくという「便宜」を与え、Kは死という「不利益」を引き受けたのです。

漱石は明治三十九年十月二十六日、鈴木三重吉にあてた書簡に「丁度維新の当士（時、筆者）勤王家が困苦をなめたような了見にならなくては駄目だろうと思う。間違ったら神経衰弱でも気違でも**入牢でも**何でもする了見でなくては文学者になれまいと思う。……一面において**死ぬか生きるか**、命のやり取りをするような維新の志士の如き烈しい精神で文学をやって見たい」と書き送っています。漱石はKに「武士に似」た精神を与え、まさに入牢する覚悟でMと向き合わせ、命のやり取りとして最後はKに死を選ばせたのです。それが夏目漱石の文学創作における「了見」なのです。

ヒント3：「もっと早く死ぬべきだ」＋「のに」

「私はすぐ机の上に置いてある手紙に眼を着けました。それは**予期通り**私の名宛になっていました」(下四十八)とあります。MはKが手紙を残して下宿を出ていくことまでをあらかじめ予期(待ち設け、推測・期待・覚悟)していたのです。しかしKが自分を殺そうとしていたことまでは「全くそれに気が付かずにいた」と書いたのです。

然し私の**尤**(もつと)**も痛切**に感じたのは、最後に**墨の余りで書き添えたら**しく見える、**もっと早く死ぬべきだのに**何故今まで生きていたのだろう**という意味の文句**でした。(下四十八)

Mが「尤(もつと)も痛切に感じた」と言う、「もっと早く死ぬべきだのに」という文言にKの心情がいかんなく言い表わされています。この句は「もっと早く死ぬべきだ」＋「のに」の構成になっています。「のに」は助詞として「①ある事柄から普通に予期されたこととは反対の事柄が起ったことを示すのに用いる。②(①の後半を省略した用法として)残念・不満の意を表す」という意味を持っています。もしKが自分を早く死ぬべき人間だと思って行動したとして、それに「のに」の①を当てはめると、自分が自殺すると予期していたことの「反対の事柄が起った」のですから、Mが死んでいなければならなくなります。実際はMではなくKが死んでいますから、Kが予期していたのは、Mの死(殺害)なのです。助詞「のに」の①によって、KはMの死を予期していたことが分かるのです。また②を当てはめると、Mの死（殺害）が予期通りに起きなかったので残念・不満であるとなるのです。Kが「もっと早く死ぬべきだのに」とした相手はMなのです。仏道においては自殺を含め殺生は禁じられています。Kの「熾烈な感情」とは仏教の「殺生戒」（命を奪うことを禁じる戒律）を犯してまでもMを殺したいとする感情だったのです。Kは武士のような義理の果たし方をしたのですから、自死を残念・不満などと思うことはありません。自分の「生か死か」の選択において義理を果たすために覚悟の死を選んだのです。不満なのはMを殺せなかったことなのです。

この文言から、Kの書き残した手紙は最初から用意されていたものではなく、KがMの殺害を断念したあとに書いたものであるということが分かります。Kが手紙を残すことをMが予期していたとしても、その内容は、奥さん一家に別れを告げて下宿を出ていくことだったのです。KはMに向けて〈お前は御嬢さんと出会うよりもっと前に死ぬべき人間だった。婚約が決まる前にお前を殺せなくて残念だった〉と書いたのです。

KがM殺害を断念したあとに手紙を書いたと商量できるポイントはもう一つあります。それは「もっと早く死ぬべきだのに」の語句が「最後に墨の余りで書き添えたらしく見える」ということです。Mが死んでいればMは手紙を読むことができないのですから、KがMにあてた手紙を事前に準備しておくことはあり得ません。Mを生き残らせてしまったからMにあてて手紙を書く必要が生じたのです。もしKが最初から手紙を準備しておくなら、書きたいことを充分に書くだけの墨を磨ってから書き始めるはずです。「最後に墨の残りで書き添えたらしく見える」は、M殺害を断念したあとに書かれたことが示されているのです。M殺害を果たせなかった悔しさと無念さを記したのです。

〈巫山戯（ふざけ）た生き方をするな。お前はもっと早く死んでおくべき人間だった〉と記したのです。M殺害に成功していれば、Kは家人には何も言わず黙って下宿を出て警察に自首していたのです。そうすればKの事情聴取が行われ、M殺害の動機は新聞紙上で明らかになっていたことでしょう。Mにとって「尤も痛切」な意味を持つ言葉として、Kの「もっと早く死ぬべきだのに」、つまり〈もっと早く俺が殺しておくべき人間だった〉があるのです。MはKの言葉と行動を理解したから「顫える手で手紙を巻き収め」たのです。

三人の「自由と独立と己（おの）れと」が描かれた

漱石は「愚見数則」（『漱石文明論集』（岩波文庫）。初出は明治二十八、十一、二十五、愛媛県尋常中学校『保恵会雑誌』）に、「人を屈せんと欲せば、先づ自ら屈せよ。人を殺さんと欲せば、先づ自ら死すべし」と書いています。また「人生」（『漱石文明論集』（岩波文庫）。初出は明治二十九、十、第五高等学校『竜南会雑誌』）に、「人を殺すものは死すとは天下の定法（じょうほう）なり、されども自ら死を決して人を殺すものは寡（すく）なし」とも書いています。KはMを殺すことができずに「先づ自ら死すべし」として、先に自ら死んでMを殺そうとしたのです。Mも「先ず自分の生命を破壊して」（上十二）、次に静の生命を破壊しようとしたのです。Kの自殺は道義の実践として静の幸福を守り、Mの襟を正させるためにMに自死させようとしたのですが、Mは反道義の実践として静を殺すために自死したのです。漱石はKの道義の自殺と、Mの倫理的に暗い自殺を描いたのです。明治時代の地方の裕福な大地主の長子Mと、同じく寺の次男坊でありながら裕福（と思われる）医者の家に養子に入ったKの二人の自死が描かれたのです。Mは高等遊民になるために金に執着し偽善者となった者の自死であり、Kは出家修行に進むか、宗教哲学と言えそうな学問の追及に進むかの道半ばでの道義のための自死です。

Mの言う「自由と独立と己れとに充ちた現代」（上十四）の中を生きている（生きようとしている）登場人物は三人います。一、父の後を継がず、高等遊民になるために相続した財産を全て金に変えて東京に居るM。その自分の生き方に反対した叔父・親戚を敵呼ばわりし、下宿に連れてきたKが自分の思う通りにいかないとして邪魔者扱いしたこと。さらに静に自分の生き方を分かってもらえないとして「淋しい」と言い、偽善者という倫理的に暗いエゴイストの生き方を貫こうとしているM。二、養家の医者になって欲しいという希望に背いて自己の自由・独立を求め、道義の実践をしたK。三、母親の死によって自分しか頼りにならない状況に置かれ、やがて夫Mに生死さえ束縛されている結婚生活から決別することを決意した静です。三者三様の「自由・独立・己れ」が描かれたのです。

Mが夜明けを待ち焦れた理由

Kの自殺現場は合計六度変更を加えられますが、二度目が次になります。

「私は突然Kの頭を抱えるように両手で少し持ち上げました。私はKの死顔が一目見たかったのです。然し俯伏になっている彼の顔を、こうして下から覗き込んだ時、私はすぐその手を放してしまいました。……私は少しも泣く気にはなれませんでした。

（下四十九）

Kの頭を持ち上げたこともKの自殺現場に手を加えたことになります。MはどうしてKの死顔が見たかったのでしょうか。Mは冷静で冷酷に行動しています。MはKが残した手紙に自分の罪が書かれていないことに安心し、逆に襖を二尺開けて抗議したKの無念・不満の死に顔が見たくなったのです。Mは襖を開けたまま隣の部屋で自殺されたことが不快でKを侮辱するのです。死者をいたわる気持ちなど微塵もありません。自分の生活の行路の邪魔者という認識があるだけです。自分が罠にかけて仕留めた害獣の貌を覗き込むようなそんな態度と言えます。

Kの頭を持ち上げて覗き込んだあとに、Mは自室に戻ろうと振り返ったときに一部閉まっていた方の「襖に迸(ほと)ばしっている血潮」（下四十八）を見たのです。自室にMが戻ってから朝になり家人を呼びに行くまでの間に、Mによる三度目の変更がKの自殺現場に加えられます。

私は何の分別(ふんべつ)もなくまた私の室に帰りました。そうして**八畳の中をぐるぐる**廻り始めました。……私は**どうかしなければならない**と思いました。同時にもう**どうする事も出来ない**のだと思いました。……奥さんはとにかく、**御嬢さんを驚ろかす**事は、とても**出来ない**という**強い意志が私を抑えつけます**。私はまだぐるぐる廻り始めるのです。

私は**その間**(あいだ)に**自分の室の洋燈を点けました**。それから時計を折々見ました。その時の時計ほど**埒**(らち)**の明かない遅い**ものはありませんでした。私の起きた時間は、正確に分らないのですけれども、

もう夜明に間もなかった事だけは明らかです。**ぐるぐる廻りながら**、その**夜明を待ち焦れた私**は……（下四十九）

はじめの「八畳の中をぐるぐる廻り始めました。……どうかしなければならないと思いました」と「夜明を待ち焦れた私」の間には数時間の経過があります。Mは「もうどうする事も出来ないのだと思い」ながらも「御嬢さんを驚かす事は、とても出来ないという強い意志」で行動するのです。その「強い意志が私を抑えつける」という表現が一晩中何もしないで、ずっと自室の八畳の中を廻っていたかのような印象を与えますが、そうではありません。静を驚かさなくて済む方法を見つけなければいけないという「強い意志」で抑えつけられて行動するのです。

「その間」とはここに引いた二度目の「またぐるぐる廻り始め」ている間のことです。その時に「自分の洋燈を点け」たMは何かを発見したのです。だからMの気持ちが一変して「**夜明けを待ち焦れた私**」に変化したのです。時計が「埒の明かない遅いもの」に変わったのです。夜明けになったら早く家人に説明しようと待ち焦がれるようになったものをMは見つけたのです。

自室の洋燈を点けたMが最初に自室内で発見したものは、まずMの枕元の襖が二尺も開いていたのに、Mの室内にはKの血潮が一滴も入り込んでいなかったという事実です。Mの頭上の襖が二尺も開いていれば、Mの蒲団や枕や畳や、あるいはMの頭や顔にまでKの「劇しい」（下五十）血潮が飛び込んでいてもおかしくはないとMは思うのです。なぜ一滴もKの血が入り込んでいなかったのか。もしかしたらKが頸を切ったときには襖は閉まっていたのかと思ったMは再びKの室に入り、二尺ほど開いていた襖を試みに閉めてみたのです。すると今まで開いていた襖の隠れていた個所にKの血潮が飛んでいるのを見つけたのです。その血潮はKの室内の襖に飛んだ血潮の跡とつながるものだったのです。このことはKが自分の頸を切ったときには襖が閉められていたことを示す物証なのです。それはKが自分の頸を切った後で襖を二尺ほど開けたことを示しているのです。はたしてそんなことが可能なのでしょうか。ここに漱石の創作したトリックがあることになります。

Mが見つけたものは、Kが自分の悩みに閉じこもって自室の襖を全部閉めて自殺したことにできる物証なのです。KがMへの抗議や復讐のために自殺したのではないことにできるのです。この発見によってMの気持ちは「夜明けを待ち焦(こが)れ」るように一変したのです。Kの自殺に自分の責任がなくなり、静を驚かせなくて済むことになるのです。この物証の発見によって、Kの自殺発見時の様子をどう家人に説明すればよいかをMは考えるのです。

Kの自殺は次の手順で行われたことになります。Kを右利きと想定します。

1．KはMを殺害しようとしてMの室に入ったものの人情がよみがえり殺害を断念した。2．自室に戻って自殺する決心をし、襖を閉めて墨を磨った。3．Mにあてた手紙を書いて机に置いた。4．敷蒲団を西向きに敷き、掛蒲団はMの室との仕切りの襖寄りに重ねてどかした。5．蒲団の上に北向きに座り、右手にナイフを逆手に持って一息に右頸を切り、襖に血潮が迸(ほとばし)るのを一瞬待った。6．右手からナイフを離し、その手でMの室との仕切りの襖を座ったままで思いっきり開け放った。それが二尺ばかりの開きとなった。7．体の向きを左（西）に変えて蒲団に突っ伏した。8．その状態で失血死を待った。

Kの「頸筋から」「迸ばしった」血潮が、「日中の光で」眺め「劇しいのに驚ろきました」（下五十）という描写はKの抗議と道義の実践の劇しさを示していたのです。

Kの復讐を隠した

MがKの自殺姿を発見したときの状況と、Mが奥さんにKの自殺を告げたときの立ち位置と説明手順を見取り図（俯瞰図）によって確認していきます。

Mは「偶然西枕に床を敷いたのも、何かの**因縁**かも知れません」と言っています。これによって「その人の頭の上に足を載せさせ」るという「残酷な復讐」（上十四）の形となったことが示されています。Mは自分の遣ったことの「因縁」によってKに復讐されたと認識しているのです。「枕元から吹き込む寒い風で不図眼を覚ました」のですから、俯瞰図の（襖2）か（襖3）が二尺開いていたことになります。そこからKの血潮が一滴もMの部屋に入り込んでいなかったのです。

Mは「Kは小さなナイフで頸動脈を切って一**息に死んでしまったの**です」と即死を思わせるように書いていますが、「彼の**血潮の大部分は、幸い彼の蒲団に吸収されて**しまった」（下五十）のですから、Kの絶命は、蒲団に突っ伏しての失血死なのです。この間何分ほどのことになるのでしょうか。

MはKが襖を閉めて頸を切ったことを示す物証を見つけたことで、大家であり下宿の管理者である

Kが自殺した夜の俯瞰図

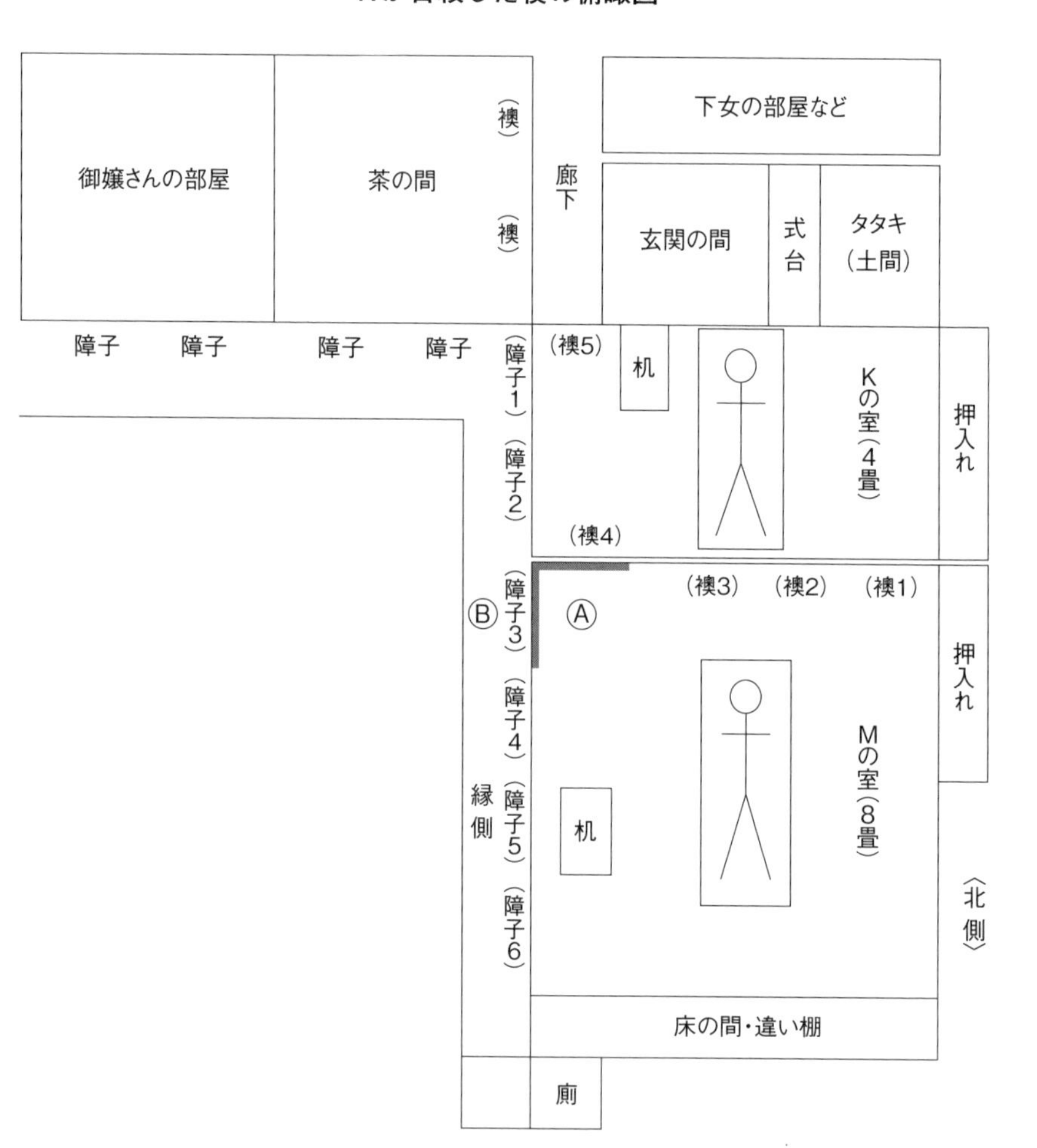

※大修館書店WEB国語教室の「第3回『こころ』の襖」より「下宿の推定図（考証　中村清二）」などを参考に作成。「推定図」では家の西側にも厠があるとしています。（机、蒲団などの配置は筆者）。「漱石全集（岩波書店）」第9巻「心」の注解に出ている間取り図は玉井敬之の想定とされ、東側に厠はありません。

奥さんにKの室の襖を閉め切らせて現場保存をさせ、そこに警察を呼んできて現場検証させればよいと考えるのです。Kの自殺を襖を全部閉め切って行ったことにできるのですから、あとはMがどのような状況下でKの自殺を発見したのかを考え、家人か奥さんに説明すればいいことになるのです。またMはKから復讐の自殺をされたことを隠すために、第一発見者の証言も逃れることを考えるのです。

Kの自殺現場は原形をとどめていない

Mは Kの室で見つけた物証を基に奥さんにトリックを仕掛けて行きます。Mの「過去を訐(あば)」(上三十二)くとは取りも直さずこのMの卑怯なトリックを訐(あば)くことに他なりません。Mは奥さんに偽証します。

私は奥さんに眼が覚めているなら、一寸私の室まで来てくれと頼みました。奥さんは寐巻の上へ不断着の羽織を引掛て、私の後(あと)に跟(つ)いて来ました。**私は室に這入るや否や、今まで開(あ)いていた仕切の襖をすぐ立て切りました**。そうして奥さんに**飛んだ事が出来た**と小声で告げました。

(下四十九)

まず「室に這入るや否や」とは、Mが廊下から自室の八畳に入ったことを言います。奥さんの先に立ち縁側の廊下から自室に入るために(障子3)を開けたのです。そして「開(あ)いていた仕切の襖をすぐ立て切」ったという襖は（襖4）です。そのときにMが立ち止まった地点はⒶです。八畳に「這入るや否や」立て切ったのですから、そのときに奥さんはまだMの室内に足を踏み入れておらず地点Ⓑにいたのです。Mは前もって自分で開けておいた（襖4）を奥さんの前で「すぐ立て切」って見せたのです。この動作を見た奥さんはMが（襖4）を開けてKの自殺を発見したと思うのです。Kが二尺ほど開けていた室中央の（襖2）か（襖3）はMがあらかじめ閉め切っておいたため、Mも奥さんもそこには行かないのです。

Mは K の自殺発見時の状況として、〈真夜中に、（障子6）から廊下に出て東の厠に行ったが、廊下に出たらKの室が明るかったので、厠から帰る際にKの様子を見ようと（障子3）から自室に入り、（襖4）を開けて見たら、Kが自殺しているのを発見した〉と説明するのです。このMの説明は省かれていますが、漱石は推理小説を上回るトリックを用意して作品作りをしています。読者の商量がトリックを見破る鍵になります。Mは「**飛んだ事が出来た**」と言っています。〈起きた〉ではなく「出来た」なのです。〈起きた〉と言えば、〈どうして、なぜ起きた〉のかが問題になりますが、「出来た」の場合はMに関係なく自然に生じたという意味合いが強くなります。Mは自然発生的に自分に関係のないKの自殺という「飛んだ事が出来た」と言ったのです。

私は**顋で隣の室を指す**ようにして、『驚いちゃ不可ません』と云いました。……『奥さん、Kは自殺しました』と私がまた云いました。奥さんは**其所**に居竦まったように、私の顔を見て黙っていました。その時私は突然**奥さんの前へ手を突いて**頭を下げました。『済みません。私が悪かったのです。あなたにも御嬢さんにも済まない事になりました』と**詫まり**ました。私は奥さんと向い合うまで、**そんな言葉を口にする気はまるでなかった**のです。……つまり**私の自然**が平生の私を出し抜いてふらふらと**懺悔の口**を開かしたのです。奥さんが**そんな深い意味**に、私の言葉を解釈しなかったのは私にとって**幸**でした。蒼い顔をしながら、**『不慮の出来事なら仕方がない**じゃありませんか』と慰めるように云ってくれました。

（下四十九）

MはKの自殺をさも迷惑そうに、侮辱でもするかのように「顋で隣の室を指すように」して示したのです。奥さんが「其処に居竦まった」と言われる地点はⒷです。「驚いちゃ不可ません」というMの発言も、「突然奥さんの前に手を突いて頭を下げました」、「済みません。私が悪かったのです。あなたにも御嬢さんにも済まない事になりました」という「懺悔の口」は、夜明けを待ちながら練りに練って考えた「故意」に基づく文言であり懺悔の順序なのです。決して「自然」などではありません。「そんな言葉を口にする気はまるでなかった」として「自然」に出た言葉のように装っていますが、「気はまるでなかった」のは「懺悔」なのです。Mに懺悔などする気はないのです。「私の自然」は「永久に復活しなかった」（下四十六）と言っていますから「私の自然が平生の私を出し抜いて」という説明は嘘の言辞なのです。

「奥さんがそんな深い意味に、私の言葉を解釈しなかったのは……幸でした」とは、自分の言葉が罪を認めた「懺悔の口」として深い意味に解釈されなかったのは「幸」だったと言っているのです。もし罪を認めた「懺悔」や「詫まり」であると受け取られてしまえば、奥さんから〈貴方はKに何をしたんですか〉と追及されて困ったことになっていたと言っているのです。Mは懺悔していると思われないことで、責任や罪を認めていると解釈されなかったことで「幸」と言っているのです。Mは奥さんに信じてもらえるように、奥さんを騙す言辞を朝が来るまでに考えたのです。奥さんはMの言葉を信じ、よもやKがMの枕元の襖を開けて自殺していたなどとは夢にも想像できなかったのです。Mは奥さんから「不慮の出来事なら仕方がない……」と同情を得て慰められて助かったのです。Kの自殺の真相は闇に隠されたのです。

「私は奥さんに気の毒でしたけれども、また立って**今閉めたばかりの唐紙を開け**ました。……私は引き返して自分の洋燈を手に持ったまま、**入口**に立って奥さんを顧みました。**奥さんは私の後から隠れるようにして、**四畳の中を覗き込みました。（下五十）

奥さんはMの後ろの地点Ⓑに立ったまま、再び開けられた（襖4）の隙間からKの室の中を覗き込んだのです。このMの襖の開け閉めの手順によって、Mが（襖4）を開けてKの自殺を発見したと信じてしまうのです。奥さんはMの巧みな説明手順により全く疑うことなく、Kは自室に閉じこもって死んだのだと信じ込んでしまったのです。奥さんは大家（下宿の管理者）の責任においてMに「雨戸を開け」させ、二人で「Kの室を掃除し」その上で「彼の死骸を」Mの「室に入れて、不断の通り寐ている体に横にし」（下五十）たのです。Kが自室の蒲団の上で失血死した事実も、Mが自室で西枕で寝ていた事実も全ては消えたのです。これがMの偽証の結果です。

悲劇の核心（1）　Kのメッセージは消された

Kの自殺の痕跡は締め切られたKの室内の襖に残った血潮だけになったのです。

それから後の奥さんの態度は、さすがに軍人の未亡人(びぼうじん)だけあって要領を得ていました。私は医者の所へも行きました。又警察へも行きました。然し**みんな奥さんに命令されて**行ったのです。奥さんはそうした手続きの済むまで、**誰もKの部屋へは入れませんでした**。

Kは小さなナイフで頸動脈(けいどうみゃく)を切って一息に死んでしまったのです。……

私が帰った時は、Kの枕元にもう線香が立てられていました。

（下五十）

帰って来たときには、Mの座敷に寝かされているKの枕元にすでに線香が立てられていました。すべては奥さんが警察や医者に説明してそれで終わってしまったのです。Kの自殺現場でMが証言することもなく、Kの自殺とMの間には何の「因縁」もなかったことで処理されたのです。Mはさぞ満足したでしょう。Kのダイイングメッセージは消され、Kの道義の実践はなかったことにされたのです。これがKに起きた悲劇の核心（1）です。Mの倫理的に暗い犯罪行為が引き起こした悲劇です。

MはKが準備した凶器の「小さなナイフ」の存在を、医者や警察の検証が終わるまで書いていません。Kが襖を二尺ばかり開けていた事実と、凶器である小さなナイフの存在の記述をわざと遠く離したのです。Kがナイフを手にしてMの室に入ったと想像される可能性を消すために、Kの自殺処理が完全に終わるまでナイフの存在を書かなかったのです。Kの自殺の真相を「故意」に隠したMが「私は淋しい人間です」と語ったり「淋しい今の私を我慢したいのです」と語ることに、Mがいかに巫山戯（ふざけ）た人物であるかが見て取れます。MはKが殺したいと思ってしかるべき人間なのです。

悲劇の核心（2）　悲しみがわだかまりを流した

「私」は「その悲劇のために**寧ろ生れ出た**とも言える二人の恋愛」（上十二）と言っていました。「私」はKの自殺の真相が隠されたために、二人の恋愛（結婚）が生まれてしまったと理解しています。また女たちにも悲劇が起きたことを理解しています。KとMの部屋の仕切りの襖が二尺ばかり開いていれば、Kの残した手紙とともにKのダイイングメッセージは伝わっていたのです。静はMとの婚約を嫌がり反発を次第に強めていましたから、婚約が解消される決め手になっていたのです。また女たちにはMがKに自殺されて悲しいだろうといった同情心は起きず、なぜKが襖を開けたまま自殺したのだろうという疑問がMに向かうことになり、Kの自殺を純粋に悲しむことにはならなかったのです。MとKとの間に何か不和があったという疑惑が生じていたのです。そうなれば奥さんはKの開けた襖をそのままにして自殺現場を保存していたでしょう。MはKの自殺の第一発見者としての証言をせざるを得なくなっていたのです。そうなればMの不実な行動もやがて明らかになりMは下宿から出て行かざるを得なくなっていたでしょう。

奥さんも静もKの自殺の真実を知らないから「変死」（上十九）したと思っています。漱石は『文学論（上）』238頁で「同情すべからざる人物に同情し、或はこの同情を一方にのみ寄せて全然他の一方を閑却し去ることあり」と述べていました。Mに同情を寄せる限り、Mの誘致する幻惑のままにKは切ない恋ゆえに自殺したと思い、Kの真実は「閑却」（打ち捨てておくこと。なおざりにすること）されるのです。Kの自殺を「仕方がない」と思ってしまえば、漱石の「功業」も閑却されてしまうことになります。「私が此所の家で充分信用されている事を確かめました。……同時に、女が男のために欺まされるのも此所にある……」（下十五）とMが言っていた通りの「欺ま」しが生じてしまうことになります。

室に這入るとすぐ仏臭い烟で鼻を撲たれた私は、その烟の中に坐っている女二人を認めました。私が御嬢さんの顔を見たのは、昨夜来この時が始めてでした。**御嬢さんは泣いていました**。奥さんも眼を赤くしていました。事件が起ってからそれまで**泣く事を忘れていた私**は、その時漸やく**悲しい気分に誘われる**事が出来たのです。私の胸は**その悲しさ**のために、どの位**寛ろいだ**か知れません。（下五十）

奥さんや静はKの残した手紙を読んでいません。Kの部屋は掃除をしてそのまま現場保存したのですから、家人は誰もKの残した手紙を読んでいないと言えます。

Kの自殺の理由は分からないまま、ただKが死んだという事実によって女たち二人は心から泣いたのです。女たちの純粋な悲しみの涙はMのトリックが成功した証です。Mは女たちの純粋な涙を見て、女たちと警察と医者をだましおおせたことを確信して安心できたから「寛ろ」ぐことができたのです。Mは自分の罪を隠しおおせた安堵感を得たのです。

Mは「少しも泣く気にはなれませんでした。私はただ恐ろしかったのです」(下四十九)と言うように、MはKの自殺を悲しんでなどいないし、まして罪の意識など持っていないのです。Mは女二人の「その悲しさ」によって「悲しい気分に誘われる事が出来」たに過ぎません。Mに内発的な悲しさはありません。女たちの悲しみが、どういうふうに嘘をつくか明け方から気を張っていたMの心を落着かせて緊張感を緩ませてくれたのです。Mは自分の行った悪事を隠し通すことに成功したことで「どの位寛ろいだか知れません」と言っているのです。「泣く事を忘れていた私」という言葉は、当初は演技として泣く積りだったが忘れていたとも聞こえる文句です。

女たちの悲しさが、とくに静の悲しさが、極まりの悪い婚約の談判をしたMへの反発と拒否感と嫌悪感をゆるやかに流し去る方向に働いたのです。静はKの自殺の原因が分からず、Kの未来とは自殺することではなかったはずだと思いながらも悲しみに涙を流したのです。

女二人の悲しさが正真正銘の感情だったために、静のそれまでのわだかまりや反発の感情も、奥さんの静に対する心配も流し去り、女二人の感情がリセットされた状態で、今後の生活の行路を考えることになってしまったのです。奥さん一家がまた下宿屋を始めるのかどうか、一家の生活の行路をどうするのか、その話合いにMが加わる情緒的素地ができてしまったのです。Mは友人としてKの起こした自殺の責任を取る形で借地を見つけてMの金で家を建てることを提案し、あるいは借地権付きの家屋をMが手当てして、そこに皆が住むことで一家の承諾を得たのです。その話合いで下宿屋を止めることと、二人の結婚が正式に決められ、奥さんも同居する新居に引っ越したのです。これが悲劇の核心（2）として、静の運命を変える出来事となったのです。Mは女たちの悲しみの中にうまく紛れ込んだために、今後の生活の行路を一緒にすることができたのです。女たちに起きた悲劇の中でMが自分の金で静一家の住居の手当てをしたことで、静に頼もしい人と思われたのです。それが静の言う「私の希望するような頼もしい人」（上十八）の実際だったのです。「私」の語る「二人の恋愛」とは、Kと静に起きた二つの悲劇が生んだものだったのです。

諷語（ふうご）としての「先生」

「私が**今居る家**（おいえ）へ引越したのはそれから間もなくでした。奥さんも御嬢さんも前の所にいるのを**厭**（いや）**がります**」（下五十二）と言われる女二人の「厭（いや）がり」とは、家の一部が血で汚れ、Kの自殺の真実が判らずに警察や新聞にも変死扱いされたことにあります。また近所付き合いにおける迷惑や風評などもあって、そこに住み続けることの厭がりも考えられます。MはKと静の両方に悲劇を与え、その上で自分の財産に奥さん一家を縛り頼らせることで静と結婚することができたのです。

奥さんは私の耳に私語（ささや）くような小さな声で、「**実は変死したん**です」と云った。それは「どうして」と聞き返さずにはいられない様な云い方であった。（上十九）

「実は変死したんです」というのは、Kの自殺について夫から知らされていないことがあるという静の発言です。静はKの自殺に夫が何か関係していると思っています。進路や金策や心配事があれば母に話をしますからとKに言っていた静は、自殺の原因となるものがKの将来計画や卒業後の予定の中にあったとは到底思えないのです。Mとの関係において何かが急に起きたとしか考えられないのです。静はKともMとも恋愛関係にありませんでしたから、よもや母親が承諾し自分が反発しているMとの婚約がKの自殺を引き起こしたとも思えないのです。静のMへの反発は婚約解消に向かっていたのです。そこにMへの「疑いの塊り」（上十九）があるのです。「変死」とはKのダイイングメッセージがMに消されたことによって起きた認識です。

明治三十九年に発表された漱石の『趣味の遺伝』（『倫敦塔　幻影の盾　他五篇』（岩波文庫））に次のような記述があります。

> 世間には**諷語**（ふうご）というがある。諷語は皆**表裏二面の意義**を有している。**先生を馬鹿の別号**に用い、大将を匹夫の渾名（あだな）に使うのは誰も心得ていよう。
>
> 『趣味の遺伝』（二）

漱石は『こころ』において「先生」を偽善者の別号として描いています。

「その先生は何をしているのかい」と父が聞いた。

「何にもしていないんです」と私が答えた。

私はとくの昔から先生の何もしていないという事を父にも母にも告げた積りでいた。そうして父はたしかにそれを記憶していた筈であった。

「何もしていないと云うのは、またどういう訳かね。御前がそれ程**尊敬する**位な人なら何か遣っていそうなものだがね」

父はこう云って、**私を諷した。**（中六）

「私」の父は「私」を諷するとともに、先生Mを諷したのです。お前の言う先生とは「尊敬」に値しない人間じゃないのかと言ったのです。

私はその人を常に先生と呼んでいた。だから此所でもただ先生と書くだけで本名は打ち明けない。これは**世間を憚かる遠慮**というよりも、その方が私に取って**自然**だからである。私は**その人の記憶**を呼び起こすごとに、すぐ「**先生**」と云いたくなる。筆を執っても心持は同じ事である。**余所々々しい頭文字**などはとても使う気にならない。（上一）

『こころ』を最後まで読んだあとに冒頭に戻ると、この括弧書きの「先生」という言葉の持っている意味に気づかされることがあります。「先生」と括弧をして、尊敬の対象にならない諷語として裏面の意味を表したということです。漱石が『こころ』の中で先生を括弧に入れて表記したのはこの一個所だけです。「私」の手記の冒頭で括弧付きで表記する必要のある人物として「先生」と書いたと読むことができます。「頭文字（かしらもじ）」で表してしまえば、諷語としての裏面の意義（意味）がなくなる恐れがあります。「私」は先生Mと交流していたときには尊敬の対象として、死後には括弧に入れて諷語として裏面のある人物だったことを示したとも言えます。

「世間を憚（はば）かる遠慮」とは、先生Mは「頓死」した人物として新聞報道で世間に本名が知られたが、その報道内容と世間の評価を憚（はば）かって本名で呼ばないのではなく、回想として呼び慣れていて、「自然」だから「先生」と呼ぶのだと言っているのです。「私」の中で先生像は推移したが、回想の中では懐かしみを残して先生と呼ぶとしているのです。「私」は生前の先生と付き合い、先生Mの手紙（遺書）を読んでいますから、尊敬できる人間ではないことを知っています。だから括弧付きの先生なのです。先生Mは親友Kに抗議の自殺をされて以来、親友の本名を呼ばずKと呼んでいるが、それは親友の自殺の真実を隠しているからであって、「私」は先生Mが静殺しを目的とした卑怯な自殺をしたあとでも、先生Mを「余所々々（よそよそ）しい」頭文字だけで呼ぶようなことはしないと書いたのです。筆者は本書中に基本的にMと書いていますが、作中の「私」は頭文字だけで先生を表記してしまえば、裏面の意味のない人物として読み取られる危険性も出てくるから、そうはしないと言っているのです。そこには先生と呼ばれる人物なら、尊敬を受けられる人間であるべきであろうという批判と希望を込めているとも言えます。

文素の結合の技：〈奥さんは正しい人なのか〉

一部重複しますが、ここで文素の結合（文章構成）による幻惑（漱石コード3「形式の幻惑」）の例を取り上げておきます。最も顕著な例は前述した「もっと早く死ぬべきだ」＋「のに」（下四十八）で、ここにはKの心情が吐露されていて物語の真を見せる技として使われていました。また「私の暗いというのは、固より倫理的に暗いのです……」（下二）は語句の並びを変えることでMは親譲りの倫理的に暗い人物であるとする内容が見えて来るようになっていました。

「要するに私は正直な路を歩く積りで、つい足を滑らした**馬鹿もの**でした。**もしくは狡猾な男**でした」（下四十七）にも文素の結合の技が使われています。「もしくは」という語は、副詞としては「もしかしたら。ひょっとしたら」ですが、接続詞としては「または。あるいは。もしくは」です。ここの文脈では接続詞として使われていますから、「馬鹿もの」と「狡猾な男」は同格同等の言葉として表されていて、Mは自分を「馬鹿もの」あるいは「狡猾な男」と言っていることになります。そうであればどちらの語句を先にして記述してもいいはずです。〈私は……狡猾な男でした。もしくは馬鹿ものでした〉と並べると、「狡猾な男」の認識が強くなり、狡猾な男だから正直な路からわざと足を滑らしたのだと読み取られる危険性が出てきます。しかし「馬鹿もの」を先にして「狡猾な男」をあとにすれば、「狡猾」の印象が薄れます。Mはつい足を滑らしてしまったから自分を馬鹿ものと認識したのであって、「狡猾な男」とは、自分を卑下して言った言葉と読み取られてしまうのです。これも幻惑の境を誘致する形式に拠った文素結合の技です。

次は論理展開の形式による文素の結合の例です。

> 然し腹の底では、世の中で自分が最も信愛しているたった一人の人間すら、**自分を理解していない**のかと思うと、**悲しかった**のです。理解させる手段があるのに、理解させる勇気が出せないのだと思うと**益悲しかった**のです。私は**寂寞**でした。**何処からも切り離されて**世の中にたった一人住んでいるような気のした事も能くありました。
>
> （下五十三）

一読して胡魔化しと分かるのが「何処からも切り離されて」という語句です。Mは自分が世間を敵視することで自から世間とも親戚とも縁を切ったのでした。ここでは妻との関係において、偽善者らしい卑怯な言いまわしが見えます。Mは文章の論理を、一として妻が自分のことを理解していないことに悲しみの原因があり、二として自分に勇気が出せず「益悲しかった」「寂寞でした」としています。しかしこれは物語の真とは逆の因果を示す論理です。真の論理は自分が妻に「理解させる勇気が出せない」ことに原因があるのであって、そのために妻が「自分を理解していない」ので「悲しかった」となるべき文章です。文素の結合がMの虚像を見せています。「悲しかった」は〈偽の感情〉なのです。Mは静にKの自殺の真実を隠しておかなければならず、真実を自白したら離婚しなければならなくなるので、真実は語れないというのが「真」です。それを悲しかったというのは、真実を隠そうという偽善者の技で、偽の（F＋f）なのです。Mは自分の責任と罪を静になすりつけて平然と同情を引こうとします。Mは自分の責任を問うことなく、因果（論理）関係を逆にして静を中傷しています。Mの語る論理を逆にすれば物語の真が見えてくる例です。

またMが下宿を下見したときに会った奥さんの印象を、「未亡人は正しい人でした、又判然（はっきり）した人でした」（下十）と言っていました。この言葉にも文素の結合の技が使われています。この時点でMが奥さんから「判然（はっきり）した人」という印象を受けたとしても、奥さんが「正しい人」かどうかは分からないはずです。しかし「正しい人」という語句を前もって見せられた読者は、奥さんが間違ったことをするはずはないという先入観を与えられてしまうのです。間違ったKの自殺現場の保存をするとは想像もできず、Mの説明と奥さんの行動を「正しい」として無批判に受け入れてしまうのです。だからKの自殺現場に六度も変更の手を加える描写がされていても何の疑いも挟まずに読み進められてしまうのです。もしこの文言の並びを「未亡人は判然（はっきり）した人でした、又正しい人でした」とすれば、何をもって正しい人と言っているのかと読者は一瞬でも立ち止まって考えることができます。Kの自殺後のMの言動と奥さんの対応に疑問を挟まれることを防ぐために、「正しい人」という語句を先に見せてそのあとに「判然（はっきり）した人」としたのです。これも文素の結合によって幻惑を誘致する技です。

反解に基づく誤読

『こころ』の先生Mの言説を誤読する原因について、核心をつく漱石の指摘があります。『文学論（下）』「対置法」に、シェイクスピア劇『ハムレット』に登場するOphelia（オフィーリア）を狂女とした上で漱石は次のように述べています。

> 曾(かつ)て英京（ロンドンのこと、文庫本注解）の小劇場にて俳優の Ophelia を演ずるを観る。場中の看**客**書を読まず字を知らざるもの狂女の科白を聴いて笑を洩す事一再に止まらず。これ Ophelia の言語を**正意に解釈**して、滑稽の趣をそのうちに発見したるものなり。……**Ophelia の科白**(せりふ)は本来よりすれば**滑稽**ならざるべからずして、しかも普通の**教育あるものが視て**以て**悲惨なりとなすは**彼らが**沙翁を知るがためなり。沙翁を知って彼の作為せる空気中に生息するがためなり。**この空気のうちに生息するものは何人も**この着眼点**より彼女の科白を解すべく**自然の要求に促がさるる**は、彼らがこの科白中に**滑稽分子**あるを**想像し得ざるほどに反解しつつある**を以て知るべし。
>
> 『文学論（下）』（135〜138頁）

オフィーリアの科白は「正意」に解釈すれば滑稽分子があるのだから笑って当然で、それを悲惨ととらえるのは、「看客」が沙翁を知っているための「反解」であると言っています。「反解」とは正解の反対語で、正意反意における「反」でもあります。オフィーリアの科白を「悲惨なりとなすは」、普通の教育のあるものが沙翁を知っているからだと言っているのです。『こころ』にあっては、先生Mの科白や行動が倫理的であると思ってしまうのは、読者が漱石の他の倫理的と言われている作品や、漱石の人となりを知っていて『こころ』を読むからだという指摘になるのです。

漱石が倫理的な人間であることを知っているがゆえに、また『こころ』以前の作品における登場人物の正直さや作品の結構を知っているがゆえに、先生Mの科白や行動に偽善があることを想像し得ないほどに反解していることがあるという指摘です。

漱石は『野分』（明治四十年一月発表）の白井道也に「諸君は道を行かんが為に、道を遮（さえ）ぎるものを追わねばならん」『野分』十一と言わせています。倫理的であるためには「反倫理」を追わねばならないというのが漱石の哲学（セオリー）なのです。漱石は『こころ』において先生Mの反倫理的（倫理的に暗い）行動を追求したのです。また『漱石全集』（一九九四年岩波書店）第九巻「心」の注解一七四2に、「『門』にも主人公宗助が父の遺産の売却を叔父に一任し、代金の多くを「胡魔化」されるという設定がある」と記されており、『漱石全集』第十九巻383頁、明治四十、四十一年頃の「断片四七G」には、「×A甥ノ財産ヲ管理ス。事業ニ失敗ス。財産ヲ流用ス。之ヲ弁償セントシテ成ラズ。甥成長シテ財産ノ譲渡シヲ請求ス。A言葉ヲ左右ニシテ荏苒（ジンゼン、何もしないまま月日が過ぎていくさま（明鏡国語辞典）、筆者）日ヲ送ル。甥Aヲ以テ悪漢トス。冷刻トス。Aノ煩悶。」という記述もあります。この「断片四七G」の記述を読んでいれば、『こころ』のMも叔父によって財産を胡魔化されたと信じる「空気」が生じやすくなっています。これも漱石を知っているが故の「反解」の例で、「一七四2」や「断片四七G」も『こころ』の解釈に時々引用されるもので、読者が「注解」による読者の「自然の要求」として、叔父がMの財産を胡魔化したと信じようとしたり、Mが静を愛していると理解しようとしたり、Kの自殺にMが自責の念を持って懺悔していると理解しようとしたり、そんな要求を自然と持ってしまうことが反解の証拠ということになります。

『こころ』の場合はMの語る内容を正意と読んでしまう誤読が起きやすくなっているのです。

漱石自身が『こころ』の最大の誤読原因を『文学論』において反解として指摘していたのです。漱石は先生Mの科白を正意と思い同情心をもってしまう読者に物語の真を見せるために、数多くのヒントを埋め込んでいますが、その語句にも注意を払えない程に反解してしまっていると言えます。

漱石は偽善者の真という幻惑の境に読者を誘うために、Mの「狭隘なる所に向って満腔に同情し」（『文学論（下）』198頁）て創作していますから、同情という空気の中に読者が生息しやすくなることは分かっているのです。「先生」という表記自体がすでに敬意や同情を含んでいて、この同情や読者の持つ尊敬といった空気に影響されずに作品を読み解くための工夫を漱石は様々に凝らしているのです。次の引用文に出てくる「先生は……冷たい眼で研究されるのを絶えず恐れていた」という文言の「正意」は〈先生を偽善者として研究しなさい〉であり、「反意」は〈先生を冷たい眼で研究したらいけない。同情しなさい〉なのです。

> もし私の好奇心が幾分でも先生の心に向って、研究的に働らき掛けたなら、二人の間を繋ぐ同情の糸は、何の容赦もなくその時ふつりと切れてしまったろう。……
> もし間違えて裏へ出たとしたら、どんな結果が二人の仲に落ちて来たろう。私は想像しても**ぞっとする**。先生はそれでなくても、冷たい眼で研究されるのを絶えず恐れていたのである。（上七）

『こころ』における「ぞっと」「慄然と」（上七、下一、下四十八、下五十四）は死にまつわるfです。「私」が先生Mの言動に隠されている内部の機密を知ろうとして、間違えて裏に出れば「私」は先生Mに殺される可能性があったのだとも読めます。同情の糸がかろうじて二人の関係を繋いでいたのだと言っているのです。漱石は先生Mの言動を冷たい眼で研究することを願っていたのです。

立派な人間でなくなったのはKのせい

「世間はどうあろうともこの己は**立派な人間だという信念**が何処かにあったのです。それが**Kのために美事に破壊されてしまって**」（下五十二）という文言はむなしい言葉です。偽善者の責任逃れと自己正当化はここまで進むという見本のような言辞が示されています。自分がKの自殺の真実を隠してしまうような、そんな立派な人間でなくなったのはKのせいだと言っているのです。Kを下宿から追い出すことになったのもKのせいであり、Kのために立派な人間であるという自分の信念が破壊されたと言っているのです。静を驚ろかすことができないと思って行動したのもKのせいだと言っていることになります。軽蔑の対象として「悪感」を感じる人間としてMは描かれているのです。

また自分が立派な人間ではなくなったために「**自分もあの叔父と同じ人間だと意識した**」（下五十二）と言っています。叔父は立派な人間ではなく、自分も同じ人間だと意識したと言っているのです。そのために「私は急にふらふらしました。……自分にも愛想を尽かして動けなくなったのです」（下五十二）と言っているのです。自分に愛想を尽かしたのは、あの叔父と同じ人間だと認識したからだと言っているのです。Mは自分の責任を逃れる悪い態度を一貫して取り続けた人間です。漱石は明治になって金を持ちはじめたことで自由を得たと同時に、正直さと義務・責任を失った人間を描いたのです。「自由と独立と己れとに充ちた現代」（上十四）とは、女性の自立を言ったものだけではなく、金に執着する自由と、人間関係の破壊による独立と、己れの欲望を追求するための正当化を、明治時代の特色として漱石は見ていたと思われます。そこに西洋から入っていたキリスト教から愛という概念についての知識FをMに与えてMの自滅物語を創ったと言えます。同情的手法によってMの自滅する末路までを描き、偽善者の自己正当化のやり方を描写したのです。

『こころ』は同性愛を扱った小説なのか

『こころ』の解釈には、この作品を同性愛者の物語とする見解もあり、特に外国では「同性愛」の物語として読まれているとも言われています。テクストにおいてそのように読める可能性があるのかどうかを見てみます。KとM、あるいは先生Mと「私」の間に同性愛的関係をテクストから見出し得るでしょうか。

高等学校生のMとKが「東京へ着いてからは、すぐ同じ下宿に入りました。その時分は一つの室によく二人も三人も**机を並べて寐起した**ものです。Kと私も二人で同じ間にいました」（下十九）という記述は同じ部屋で共同生活をしていたことを言ったもので、一つ蒲団の中で抱き合って寝ていたとは言っていません。「机を並べて寐起した」と言っているだけです。「檻」とは勉強している狭い室という意味です。「山で生捕られた動物」のような自分たちが「檻の中で抱き合いながら、外を睨め」「天下を睥睨するような事を云っていた」（下十九）は比喩を含めた表現なのです。同性愛がうかがえる描写ではありません。世の中に対する批判精神や向上心を持って切磋琢磨していた様子を描いたものです。

すでに大学生になっていた「私」が花時分に先生Mと「一所に上野へ行った」（上十二）ことがありました。そこでの二人の会話を見てみます。新婚の男女を見かけた際の会話です。


「新婚の夫婦のようだね」と先生が云った。

「仲が好さそうですね」と私が答えた。……

「君は今あの男と女を見て、冷評(ひやか)しましたね。あの冷評(ひやかし)のうちには君が恋を求めながら相手を得られないという不快の声が交(まじ)じっていましょう」……

「……**恋の満足**を味わっている人はもっと**暖かい声**を出すものです。然し……然し君、**恋は罪悪ですよ**。解っていますか」（上十二）

「仲が好さそうですね」という「私」の発言を先生Mは「冷評(ひやかし)」であり、そこに恋の相手を得られない「不快の声が」出ているだろうと言っています。しかし本書のテクスト読解から言えば、妻に対する「不快の声」を出しているのは先生Mです。さらに「満足」とは男女の「恋」に絡むものであることを、先生M自らが言及しています。男同士の「満足」を言っているのではありません。先生Mは、「私」が「恋の満足を味わって」いないから「暖かい声を出」せないのだと言っています。「暖かい声」という表現には、静の恋の罪悪を充分に味わったと思っている先生Mの表面的な偽善者の暖かい声とする含みがありそうです。

「恋は罪悪ですか」と私がその時突然聞いた。

「罪悪です。たしかに」と答えた時の先生の語気は前と同じように強かった。

「何故ですか」

「何故だか今に解ります。今にじゃない、もう解っている筈です。あなたの心はとっくの昔から既に**恋で動いている**じゃありませんか」……

「あなたは**物足りない結果**私の所に動いて来たじゃありませんか」

「それはそうかも知れません。然しそれは恋とは違います」


（上十三）

若い男である「私」は恋の満足を求めて動いていて、それを得られず物足りないから私の所へ動いてきたと言われています。恋人がいれば「私の所」へは動いてこない、「物足りない」から「私の所」に来ていると。至極当然と言えば当然のことです。先生Mは、「私」もやがて自分のように罪悪である恋を求めて動くと言ったのです。恋には罪悪があるという東洋的な古い恋愛観と言えます。


「**恋に上**(のぼ)**る階段**なんです。**異性と抱き合う順序**として、**まず同性の私の所へ**動いて来たのです」

「私には**二つのもの**が全く性質を異(こと)にしているように思われます」

「いや同じです。私は**男として**どうしてもあなたに**満足を与えられない**人間なのです。それから、ある**特別の事情**があって、**猶更**(なおさら)あなたに**満足を与えられない**でいるのです。私は実際御気の毒に思っています。あなたが私から余所（よそ）へ動いて行くのは仕方がない。私は寧ろそれを希望しているのです。然し……」

私は**変に悲しくなった**。……

「然し気を付けないと不可（いけ）ない。恋は罪悪なんだから。私の所では満足が得られない代りに危険もないが、――君、**黒い長い髪で縛られた時**の心持を知っていますか」

（上十三）

ここの引用個所が、先生Mが同性愛者ではないかという読みを引き出す元になっているかも知れません。先生Mは男同士の友情と学資を援助するという約束を裏切ってKを自殺させたから、男として「私」に精神的な満足を与えられるものは何も持っていないと言っているのです。友情、信頼、義務心など、道義的な善を持っていないから人間関係における満足を与えられないのは当然なのです。「故意」に基づくことや、また社会的に隠さなければならないことを多く遣ってきたから人生の先輩として「私」に与えられる満足などないのです。「二つのもの」とは、「同性の私の所へ動いてきた」ことと「異性と抱き合う」ことの二つです。先生Mは、同性との人間関係においても異性との人間関係においても満足を与えられないと言っているのです。またここでは人間はまず同性間で友情に基づく人間関係を築くが、そこで得られない「満足」があることを知って異性に動いていくという「順序」のことを言っています。普通のことです。同性愛がうかがえる記述ではありません。

第五章　殉死は無論笑談

国家主義の中の「至誠」

第五章で引用する「私の個人主義」「模倣と独立」はいずれも『漱石文明論集』（岩波文庫）が引用元になります。漱石は「私の個人主義」（133頁）の中で「個人の幸福の基礎となるべき個人主義」は「事実から出る理論といった方が好い」とした上で、個人主義という基礎があって個人は幸福になるという論旨を述べていました。

「**国家的道徳**というものは**個人的道徳に比べると、ずっと段の低い**もののように見える事です。元来国と国とは辞令（じれい）はいくら八釜（やかま）しくっても、徳義心はそんなにありゃしません。詐欺（さぎ）をやる、誤魔化（ごまか）しをやる、ペテンに掛ける、滅茶苦茶（めちゃくちゃ）なものであります。だから国家を標準とする以上、国家を一団と見る以上、よほど低級な道徳に甘んじて平気でいなければならないのに、個人主義の基礎から考えると、それが大変高くなって来るのですから考えなければなりません。だから国家の平穏な時には、徳義心の高い個人主義にやはり重きを置く方が、私にはどうしても当然のように思われます」

「私の個人主義」（137頁）

漱石は低級な国家的道徳が、徳義心の高い個人主義より幅を利かせてくるときは留意がいると言っています。国家的道徳が個人の幸福の基礎である個人主義を蹂躙してくる危険性を述べています。

「私のいう個人主義のうちには、火事が済んでもまだ火事頭巾が必要だといって、用もないのに**窮屈がる**人に対する忠告も含まれていると考えて下さい。……国家は大切かも知れないが、そう朝から晩まで国家国家といってあたかも国家に取り付かれたような真似は到底我々に出来る話でない。……豆腐屋が豆腐を売ってあるくのは、決して国家のために売って歩くのではない。……国家のために飯を食わせられたり、国家のために顔を洗わせられたり、また国家のために便所に行かせられたりしては大変である。国家主義を奨励するのはいくらしても差支えないが、事実出来ない事をあたかも国家のためにする如くに装うのは偽りである」

「私の個人主義」（133～135頁）

「窮屈がる人」とは軍部や一部世論の比喩でしょうか。筆者はこの文言に、戦争のために兵士として「飯を食わせられたり」「顔を洗わせられたり」「便所に行かせられたり」しては大変であるとする漱石の批判を感じます。「火事が済んでも」とは、日露戦争が終わってもの言い替えです。国家主義のために兵隊とされることを拒否する文言と受け取れます。

「乃木（のぎ）さんが死にましたろう。あの乃木さんの死というものは**至誠**（しせい）より出（い）でたものである。けれども一部には悪い結果が出た。それを真似して死ぬ奴が大変出た。**乃木さんの死んだ精神**などは分らんで、唯形式の死だけを真似する人が多いと思う。……乃木さんは決して不成功ではない。結果には多少悪いところがあっても、**乃木さんの行為の至誠**であるということは**あなた方を感動せしめる**」

「模倣と独立」（169頁）

これは『こころ』の新聞連載の四カ月前の大正二年十二月の講演記録「模倣と独立」からの抜粋です。乃木大将の国家主義遂行における軍人としての働きについて自分の責任を取った行動を、あるいは軍人の鑑としての「至誠」が「あなた方を感動せしめる」と言ったのです。しかし漱石は吾を感動せしめる、吾も感動するとは言っていません。

私は新聞で乃木大将の死ぬ前に書き残して行ったものを読みました。西南戦争の時敵に旗を奪（と）られて以来、申し訳のために死のう死のうと思って、つい今日（こんにち）まで生きていたという……私はそういう人に取って、生きていた三十五年が苦しいか、また刀を腹に突き立てた一刹那（いっせつな）が苦しいか、

何方(どっち)が苦しいだろうと考えました。　　（下五十六）

ここにも物語の真に対する誤解や誤読を誘う幻惑があります。一つは「申し訳のために死のう死のうと思って」という文言です。この文言によって読者は、先生ＭもＫを死なせた申し訳があって苦しんだ末に自殺するという幻惑を、自らの連想によって抱いてしまう危険性があるということです。Ｍの自死はＫの自殺の責任を取った処決ではなく、静に責任を取らせて静の幸福を破壊しようとする復讐のための自殺です。

二つ目の幻惑は乃木大将が三十五年も苦しんできたことに対する同情を喚起して、それがＭの自殺にも向かうように工夫されていることです。先生Ｍの自死という人事Ｆの真（物語の真）が同情によって誤読されてしまうのです。先生Ｍが自殺する行為にはいかなる「至誠」もありません。だから漱石は先生Ｍに「私に乃木さんの死んだ理由が能く解らない」（下五十六）と言わせたのです。

静の理想

「私」は先生Ｍについて「自分の懐(ふところ)に入ろうとするものを、手をひろげて抱き締める事の出来ない人」（上六）と書いていました。Ｍが猜疑心によって決して他人を「抱き締める事」のできない人間であることを「私」は知っていて手記を書きはじめています。先生Ｍは最後に「私」の前に静の幸福の破壊者（死神）として現れ、静の生命を破壊するための協力を求めてきます。先生Ｍが静への殺意を意識に上らせ、破壊者になっていくところから最後のトリックまでを見ていきます。母親が死んだあと、静がこれからは自分しか頼りにするものがいなくなったと語ったあとからです。

妻はある時、**男の心と女の心とはどうしてもぴたりと一つに**なれないものだろうかと云いました。私はただ若い時ならなれるだろうと曖昧な返事をして置きました。妻は**自分の過去**を振り返って眺めているようでしたが、やがて微かな**溜息**を洩らしました。

私の胸にはその時分から時々**恐ろしい影が閃めきました**。初めはそれが偶然**外から襲って来る**のです。私は驚ろきました。私は**ぞっとしました**。然ししばらくしている中に、**私の心がその物凄い閃めきに応ずる**ようになりました。しまいには外から来ないでも、**自分の胸の底に生れた時から潜んでいるものの如く**に思われ出して来たのです。

（下五十四）

「ぞっと」は死に関するfを表しており、この場面では、Mは自分に向けられたKの殺意を思い出して「ぞっと」しています。外から襲ってくる「恐ろしい影」とは、Kが襖を二尺程開けナイフを手にMの座敷に入ってきたときの影のことです。

静は母の死後も夫Mに対し人間の義務として最善を尽くそうと努めていましたが、「心はどうしてもぴたりと一つになれないものだろうか」として、夫Mに期待するのは諦めざるを得ないのかという心情を語っています。静はMとの結婚生活における「自分の過去」を眺めて「溜息を洩らし」たのです。その後静は嫌厭によって「では殉死でもしたら可かろう」と発言し、夫Mを完全に見切ることになります。静は夫Mとの関係について、男の心と女の心が「ぴたりと一つに」なるという理想（幸福の形）を持っていたのです。逆にMは静と心を一つにすることは恐怖なのです。Kの運命を冷罵した静と心を一つには出来ないし、Mが今まで隠し通してきたことが静に知られるのを恐れるのです。

襖の二尺ほどの開きを通し、KがMの部屋に入ってきたときの殺意の「物凄い閃めき」が時々閃き出したのです。その殺意は、実は「自分の胸の底に生れた時から潜んでいるもの」の如く、固より倫理的に暗いMの胸の底にあった殺意であったと言っているのです。「外から襲って来る」Kの殺意がフラッシュバックして閃き出す度に、Mは静への殺意を心の中に生み出しはじめたのです。Mは出口のない「ぞっと」する恐れの中で静への殺意を生み、静を殺すことで「未来」（死後の世界）を開こうとするのです。その殺意は、静の「殉死でもしたら可かろう」という発言があったことで確定されていくのです。

ちなみに自分の心と人の心がぴたりと一つになるというのは、実は漱石の理想（幸福）でもあって、『硝子戸の中』（大正四年『朝日新聞』連載。新潮文庫）の「三十三」に、「この不明な私の前に出て来る凡ての人を、**玲瓏透徹な正直もの**に変化して、私とその人との**魂がぴたりと合うような幸福**を授け給わん事を祈る」と書いています。魂がぴたりと合うような幸福は「正直もの」との間でしか得られないのです。夫Mは正直ものではないから、静は心がぴたりと一つになれないのです。夫Mのありのままではない偽善者の語りと、静の求める幸福とは対立的な人事Fを構成しているのです。静は夫Mに向かって正直でなくなった「源因」（上十九）を「どうぞ打ち明けて下さい」（上十八）と頼んでいたのです。夫Mが「**純白なもの**に一雫の印気でも容赦なく振り掛けるのは、私にとって**大変な苦痛**だった」（下五十二）として正直に語ることを拒否していたのですから、静の心が夫から離れていくのは必然の推移なのです。Mはここでは静の心を「純白なもの」と比喩表現していますが、実際は静には罪悪があるとみなしているのがMです。

「人間の罪」に対する殺意

> 私はただ**人間の罪**というものを深く感じたのです。その感じが私をKの墓へ毎月行かせます。……その感じが妻に優しくして遣れと私に命じます。私はその感じのために、知らない路傍の人から鞭たれたいとまで思った事もあります。こうした階段を段々経過して行くうちに、人に鞭たれるよりも、自分で自分を鞭つ可きだという気になります。自分で自分を鞭つよりも、自分で自分を殺すべきだという考が起ります。私は仕方がないから、**死んだ気で生きて行こう**と決心しました。（下五十四）

Mが語る「人間の罪」とは、一つは静がKの運命を冷罵したからKが自殺したという静の罪であり、もう一つは結婚によって静の罪悪を受け入れてしまい、M自身の罪になってしまったというものです。そこにはMに「欺まされ」て静との結婚の承諾を与えた静の母親の罪も入っていそうです。静の母親が亡くなってからは、静の罪とそれを受け入れてしまった自分の罪の二つがMにとっての「人間の罪」となっているのです。Mが語っていた「天罰」とは二人の「人間の罪」に対して下されるものなのです。静と自分を罰することがMの言う「天罰」なのです。だから「高く笑った」（上八）のです。
結婚後静に言われたままに一緒にKの墓参りに行き、静がKの運命を冷罵したと認識して以来、Mは静の罪をKの墓前で詫びているのです。Kの墓参において静の罪を詫び続ける中で天罰を意識するようになったと言えそうです。Mが静と別れられない理由の中には、他に行き場所がないことに加え、静の罪悪に執着していることも挙げられます。後悔の原因としてある静の罪悪と、静から決別の意志表示があったことがMは許せないのです。自分の信念が満たされることを静に依存しているMは、静を自由にしてやることなどできないのです。

Mは二人の罪を自分で罰することができず、最初は「路傍の人から鞭（むち）たれたい」としたのですが、固より暗い倫理観によって二人の罪を自分が鞭つべきだに変わっていくのです。それが「自分で自分を殺すべきだという考」なのです。「死んだ気で生きて行こう」という言葉は、もう死ぬことを前提にして生きていることを意味します。

私と妻とは**元の通り**仲好く**暮して来ました**。私と妻とは決して不幸ではありません、**幸福でした**。然し私の有っている一点、私に取っては**容易ならんこの一点**が、**妻には常に暗黒に見えたらしい**のです。（下五十四）

「容易ならんこの一点」とは「人間の罪という」認識のことです。その認識と「殺すべきだ」という殺意を持って生きていることが、「妻には常に暗黒に見えたらしい」と言っているのです。「元の通り仲好く暮して来ました」「幸福でした」という過去形の表現は、今現在は元の通りではなく、幸福ではないことを言っています。静と仲良く暮らすことができず、静の罪に執着して離婚もできず、世の中に出ても働く気も行き場所もないMは、静を道づれにして死ぬことだけを考えるのです。

噴火口への投身自殺

第二章の「「私」は静と一緒に父の許へ行く」で先生Mの自殺現場が噴火口である可能性が高いと述べましたが、漱石の作品の中で噴火口に関連した記述を見ていきます。『こころ』には次のように出てきます。

> 私は今日に至るまで既に二三度運命の導いて行く最も楽な方向へ進もうとした事があります。二人を一束にして火に燻べるのは、無理という点から見ても、痛ましい極端としか私には思えませんでした。（下五十五）

無理心中をしようと考えたことが二、三度あったと読めます。「二人を一束にして火に燻べるのは、無理」でも、一人ずつ火口に燻べることは可能とも読めます。これは二人同時の無理心中は無理でも静を後追いで火口に投身自殺させることは可能と読める文章になっています。Mの「頓死」（五十六）する場所について、『三四郎』や『坑夫』の記述からも噴火口が有力な候補であると見ることができます。

――自分の知ってるさる男が、失恋の結果、世の中が厭になって、とうとう自殺をしようと決心したが、海もいや河もいや、**噴火口**は猶いや、首を縊るのは尤もいやと云う訳で、已を得ず短銃を買ってきた。
『三四郎』「九」

華厳の瀑にしても**浅間の噴火口**にしても道程はまだ大分ある位は知らぬ間に感じていたんだろう。
（『坑夫』10頁、新潮文庫二〇〇四年改版）

明治の中頃には高崎線や信越本線を使って軽井沢まで行けるようになっていました。先生Mの自殺現場を浅間山の噴火口（架空の火口でも構わない）と想定した場合、「私」と静が警察の現場検証に立ち会い、そのあとに「私」の故郷に戻るまで二、三日の行程という設定は充分可能なのです。

同時に私だけが居なくなった後の妻を想像して見ると如何にも**不憫**でした。……私はいつも躊躇しました。妻の顔を見て、止して可かったと**思う事**もありました。そうして又凝と竦んでしまいます。そうして**妻から時々物足りなそうな眼で眺められる**のです。……
始めて貴方に鎌倉で会った時も、貴方と一所に郊外を散歩した時も、私の気分に大した変りはなかったのです。私の後には何時でも**黒い影**が括ッ付いていました。私は**妻のために、命を引き**

ずって世の中を歩いていたようなものです。（下五十五）

「不憫（ふびん）」という言葉は、無理心中をする者が常套句として使う言葉です。かわいそうだからと言って殺すのです。また「止して可かったと思う事も」と「も」を使っています。Mは過去において止して可かったと「思う事も」あったが、今はそうではないと言っているのです。「妻から時々物足りなそうな眼で眺められる」から殺してやるんだと言わんばかりの口吻です。

自分の後ろに「括（く）ッ付いてい」る「黒い影」を消すには、自分が死んで影を消すしかないのです。「先ず自分の生命を破壊」（上十二）することで影を消すのです。Mは妻の罪悪という「黒い影」のために命を引きずって歩いていたと言っているのです。次の引用文の一部は、第三章の「「私」と静の模倣」の項でも取り上げました。

　すると夏の暑い盛りに明治天皇が崩御（ほうぎょ）になりました。その時私は**明治の精神が天皇に始まって天皇に終った**ような気がしました。最も強く**明治の影響**を受けた**私ども**が、その後（あと）に生き残っているのは**必竟（ひっきょう）時勢遅れ**だという感じが烈（はげ）しく私の胸を打ちました。私は**明白（あから）さまに妻に**そう云いました。妻は笑って取り合いませんでしたが、**何を思ったものか**、突然私に、**では殉死でもしたら可（よ）かろう**と調戯（からか）いました。（下五十五）

「明治の精神が天皇に始まって天皇に終った」とは、明治天皇の在位を示す年号が終わったことの言い換えです。両親や叔父、親戚の思いを裏切り、明治時代の集合意識の一つである長子相続という権利・義務を放棄したMが「最も強く明治の影響を受けた」と言うのは詭弁であり偽善の言葉です。自分の内部の機密を隠したもの言いです。Mが受けた明治の影響とは、西洋化とそれがもたらす消費文化にあこがれたことであり、時代の先頭の高等遊民という生き方を追及したことです。それが静に別れを言い出されて行き詰ったのです。

〈貴方だけ自殺して下さい〉

Mは明治天皇崩御のあとに、「私ども」が明治という時代が終わったあとも生き残っているのは「時勢遅れだ」と「明白さまに」静に言ったというのです。「私ども」とは夫婦のことです。静は自分の幸福をいまだ実現しておらず、天皇が崩御したから死ななければならないと言う夫Mに怒りが湧くのです。静は自分は時勢に遅れてなどいないと反発し、夫Mが明治が終わり未来に幸福を見出せなくて死にたいと言うのなら、「では殉死でもしたら可かろう」と言ったのです。夫Mは静の発言に体面を傷つけられたとともに、自分だけ死ねばいいと別れを言い出され、静を殺したく思って然るべき状況に陥ったのです。嫌厭によって、静はMとの別れを意志表示し、Mは静を自殺させるという意識Fに推移したのです。

明治の後を「生き残っているのは必竟時勢遅れ」という言葉は、明治という時代に対する殉死を促す言葉でもあります。天皇が崩御する度に生き残ることが許されないとしたら、あっという間に日本の民と国は滅びてしまいます。この言説は亡国論の一つです。

静は夫が望むようにすることは、自分の幸福を犠牲にする従属に他ならないと思い至るのです。自分の幸福は夫との間では実現することはなく、これ以上結婚生活を続けるのはできないと判断したのです。それが「殉死でもしたら可かろう」の意味なのです。「調戯い」でも「笑談」（下五十六）でもなく静の心底からの思いの吐露なのです。静が夫へ決別の意志を伝えたことで、自由と独立と己れとに基づく個人の幸福をつかむ生き方へと進むのです。「調戯い」とはMが「私」にあてた手紙の中で言った言葉であり、静に向かって言った言葉ではありません。Mは「私」に妻は私を調戯いましたとして自分が仕掛けた卑怯なトリックを隠したのです。

静の「何を思ったものか」と言われる少しの時間こそ、決別が意識の頂点に上るに要した時間なのです。Mは静から本気で別れを宣告されたから、真剣に静を合法的に殺す方法を考えるのです。

Mの「信念」には自尊心（「教育から来た自尊心」（下十六））が張り付いていて、それが己れの置かれているありのままの状況認識や正直さという徳に災いしているようです。静と別れて静を自由にしてあげればいいだけなのです。それができないのは自尊心と依存心と体面が邪魔をしていると言えそうです。

Mは静を殺す計画を練るために、一旦静の怒りを鎮める必要があります。ここで静の感情に真正面から向き合って反発を強めさせては、すぐにでも別れて下さいと言い出される危険性が出てきます。静を合法的に殺す機会が到来するまで、あるいは後追い自殺をさせるいい方法を思いつくまで、静に通常の生活を続けさせなければいけないのです。Mはそのために静の別れの売り言葉を、冷静な買い言葉で受け止める必要があるのです。

「私は**殉死という言葉を殆んど**忘れていました。平生使う必要のない字だから、記憶の底に沈んだまま、腐れかけていたものと見えます。妻の笑談を聞いて始めて**それ**を思い出した時、私は妻に向っても**もし自分が殉死するならば**、**明治の精神に殉死する積りだ**と答えました。**私の答も無論笑談**に過ぎなかったのですが、私はその時何だか古い**不要**な言葉に**新らしい意義を盛り得た**心持がしたのです。　（下五十六）

「それ」とは「殉死という言葉」です。夫Mが「それを思い出した時」から「明治の精神に殉死する積りだと答え」るまでの間には、ある一定の時間が流れています。記憶の底で腐れかけていた「殉死」という言葉を思い出し、それを妻殺しに利用することができるとして「明治の精神に殉死する積りだ」と答えるまで、数分か数時間か、二、三日かあるいはそれ以上かも知れません。Mは静の「殉死でもしたら可かろう」という発言に即答したのではありません。静の発した「殉死」という言葉に、静を後追い自殺させるという「新らしい意義を盛」るまでに要した時間があるのです。そして「約一カ月」後に現れた「乃木さんの死」によって妻殺しを行う方法の確信を得たのです。静を自分の自殺に殉死させることがMの言う「新らしい意義」なのです。ちなみに乃木大将の殉死に従った妻の名前は「静子」です（新潮文庫注）。「殉死する積り」は静に仕掛けた罠の第一歩です。静の決別という売り言葉に対し、殺意を潜めた喧嘩の買い言葉なのです。あくまで「積り」であってMは明治の精神に殉死などしないのです。Mはそのたくらみに気づかれないように「私」への手紙に「笑談に過ぎなかった」と書いたのです。静の言うように殉死してもいいが、「時勢遅れ」だから、殉死するなら古い明治の精神に殉死する積りだと答え、静を納得させたのです。静の心を落ち着かせながら静をなんとか後追い自殺で殺したいとする一念で考えついたトリックです。「殉死する積り」はトリックの入口であり、仕上げは「頓死」(下五十六)なのです。Mは計算の上、実際はそうでないのにそうであるかのように「明治の精神に殉死する積り」と答えたのです。Mの科白の中に生息している読者はMの罠に陥ってしまうのです。

静は反発をいったん収めて日常生活に戻れたのです。Mは「私」への手紙に、妻から本気で死んで下さいと言われたから、逆に本気で妻を殺すことを考えはじめたなどとは書けないのです。

新(F'+f')の投入

Mは「私は寂寞でした」「私は仕舞にKが私のようにたった一人で淋しくって仕方がなくなった結果、急に所決したのではなかろうかと疑がい出しました」(下五十三)と言っています。Mは「一人で淋しくって」と語り、〈さむしい〉ことを最後に認めたのです。「私」や静が認識していた通りにMは〈さむしく〉一人生きている人間だったのです。最後に「私」の同情を引くために「たった一人で淋しくって」と書いたのです。この言葉は裏を返せば静を攻撃する言葉にもなっています。静と居て〈さむしい〉から自殺して静を従わせるという意志が含まれています。淋しいとは周囲の人間と関係性が切れていることに由来する感情です。Mが〈さびしい〉人間であるのは自分から叔父との関係性もKとの関係性も切り、静にありのままを語ろうとしないからです。Mは静と結婚する前から〈さびしい〉人間なのです。誰かに懺悔していれば〈さむしい〉からは抜け出せたはずです。「寂寞で」さむしいから静を道連れにして体面を保とうとするのです。

『文学論（下）』187頁に、「fは約束の如く、与へられたる材料（F）に付着する情緒にして、′fは作家の脳中より得来つて、与へられたる材料（F）に配する新材（′F）より生ずる情緒を示す」という記述があります。漱石はMの偽善者としての様々な意識Fと情緒fを描いていますが、さらに自分が「世の中にたった一人住んでいるような気」や「Kが私のようにたった一人」（下五十三）という新材（′F）を加えたのです。その新材より生ずる情緒（′f）を「寂寞」とし「淋しくって」としたのです。新（F′+f′）を加えて偽善者の様相を深めて見せたのです。乃木大将についての「生きていた三十五年が苦しいか、また刀を腹へ突き立てた一刹那が苦しいか、……」（下五十六）という文言も新（F′+f′）に該当していて、乃木大将の自殺のように、Mも長いことKに自殺されて苦しんできたという幻惑を与えようとしたのです。

「明治の精神」は復讐、そして国家主義と個人主義

Mが体現している「明治の精神」はテクストに見る限り、叔父やKや静に「欺かれた返報」にする「復讐」であり、また叔父やKや静に「跪ずいたという記憶」が引き起こす「復讐」です。Mは叔父

に対し内部の機密を隠して、高等遊民になるための三年間の協力を跪ずいてお願いしたのに、自由にさせてくれなかったという記憶が引き起こした誹謗中傷という復讐です。Kに対しては「信念と迷い」を解決して欲しくて学費を出してやっていたがその期待が欺かれた返報にする復讐であり、またKの向上心に跪ずいて下宿に連れてきたがKが役に立たなかったという記憶によっても引き起こされたものです。Kには、向上心の欠片も持ち合わせていないMに信頼を裏切られたという記憶と、Mが出してくれる学資に「跪ずい」て居候したという記憶があれば、Kにも復讐する基盤があったことになります。Mの復讐は明治の時代精神に則して行われたもので、明治の復讐の精神に殉じたと言えます。さらにMの復讐には、固より倫理的に暗いという心性が相まっていました。

静にとっての「明治の精神」は、一つは因襲に従い母親に結婚を決められたことであり、もう一つは「自由と独立と己れとに充ちた現代」の中で、夫Mと別れ自分の幸福の確立のために生きようとすることです。

世間にとっての「明治の精神」は「復讐」（※1）と「御遠慮」（中三）です。漱石が認識していた「明治の精神」は、幕藩体制に対する上級・下級武士と民衆の跪ずきの記憶に基づく復讐の思想と、後に「私の個人主義」に記述した国家主義と個人主義です。個人主義の中の幸福を国家主義の象徴である戦争が破壊する様相を描いたのが『趣味の遺伝』という作品です。国家主義の膨張が引き起こした日露戦争を舞台に、出征した兵士の命と希望が破壊されるのですが、それでも男女の相思相愛の趣味（幸福）は生き残るというメッセージを伝えています。漱石は国家主義による個人の幸福の破壊を『趣味の遺伝』に描き、偽善者の持つ執着心が自分と周囲の人間の幸福を破壊する様相を『こころ』

に描いたと言えます。

（※1）「漱石全集」第二十一巻ノート（岩波書店）〔Ⅳ-14〕Taste, Custom etc. の一部（403頁）に次の記述があります。「余ハ西洋ニテ或人ニ日本人ハ復讐ノ念強クシテ困ルト云ヒシニ其人驚キタル風ニテ復讐ヲ除ケバ人間ハ実ニツマラヌト云ヘリ」

偽善者の死

Mが自殺を決意した前後の様子と、静の様子の時系列の描写が分けて記述されていますのでつないでみます。「御大葬（ごたいそう）の夜……私は号外を手にして、思わず妻に殉死だ殉死だと云いました」（下五十六）に続く時系列の描写は、「**憐（あわ）れな虫**の声が……何も知らない妻（さい）は次の室（へや）で**無邪気にすやすや寐入（ねい）っています**。私が筆を執ると、一字一劃（かく）が出来上りつつペンの先で鳴っています」（下三）となります。その後「妻は十日ばかり前から市ヶ谷の叔母の所へ行きました。……時々妻が帰って来ると、私はすぐそれを隠しました」（下五十六）となり、この描写が静の登場する最後の場面です。「憐（あわ）れな虫の声」が妻の立てる寝息の比喩で、「何も知らない」妻が無邪気に寝入っていて、Mは容易に妻殺しの計画を実行に移すことができると言っているのです。

私は妻を残して行きます。私がいなくなっても妻に**衣食住の心配がない**のは仕合せです。……

私は死んだ後で、妻から**頓死したと思われた**いのです。（下五十六）

Mは自分が死んでも妻に衣食住の心配がなく安心して暮らせるから「仕合せ」であると言っています。これは妻に後追い自殺させようとしているMの偽善の言です。Mは静の「幸福を破壊する」（上十二）ことを考えているだけです。先生Mの手紙とは復讐のトリックを認めた偽善者の書なのです。

静に「頓死」したと思われるには、Mがまず世間の人の眼に頓死したと思われる必要があります。世間から見て頓死でなければ、静も頓死とは思わないのです。「頓死」をして見せるのですから、世間の中にMが明治の精神に殉死したなどと思う人間は誰もいないのです。実際の死に方が「頓死」として、急であっけない死に方であれば、新聞はそのように書くのです。Mは「頓死」するのですから、「もし自分が殉死するならば」という前提はなくなり「明治の精神に殉死する積り」は嘘だったことが証明されるのです。

Mは「頓死」という「気が狂ったと思われ」（下五十六）る急死をするのですから、そのような自殺として世間の人に目撃される必要があります。世間の眼に「頓死」と映る死に方をしなければいけないのです。Mの自殺は観光客や目撃者のいる眼前で行われるのです。観光客のいる噴火口（それは架空の創作上の火口で構わない）や遊覧船や有名な断崖からなどの投身自殺です。投身場所の近くの宿に少なくとも前日に泊まって宿帳に名前と連絡先を残しておく必要があります。警察から静に連絡が行くようにです。あるいは自分で雇った、噴火口までのガイドの眼の前での投身自殺です。警察から静に、夫らしき人物が「頓死」したと連絡が行ったときに、静は急ぎ夫の自殺現場まで、身元確認のために出向くことになるのです。静が夫Mの自殺現場に立ったときに何を思うでしょうか。「殉死」ではなく「頓死」を実行した夫に何を思うでしょうか。

「先生は私を離れれば不幸になるだけです。或(あるい)は生きていられないかも知れませんよ」(上十七)という言葉通りの事が起きてしまったのです。夫は殉死する積りと言っていたのに、なぜ殉死ではなく頓死したのだろうか。自分が切り捨てたから、世の中のどこにも行き場所がない夫が急に自殺を思い立ったのかと思い始めるのです。

「殉死」であれば夫自身の意志によるものですから、静が良心の呵責に苛まれることはありません。しかし「頓死」したのであれば、自分の責任を感じてしまうのです。夫の自殺現場に立って夫の心境に思いを巡らせば、夫を人間として幸福にするという義務心を思い出し夫への人情がよみがえってしまうのです。

警察官は静の夫がどうして気が狂ったような死に方をしたのかを知ろうとするでしょう。夫婦間に何かトラブルがあって、そのために頓死したのかも知れないと思うのです。「私」が同行していたら、静の愛人ではないかと疑われる可能性もあります。そのときに「私」は、「袂(たもと)の中へ」(中十八)入れてきたMの手紙の最後の一頁を警察官にだけ見せれば、それで疑いは晴れるのです。Mの書いた遺書の最後の一枚には、「私は妻を残して行きます」「気が狂ったと思われても満足」「妻には何にも知らせたくない」(下五十六)と書かれていますから、覚悟の投身自殺であって妻への恨みや復讐や、また殉死などでもないことを皮肉にも手紙の最後の一枚が証明してくれるのです。結局Mの自殺は地方新聞紙に、投身自殺があったと小さな記事になって終わるのです。「私」は静の生命と幸福を守り、M

の「唯一の希望」（下五十六）を断つのです。

妻を後追い自殺させてもよい「世間的な自由」

Mの言う「過去」を「明白に物語る自由を得た」（中十七）というのは、過去の人生を胡魔化して語ることができる自由を得たということです。その「自由」とは妻を後追い自殺で殺しても罪にならない「**世間的な自由**」（中十七）なのです。乃木大将が殉死する際には妻の静子が自分の意志で夫の自死に従う形で自刃しましたが、Mには妻を自分の意志で後追い自殺させても罪にならない世間的自由が到来したのです。その自由を「利用出来る時に利用しなければ、私の過去をあなたの頭に間接の経験として教えて上げる**機会を永久に逸する**」と言っているのです。自らの処決のための自殺なら自分が決断して実行すればよいだけです。静にとっての「自由」は夫と別れる自由でしたが、Mにとっての「自由」は妻を殺す自由なのです。Mの手紙の冒頭にも、自殺は自己処決が目的ではないことが書かれていました。

実をいうと、私はこの自分をどうすれば好（い）いのかと思い煩（わず）らっていたところなのです。このまま人間の中に取り残されたミイラの様に存在して行こうか、それとも……その時分の私は『それとも』という言葉を心のうちで繰り返すたびに**ぞっと**しました。馳足（かけあし）で絶壁の端（はじ）まで来て、急に底の見えない谷を覗（のぞ）き込んだ人のように。**私は卑怯（ひきょう）でした**。そうして多くの卑怯な人と同じ程度に

於て煩悶したのです。（下一）

ミイラのように存在していこうか「それとも」自殺しようかと何度も思い、静を道づれにしたいがために何度も「絶壁の端」から引き返したのです。そして煩悶を繰返した挙句に、妻を道づれにすることを最終的に決めたと言っているのです。一人で死ねないことを「私は卑怯でした」と言っているのです。Mは「絶壁の端」から何度も引き返しながら、妻を道連れにすることのできる方法に思いを巡らして生きていたのです。その間に「私」との交流があり、そこに「世間的の自由」が到来したのです。「明治の精神に殉死する積り」とは、乃木大将の自殺に遭遇したことで考えついたからくりなのです。静がもし後追い自殺をすれば、静は妻の鑑として称賛され、Mは夫として死後の名誉を得られることになります。夫としての体面を死後（未来）に復活させることができるのです。

「妻の知らない間に、こっそりこの世から居なくなるようにします」（下五十六）という文言は「私」に対し、こっそりこの世から居なくなるようにさせてくれという圧力でもあります。静へ何も伝えずに黙って見ていてくれと言っているのです。自分の自殺の真のたくらみに気づいても静に何も伝えず黙って見ていてくれと言っているのです。先生Mは「私」の「直覚」通りに、静に対する死神に推移し「私」に協力を求めたのです。

「先生が私に話そうと約束した薄暗いその過去、そんなものは私に取って、全く無用」（中十八）なのです。「奥さんは今でもそれを知らずにいる」（上十二）のですから、先生Mから「私」へ手紙が送られてきたこともその内容も静には一切知らせずに静を救い出すのです。静が夫Mに対する「人情」

に負けないようにするには、「公平な批評」が必要です。静は「私」との会話の中で夫Mへの公平な批評をしていました。「先生は世間が嫌なんでしょう。世間というより近頃では人間が嫌になっているんでしょう。だからその人間の一人(いちにん)として、私も好かれる筈がないじゃありませんか」（上十七）という静の発言です。静自身が語っていた客観的で公平な批評の内容を思い出させればいいのです。静と「私」は、先生Mの人間嫌いが昂じた結果「頓死」したという判断を共有すればいいのです。Mは「殉死」していないのですから、夫の自殺に静の責任はないという判断もやがてできるようになるのです。「頓死」は夫Mの責任でやったことです。最後までMに残っていた執着は財産ではなく静への復讐心だったことになります。それは自分の身勝手な固い信念と体面についての強いこだわりが生み出したものでもあるのです。

「純白」というトリック

私は私の過去を**善悪ともに他(ひと)の参考**に供する積りです。然し妻だけはたった一人の例外だと承知して下さい。私は妻には何にも知らせたくないのです。**妻が己れの過去に対してもつ記憶**を、**なるべく純白に**保存して置いて遣りたいのが**私の唯一の希望**なのですから、私が死んだ後(あと)でも、**妻が生きている以上は**、あなた限りに打ち明けられた**私の秘密**として、凡(すべ)てを腹の中にしまって置いて下さい」

（下五十六）

「なるべく純白に保存して置いて遣りたい」という句が偽善者Mの使う最後のトリックです。「純白」という語句は前に「純白なものに一雫の印気でも容赦なく振り掛けるのは、私にとって大変な苦痛だった」（下五十二）という語りでも見せていました。「純白」は静の心の比喩なのです。そこではMがありのままに懺悔すること自体が「大変な苦痛」だから出来ないと言っていました。一度「純白」という語句を見せておいて、「私」や読者が最後の「純白」という言葉に立ち止まらないようにしているのです。「なるべく純白に保存」の意味は、自分の自殺の訳を静に語らず何の情報も与えず、自分が自殺する目的も白紙にして置いてくれと「私」に要求している言葉です。自分が「頓死」した訳を静自身に考えさせたいから、静の心を何も知らない「純白」な白紙状態に保存して置いてくれと言っているのです。Mは静の「純白な」白紙の心に、自分が「頓死」した理由を静に考えさせ、その理由を静の手で書き込ませたいのです。静が結婚生活における過去の記憶の中から夫が自殺する原因となったものを探させ、静の純白な心に書き留めさせたいのです。それが「純白に保存」に込められた意味です。静自身の発言の中から夫が頓死する原因となったものを探させ、責任を取らせたいのです。「では殉死でもしたら可かろう」という静の発言を思い出させたいのです。

静の結婚生活における心情に照らせば、静自身が夫の自殺の原因を作ったことになれば自責の念を抱いてしまうのです。Mは静に責任を取らせてわが身を切るような自殺をさせたいのです。それがMの「要求」であり、そのために静に何も知らせるなという「唯一の希望」があるのです。その要求や希望がMの内部の生活にあって、そのための協力を「私」に求めたのです。

Mは自分の手紙について「私の過去を善悪ともに他の参考に供する」（下五十六）と言っていますが、

Mの言う「善」はどこに見い出されたでしょうか。Mの「自然」が抜け落ちたあとのどこに「善」が光っていたでしょうか。光っていたのは偽善の光です。「純白に保存して置いて遣りたい」として、Mは「私」に静をそっとしておけと言っています。静の心を善良な「純白」に保っておくことで、夫の「頓死」の報に接したときと、自殺現場に立ったときの静のショックが大きくなることを狙っているのです。「妻には何にも知らせたくない」から手紙の内容を静に教えるなと釘を刺したのです。

「妻が生きている以上」とは〈静が後追い自殺をしない以上〉と読み替えなければいけない句です。静が自殺しない以上、私の秘密を公表しないで「凡(すべ)てを腹の中にしまって」墓場まで持っていってくれと言っているのです。静が後追い自殺をしてくれれば、夫を愛していたから夫の自殺に従った妻として、世間から妻の鑑と称され、夫Mの死後の名誉が高まり体面を復活させることができます。そうなれば自分の思い通りにさせてくれなかった叔父や敵視している世間にも一矢報い、面目も上がるのです。そうなればMが期待する死後に公表される手紙（遺書）も世間の注目を浴び参考にする人間も現れるのです。

『文学論（上）』251頁に「人類に第二の天性として共通なる**面目の観念**」という文言が見えます。Kを排除するために静の恋の罪悪を受け入れたものの、静から決別を言い渡されて屈辱を味わったMは、静を自殺させることで面目を保ちたいのです。妻を自分の死に従わせるという倫理的に暗い面目です。Mは静の後追い自殺を唯一の要求として自殺したのです。「私は今その要求を果しました。もう何(なん)にもする事はありません」（下五十六）と書いています。静を後追い自殺させたいという要求に基づく仕掛けは全て終えたから、あとは静の自殺を待っているだけだと言っているのです。

静が天寿を全うし五十年後に亡くなったらどうなるのでしょうか。「私」は静の死を確認したらMの手紙を世間に公表してあげるのでしょうか。Mの要求はそういうことを意味しています。「私」の方が静より先に死ぬかも知れません。Mの要求は笑うに笑えない滑稽を含んでいます。Mは妻殺しをするための恐ろしくも滑稽な科白を認め自死して人生を締めくくったのです。漱石はMに滑稽な自殺を与えたのです。

『こころ』という「私」の手記は、「私」と静が小供と一緒に日本の近代を越え現代の中へと歩を進めた記念碑なのです。漱石は「私の個人主義」に「もし何処かにこだわりがあるなら、それを踏潰すまで進まなければ駄目ですよ」「ある時ある場合には人間がばらばらにならなければなりません。**其所が淋しい**のです」と書き入れていました。「私」と静の人事Fにも当てはまります。静は自分一人だけを頼りに生きてきた元夫Mとの淋しい結婚から離れ、ばらばらではない「私」と心が「ぴたりと一つ」になる未来に向かって歩き出したのです。

（中八）に言う「薄暗」い「先生」を「通り越して、明るい所まで行かなければ気が済まなかった」の「明るい所」とは正直さを破壊する偽善者の絶えてなくなる所でもあります。

第五章を終えるにあたって、先生Mの手紙の枚数について言及しておきたいと思います。

先生Mの手紙の分量の一考察

『こころ』における一つの謎である、先生Mの手紙の枚数について実証的に考察してみます。先生

Ｍの手紙は「長大な手紙」であり、とても「**四つ折りに畳**」むことはできないという見方が現在において固定的であるようです。先行する論者が先生Ｍの手紙の分量について、四百字詰め原稿用紙何枚換算という言い方をするとき、あたかも先生ＭがＡ４サイズの既成の原稿用紙に手紙を書いたかのように勘違いされているケースもあるのではないかと見ています。先生Ｍの手紙の分量を考察していく上でのポイントは三つあります。

一．手紙（遺書）の概算の総字数はいくらか。

分かりやすく一行が四十字で組まれている岩波文庫版『こころ』の遺書部分は総行数二千二百八十八行ですので、総字数（概算）は九万千五百二十字、四百字詰め原稿用紙換算で二百二十九枚の分量になります。

二．明治時代にＡ４サイズの紙はなかった。

Ａ判サイズが日本に紹介されたのは一九二九（昭和四）年ですが、日本政府がＡ４サイズ用紙を行政文書として使用する旨の指針を出したのが一九九三（平成五）年で、行政文書の一〇〇％がＡ判化したのは一九九七（平成九）年のことです（インターネット調べ）。

明治時代に一般に流通していた判型は、明治政府が公用紙として江戸時代より引き継いだ**美濃紙判**（現在のほぼB判サイズで和紙）と、この美濃紙判を由来とする**四六判**と**菊判**の三系統で、四六判と菊判は輸入紙（西洋紙）から作ったものです。つまり先生Ｍの遺書（手紙）はこの三系統のいずれかの判型の紙に書かれていると見るのが妥当になります。ただし先生Ｍが私家版として特別発注すればどのような大きさの原稿用紙も作れることになります。

三．先生Mが遺書を書いた用紙は市販の原稿用紙だったのか。

手紙のことを「私」は「縦横に引いた罫(けい)の中へ行儀よく書いた**原稿様**のもの」（中十七）と書いています。原稿用紙とは言っていません。「私」が先生Mに送る手紙を「**原稿紙**へ細字で三枚ばかり……書き綴(つづ)った」（中四）と言っていますから、「原稿様のもの」と「原稿紙」は別物であることが分かります。さらに「私」は先生Mが送ってきた手紙のことを「**西洋紙**」「多量の紙」（中十七）とも言っていますから、「原稿様のもの」が「西洋紙」であることが示されています。「原稿紙」は今でいう原稿用紙と理解できます。しかも既成の原稿紙（原稿用紙）なら、振り仮名（ルビ）を振るスペースもありますが、「私」の「縦横に引いた罫」という表現からは、振り仮名を書き込むスペースのない、縦横だけの罫線が引かれている「原稿様の」ものと理解できます。

もし先生Mが既成の「原稿紙（原稿用紙）」を使ったのであれば、既成品として既に罫が引かれている訳ですから、わざわざ「縦横に引いた罫の中へ……」と表現する必要はなく、〈原稿紙に行儀よく書いた手紙〉とすればよくなります。先生Mの手紙は、「西洋紙」に罫を縦横に引いた原稿様の紙に文字を書いたと理解するのが妥当なのです。先生Mは財産家ですから、罫線を引いた「原稿様のもの」のサンプルを一枚作り、これと同じものを百枚作ってくれと印刷屋に発注すれば、簡単に「原稿様」のものは入手できることになります。また紙はいかようにも裁断できます。遺書を書くのに、市販の「原稿紙（原稿用紙）」を使用することこそ偽善者のおふざけの遺書となりそうです。

「原稿様」の紙に書かれた手紙は約五十八〜八十一枚

明治時代の西洋紙の判型は、美濃判サイズの「四六判八つ切り（B4より一回り大きい）」紙か、菊判の「菊八つ切り（B4より一回り小さい）」紙と見ることができます。今現在市販されているB5の四百字詰め原稿用紙と同じ枡目の大きさ（タテ7・5㎜×ヨコ8㎜、ルビを振るスペースがない）の罫線を、「菊八つ切り」（二三四㎜×三一八㎜）か、「四六判八つ切り」（二七二㎜×三九四㎜）の西洋紙に、それぞれ引いて見れば、余白を見ても一枚に約千百四十字〜約千六百字書き込める用紙になります。これらの判型の西洋紙に手紙が書かれたと見ることも可能です。

時代考証として、参考になる資料があります。「明治四十三年八月二十三日から二十八日までの漱石の日記」（東北大学附属図書館蔵）として、漱石が実際に書いていた日記帳の見開き二頁の写真が、『夏目漱石の世界』（別冊太陽、平凡社、二〇一五年八月、145頁）に載っています。それを見ると、縦横に罫線の引かれた既成品の日記帳になっていて、一頁に五十行×三十二字＝千六百字の枡目があります。漱石の実際の書き込みは、一枡に一文字ではなく、二枡や四枡に一文字の大きい文字が混在していて、一行中の三十二枡に十七文字〜二十六文字ほど書かれています。また一頁の約二十四行にわたって書き込まれています。

漱石はこの既成品の日記帳の存在に着想を得て、先生Mの手紙を縦横に罫を引いた「原稿様」にしたとも考えられます。四六判八つ切りの西洋紙に、千六百字分書ける桝目を縦横に引いて手紙を書いたとすれば、先生Mの手紙の分量は、岩波文庫版から算出した総字数九万千五百二十字を千六百字で割って約五十八枚という値が得られます。菊八つ切りで換算すれば、一枚に千百四十字は書けるのですから分量は約八十一枚となります。これらの枚数の西洋紙を四つ折りにできるかどうかは紙の厚さによって決まると言えます。紙が薄ければ、充分に四つ折り可能という結論になります。

第六章　泥棒団事件と金之助

庚申（こうしん）信仰と夏目金之助

この章では、『こころ』を読み解く上で重要な漱石自身の来歴について、漱石が作品の中に隠し置いてきたその真実を探っていきます。漱石は自分の来歴についても幻惑を見せる創作をしています。漱石が来歴についての真実を隠し置いた作品こそ、随筆『硝子戸の中』と、これに続いて発表された小説『道草』（『硝子戸の中』『道草』の引用はいずれも新潮文庫）ですが、まずは『増補改訂　漱石研究年表』（荒正人著、小田切秀雄監修、昭和五十九年。**数え歳表記**。以降『漱石年表』）の記述を見ていきます。

漱石・本名夏目金之助の生まれは慶応三（一八六七）年二月九日（陰暦一月五日）です。明治に年号が改まる前年です。『漱石年表』の慶応三年の項には、「漱石の出生は庚申（かのえさる）の**申の刻**にあたる。（松岡譲）」、「この年、八人組の強盗に押し入られて、五十両差し出す。（『硝子戸の中〔うち〕』）」という記述があります。この『漱石年表』では、漱石が生まれた年と漱石の実家に泥棒が入り父親が五十両奪われたのを同じ慶応三年としています。

漱石の生まれた日時（時刻）には迷信がまとわりついていたことが『漱石年表』に出ています。同年表には、慶応三年の二月九日漱石が生まれた時刻についての注解として次のように出ています。

「午後四時、またはその前後を含む二**時間**である。具体的に何時であるかよく分からぬ。庚（かのえ）は、金の兄（かえ）の意」であり「この日の晩は、男女とも慎しく過すのが習慣で、庚申詣でに七種の菓子と昆布を土産にしたのは、**盗難除け**であった。夫婦の交りを禁じ、この時受胎した者は盗賊になるとの俗信もあった。庚申信仰は、賽の河原の説話と結びつき、「子を捕ろ、子を捕ろ」ということにもなる。（藤沢衛彦）これが泥棒と関係あるらしい。**金の字を厄除け**としたのは、**庚も申も金に関係ある言葉**だったからだと想像される。陰暦一月の初庚申に、江戸では帝釈詣で賑ったこともあり、特に**庚申の迷信**が意識されたと思われる」

また同年二月十五日の項に「……命名日。この日に金之助と名前がつけられたものと推定される。（庚申の日に生れた者は、出世すれば、**大いに出世する**が、一つ間違うと**大泥棒**になる。但し、名前に金の字か金偏の字を選んで入れると、この難を逃れるとの云い伝えから、金之助と名付けられた。（小宮豊隆・森田草平）この命名は投げやりの感を与える。（田中保隆））」とあります。

漱石が生まれた時刻を含むわずか二時間にまつわる迷信として庚申信仰があり、その信仰によって「金」の一字が名前につけられたのです。金之助という名前は実父によって、「**盗難除け**」（『漱石年表』慶応三年二月九日の注解）のためにつけられた名前なのです。しかもそれは漱石自身の災難除けではなく、父親や家族の盗難除けという厄除けの名前として命名されたのです。実父や母親にとっての漱石は生まれながらに厄除けの必要な小供だったのです。

庚申信仰は江戸時代から続いていた時代の集合意識の一つです。漱石は自分の名前の「金」の一文字が出生日時（時間帯）についての迷信（信仰）から生まれていることを知っていて、いつからか世間の集合意識と闘っていたのです。漱石は自分のアイデンティティを疑わせるように働いた迷信の影響について書き残すことが世間の集合意識との闘いの一部になったのです。

『漱石年表』には漱石が金之助と命名された理由と里子に遣られた時期の記述はあっても、泥棒事件と漱石が養子に遣られたことの関係性や、養子に遣られた理由についての記述はありません。漱石の来歴を見ていく上で一番不明確な点は、父親が強盗被害に遭った事実と、金之助が養子に遣られた時期の関連です。

『漱石年表』慶応三年二月二十四日（陰暦一月二十日）に続いて「二月中旬、または下旬（**不確かな推定**）、**母乳不足も原因となり**、生後**ただちに**四っ谷の**古道具屋に里子に**やられる。源兵衛村（……現・新宿区戸塚）の八百屋ともいわれる。里子にやられる前後に、神楽坂の平野理髪店の主婦から貰い乳をする」と記載されています。これが正しいとすると、金之助は「貰い乳」が必要な新生児だったことになります。「貰い乳」をさせてまでして金之助を急いで里子にやらなければいけない理由は何だったのでしょうか。この『漱石年表』の「貰い乳をする」の注解には「母親は乳が出なかったので、神楽坂の毘沙門天（……現・新宿区神楽坂）前の平野という床屋（髪結（かみゆい））の先代（または先々代）の主婦から乳を貰う。（鏡（漱石の妻、筆者）・昭和三年）これは、**森田草平が漱石から直接聞いている。**漱石乳が出なかった可能性があったことになります。

は直矩（なおただ）（三男夏目和三郎、筆者）から聞いたものと思われる。**里子に出される**前後らしいが、後であったとも想像される」とあります。金之助が里子に出されたあとにもらい乳をしたのであれば、里親は乳が出なかった可能性があったことになります。

続いて前出「二月中旬、または下旬（不確かな推定）」の項の注解には、「**師走に八百屋**が新宿の通りに夜店を出した時、（森田草平）**金之助を籠に入れて**地面に置いているのを佐々木吉蔵が見付けて可哀想に思い、さわかふさに話して引き取って貰ったところ、金之助は一晩中泣いていたので、実父小兵衛（直克）がさわかふさを叱ったという。金之助は再び里親の許に戻される。これは必ずしも確かな話ではない」となっています。ちなみに『硝子戸の中』（新潮文庫）の注解四二では、**金之助**を古道具屋から**連れ戻した**のは、**次姉の房**（ふさ）となっています（異母次姉の房は一八五一年三月七日生まれで、金之助を取り戻したときは十六歳、筆者）。一番上の姉は「沢」あるいは「佐和」で、この二十二歳違いの「沢」について、『硝子戸の中』（十四）で漱石は「御沢という優しい名」と書いています。なお『漱石年表』の「師走に八百屋……」の「師走」は誤植と思われます（漱石は二月九日生まれ）。あるいは翌年明治元年の師走のことか。いずれにしても森田草平が聞き間違いをしているようです。もし明治元年の師走のことであれば、金之助はその時点で生後十カ月に達しており、一般的にはハイハイをしている頃で、「笊」や「籠」に入れて放って置かれるのは非常に危険です。漱石は「生後ただちに」しかも「貰い乳」もしていますから、生後一、二週間の真冬に里子にやられ、新宿の通りに面した場所で籠に入れられていたのです。

死ぬ運命から「取り戻された」金之助

『漱石年表』には慶応四年・明治元（一八六八）年十一月に、「……塩原昌之助（二十九歳）の養子となり、同家に引き取られる。（小宮豊隆）（里親先から養子になったのではなく、実家からと推定される。だが、**里親先から実家に戻った年月日は全くわからぬ**）」と記載があります。『漱石年表』には**養子に行った年月**については四説あるとして次のように記載されています。

(1)明治一年四、五月頃。（関荘一郎）

(2)「明治元年十一月中私貳歳（にさい）の砌（みぎり）（ルビ、筆者）」（金之助・昌之助・直克・田中重兵衛（親類）らの連署を下谷区長に提出した「戸籍正誤願」から

(3)「明治二年十一月中右金之助三歳の砌養子に差出置候處」（金之助の父小兵衛（直克）と塩原昌之助の間に紛争が生じた際の「手続書」から

(4)「それは慥（たしか）（ルビ、筆者）私の四つの歳であつたやうに思ふ。」（『硝子戸の中〔うち〕』）

以上のうち、(3)より(2)が正しいと推定される。(3)は、届けられた月日よりは、事実上の養子になった時期を意味するものと想像される。(2)に従う。（小宮豊隆・鷹見安二郎）但し、実質上の養子になったのは、この時期よりも早いかとも推定される。

前出、慶応三年「二月中旬、または下旬」の項の「生後ただちに四ッ谷の古道具屋に里子にやられ

る」という記述には、さらに注解があります。

「……日根野かつ（漱石が養子に行った塩原昌之助の後妻、筆者）は、塩原昌之助から、こんなふうに聞かされていた。金之助は**里子に出された翌年四、五月頃**、塩原昌之助の許に養子となり、**重湯とおじやで育てられる**。塩原昌之助は、**金之助を懐に入れて**太宗寺横町の**石段を登ったり、降りたりして**、守をして育てる。（関荘一郎）これは全部事実でないにしても、多少の事実は伝えているかもしれぬ」

これが⑴説の根拠と思われます。しかしこの説だと、里子に遣られた時期が慶応三年であった場合に、金之助は翌年の四、五月には生後十四カ月を越えており、歩きはじめている時期で、体重は一〇キロ前後と推定できます。この重さの幼児を懐に入れたら養父の着物はすぐにはだけて（脱げて）しまうのではないでしょうか。また生後十四カ月で「重湯とおじや」だけが与えられるでしょうか。金之助の体重と養父の子守りの仕方から言えば、漱石は慶応三年に里子から取り戻されたあと、まだ生後数カ月以内で養子に出されたと見るのが妥当なのです。漱石が養子先で**最初からおじやだけで育てられた**話は『道草』（四十四）に出てきます。『硝子戸の中』は、大正四年一月～二月に「朝日新聞」に連載された随筆で『道草』の前の作品です。この随筆の中で漱石自身が里子や養子にやられた時期をどのように書いているかを見てみます。


私の両親は私が生れ落ちると**間もなく**、私を里に遣ってしまった。……成人の後聞いてみると、何でも古道具屋の売買を渡世にしていた貧しい夫婦ものであったらしい。

私はその道具屋の我楽多と一所に、**小さい笊**の中に入れられて、**毎晩**四谷の大通りの**夜店に曝**

されていたのである。それを**或晩**私の姉が何かの序（ついで）に其所を通り掛った時見付けて、可哀想（かわいそう）とでも思ったのだろう、**懐（ふところ）へ入れて宅へ連れて来た**が、私はその夜どうしても寐付（ねつ）かずに、とうとう一晩中泣き続けに泣いたとかいうので、姉は大いに父から叱（しか）られたそうである。

私は何時頃その里から**取り戻されたか**知らない。然し**じき**又ある家へ**養子に遣られた**。それは**慥（たしか）私の四つの歳**であったように思う。

『硝子戸の中』（二十九）

ここからは漱石が実家に「取り戻された」のは冬の寒い時期であったと推測できます。「私が生れ落ちると間もなく」里子に遣られたのですから、『漱石年表』の「二月中旬、または下旬……古道具屋に里子にやられる」と符合します。金之助は「小さい笊（ざる）の中に入れられて」いたのですから、一人では笊から這い出すことのできない時期だったのです。そして実家に取り戻されたあとに「じき又ある家へ養子に遣られた」となります。「慥（たしか）四つの歳」に養子に遣られたという記述は漱石の虚構です。漱石は実家に戻って「じき」に養子に遣られたことを知っていながら、わざと「慥（たしか）四つの歳であったように思う」と書いたのです。なぜ虚構にしたのかもやがて見えてきます。

次に注意すべきは「**毎晩**四谷の大通りの夜店に曝（さら）されていた」の「毎晩」と「或晩」についてです。漱石は金之助が二月中旬から下旬には里子に遣られ、せいぜい十日間のうちに実家に取り戻されたと書いたと見るのが妥当です。漱石の「毎晩」と「或晩」の記述の対比がそう思わせます。

二月中旬から下旬に、毎晩大通りの夜店に曝されていたら、金之助はじき風邪にかかり、しかも貧しい夫婦にすぐに医者に見せるだけの金銭的生活的に余裕がなければ、肺炎にかかり死ぬ運命に陥ったのではないでしょうか。「**取り戻された**」という表現は、家族の中で、漱石を里子に遣るのに反対していた人間（例えば姉たち）がいたと想像させる言葉です。もし『漱石年表』に出ている漱石の生まれた翌年の「師走」に次姉の房が金之助を実家に連れ帰ったとすれば、そのときに金之助は生後二十二カ月になっています。体重が一〇キロを超えていたであろう幼児を懐に入れて、十七歳の姉が歩いて実家まで帰れるでしょうか。以上のことを考え合わせると次姉の房が金之助を実家に取り戻したのは、慶応三年の二月中のことと結論づけられそうです。

漱石は新生児のときに里子に遣られたことを振り返り、「小さい笊」の中で死ぬ運命に「曝（さら）されていた」という認識Fを持ったとしておかしくありません。漱石は死ぬ運命から「取り戻された」のです。もし里子から取り戻されていなかったら夏目漱石という小説家は出現していなかったのです。金之助は頭文字がKです。これはMによって下宿から出ていくように仕向けられて復讐の自殺を選んだKと同じ頭文字です。里子として実家から追い出されて死ぬ運命にさらされたという実体験と、Kが下宿から追い出される局面で生死の選択に直面したという設定が重なって見えます。

泥棒団事件はいつ起きたのか

『漱石年表』の慶応三年の項に「七月頃、きんちゃんと呼ばれた場合、目を向け、笑顔を見せ、口を開いて意思表示したものと推定される。（不確かな推定）（名前が分ったのではなく、同じ音の繰り返しに反応を示したものである）」とあります。このときの金之助の様子は、視力がまだ十分ではなく音に反応していますが、この様子を実際に見て書き残した人物は誰なのか興味の湧くところです。しかしこの記述には出典名も人名もありませんので、慶応三年七月に漱石はまだ実家にいたのか、養子先でのことなのかが分かりません。

『硝子戸の中』の漱石の実家が泥棒団事件に遭遇した時の描写から、金之助が養子に遣られた時期がある程度絞り込めます。

> ついこの間昔し私の家へ泥棒の入った時の話を**比較的詳しく**聞いた。
> 姉がまだ二人とも嫁づかずにいた時分の事だというから、年代にすると、多分**私の生れる前後に当るのだろう、**……
> ある夜一**番目の姉**が、夜中に小用に起きた後、手を洗うために、潜戸を開けると、狭い中庭の隅に、壁を圧し付ける様な勢で立っている梅の古木の根方が、赫と明るく見えた。姉は思慮をめぐらす暇もないうちに、すぐ潜戸を締めてしまったが、……
> この時もしかすると火事じゃないかという懸念が起った。それで彼女は思い切って又切戸を開けて外を覗こうとする途端に、一本の光る抜身が、闇の中から、四角に切った潜戸の中へすうと出た。姉は驚いて身を後に退いた。その隙に、覆面をした、龕燈提灯を掲げた男が、抜刀のまま、小さい潜戸から大勢家の中に入って来たのだそうである。泥棒の人数はたしか八人とか**聞いた。**
>
> 『硝子戸の中』（十四）

ここの描写を読むと筆者は初夏から梅雨前の空気感を感じます。ここで漱石は一番目の姉から比較的詳しく聞いたにもかかわらず、事件に遭ったのは「多分私の生れる前後に当るのだろう」とぼかしています。姉は泥棒団が押し入ったときの様子を、家の内外にわたって細かく記憶していたのに、いつ発生した事件だったのかまでは覚えていなかったのでしょうか。漱石は泥棒団が押し入った日を明確に聞こうとしなかったのでしょうか。「当たるのだろう」とあいまいにしたのは、事件発生時を知っているからこその記述であると筆者は思います。漱石は実家の泥棒被害という人事Fの一部をわざと省いて書いたのです。

「比較的詳しく」もあいまいな表現です。核心の事実関係を「多分私の生れる前後に当たるだろう」とぼかすための言辞と思います。これも漱石コード1（商量せよ）に連なる技です。「比較的」と書くことで、細かには知らないと思わせる効果があり、事件発生日の記述があいまいになることを了承させようとしているかのようです。漱石は泥棒が入った日時が何月（何日）のことだったのか家族から知らされていたと筆者は見ていますが、明確にしなかった理由も『硝子戸の中』に書かれています。

彼等は、……軍用金を借せと云って、父に迫った。父はないと断った。然し泥棒は中々承知しなかった。……父は不精無性に、とうとう何枚かの小判を彼らの前に並べた。彼等は金額があまり少な過ぎると思ったものか、それでも中々帰ろうとしないので、**今まで床の中に寝ていた母**が、「貴方（あなた）の紙入に入っているのも遣って御しまいなさい」と忠告した。その紙入の中には五十両ばかりあったとかいう話である。泥棒が出て行ったあとで、「余計な事をいう女だ」と云って父は母を叱（しか）り付けたそうである。

その事があって以来、私の家では**柱を切り組**にして、その中へあり金を隠す方法を講じたが、隠す程の財産も出来ず、又黒装束（くろそうぞく）を着けた泥棒も、それぎり来ないので、**私の生長する時分には、**どれが切組（きりくみ）にしてある柱かまるで**分らなくなっていた。**……

私はこの話を妻（さい）から聞いた。妻は又それを**私の兄から茶受話（ちゃうけばなし）に聞いた**のである。

『硝子戸の中』（十四）

ここでは姉から聞いた話の続きとしながら、末尾では、妻が漱石の兄から話を聞き、その話を漱石が聞いたことになっています。話の出どころが誰か分からなくさせるかのように、わざと複数の人間が介在しているように記述したのも、事実をぼかすための漱石の技と言えます。

体験と伝聞と創作の混在

「私の生長する時分」が中学から高等学校時代のことであれば、小学校時代から「切り組」のことを漱石は知っていたことになります。「まるで分らなくなっていた」というのは漱石の体験の記述なのです。ここは生長する前に切り組にしている柱を見て知っていた漱石が「私の生長する時分には」「まるで分からなくなっていた」とした文章なのです。漱石は八歳で塩原姓のまま実家に戻っていますから、その前からも養父に連れられて実家に遊びに行っていれば、金之助は泥棒が入った話をいくらでも兄や姉から聞く機会があり、切り組にした柱も実際に見ているのです。しかし生長時分には見てもまるで分らなくなっていたと記述したのです。

　抜き身の刀を持った八人組の泥棒団に押し入られて五〇両を奪われ、父親が母親を叱ったという強烈な記憶を家族に残した事件が、漱石が生まれる前のことなのか、生まれたあとのことなのか、そのときに金之助が実家にいたのかどうか家人は当然に記憶していて、漱石も家人から聞いて知っていたとするのが順当な見方です。しかも金之助の「金」の一字が厄除けのためであったことを家族全員が知っていれば、なおのこと泥棒団事件が起きたときに、漱石が家にいたのかどうかまでを記憶していないわけがないのです。

　漱石は「聞いた」「当たるだろう」「だそうだ」「とかいう話」「そうである」とした伝聞体の記述の中に、「まるで分らなくなっていた」として自分の体験を書き入れたのです。「この話を妻（さい）から聞いた」という「この話」の中に、漱石の実体験が含まれているのですから、「この話」を妻から聞いたとするのは虚構ということになります。姉の語った話と、漱石の実体験と、妻が兄から聞いたという話と、「この話」には複数の話の主からの伝聞と漱石の実体験と創作が混ざっているのです。『硝子戸の中』に「**私は今まで他（ひと）の事と私の事をごちゃごちゃに書いた**」（三十九）という記述があります。漱石は『硝子戸の中』において、「他（ひと）の事」と自分の体験と創作を、少なくとも十四節では「ごちゃごちゃ」に書いたのです。

泥棒団に襲われたとき金之助はどこにいたのか

では実家に泥棒団が押し入ったとき、里子から取り戻されていた金之助は家の中のどこにいたのでしょうか。その場所を指し示す語句があります。それは「**床の中に寝ていた母が**」という記述です。漱石は単に「寝ていた母が」としないで、あえて「床の中に寝ていた母が」としていますが、夜に寝る場所は床の中と相場は決まっています。泥棒団と家族の者が対峙している同じ部屋の中に、母だけがずっと寝ていたとは思えません。母は隣室にいたのです。隣室に寝ていた母が床の中から起き出すのを、姉や兄が見ていて、後年「床の中に寝ていた母」と漱石や漱石の妻に語ったとも思えません。筆者はそこに漱石の創作の意図を見い出します。それは〈今まで**隣室の床の中で金之助を寝かしつけていた母が**〉ということです。金之助は母の寝床の中にいたのです。今まで金之助を寝かしつけていた母が、隣室から襖を開けて父に忠告したのです。

家族と泥棒団一味との話声に金之助が目を覚まして泣き声で騒がしくしないように、金之助がぐずらないように気をつけていたために、母はすぐには起き出さず、声も出さなかったのです。しかし夫と泥棒団の間でもめ事になりそうになったから、母は起き出して襖を開け夫に忠告したのです。漱石は「床の中」という言葉に、読者の視線と意識を向けさせる意図をもって書き入れたのです。漱石は泥棒団事件が発生したときに、自分は隣室の母の床の中で寝かしつけられていたという事実を示したのです。

漱石の自伝的小説と言われている『道草』は、主人公の健三が金之助を、島田が養父の塩原昌之助を素材にした作品になっています。健三（金之助）に関する記述を見ていきます。なお『道草』に強盗団についての記述はありません。（健三の頭文字はKで、島田はS（養父の塩原もS）です）。

「右健三三**歳の砌**養子に差遣し置候処平吉儀**妻常と不和**を生じ、遂に離別と相成候につき**当時八歳の健**三を**当方へ**引き取り今日まで十四ケ年養育致し、……」

愈手を切る時に養育料として島田に渡した**金の証文**も出て来た。『道草』（三十二）

「当方」とは夏目家のことです。現在の区役所のような「取扱い所」へ提出した実際の「**手続書**」を素材としています（新潮文庫の注解）。この「手続書」には、**数え年三歳**の時に金之助を養子に出したこと、養父と妻の常との不仲により金之助が八歳のときに塩原姓のまま当方に引き取られ、その後十四年間**塩原姓のままで実家で育てた**ことが書かれています。これは金之助が三歳のときに「取扱い所」に届け出たという事務手続きのことを言っており、実質上の養子となった年齢を示すものではありません。

『道草』（三十二）には、健三（金之助）が養父の島田と「手を切る時に養育料として島田に渡した**金の証文**」として、実父から養父の塩原昌之助へ実際に提出した証文「為取替一礼之事」が注解に取り上げられています。それによると「**幼少より七ヶ年**貴殿方ニ而養育被致候廉ヲ以右料トシテ金弐百四拾円ニ而御示談仕候然ル上ハ金之助本籍ト引替当金百七拾円御渡可申残金七拾円ハ当金ノ翌年より金三円宛三十日限り無利息月賦ヲ以差入可申候」となっています。塩原家における養育費として、総額二四〇円を支払うこととし、即金で一七〇円を渡す、残り七〇円は毎月三十日に三円ずつ支払うというものです。この証文で「幼少より七ヶ年」養子になっていたことが分かりますから、「手続書」の「当時八歳」から「七ヶ年」を引くと、金之助は数え一歳（ゼロ歳児）のときから数え八歳までの七年間、養父塩原昌之助の養育下にあったのです。

漱石は自分がゼロ歳児に養子になったことを知っていて、養子に遣られたのは「慥（たしか）私の四つの歳であったように思う」と『硝子戸の中』に書いたのです。『道草』の「手続書」と「金の証文」と、『硝子戸の中』の記述を照らし合わせれば、金之助がゼロ歳児で養子に出されたことが正しい事実であると分かるように書いているのです。

金之助が夏目の姓に復籍したのが明治二十一年（金之助、数え二十二歳）です。この間に夏目家の長男と次男が亡くなっており「三男直矩は学問嫌いであると分ったので、父親直克は、大学に進学しようとしている金之助に頼らざるを得なくなり、態度も変わってくる。復籍の交渉は、前年の夏か秋頃から始ったものと推定される」と『漱石年表』明治二十一年「一月二十八日（土）、夏目家に復籍する」の注釈に記されています。

生後四カ月から五カ月の間に養子にやられた

『道草』には、金之助が数え一歳のいつから養子になっていたのかうかがい知れる様子が書き込まれています。漱石の結婚後に、養母の「常」から届いた手紙に書かれていた内容です。

健三は長い手紙の内容を**少し思い出した**。その中には彼女が幼い健三の世話をした時の辛苦ばかりが並べ立ててあった。**乳がないので**最初からおじや**だけで育てた**事だの、**下性が悪くって寝小便の始末に困った**事だの、**凡てそうした顛末を、飽きる程委しく述べた**中に……

『道草』（四十四）

「**乳がないので**最初からおじや」（傍点は原文）となっていますから、母乳の出る養母の所に養子に遣られたのではないことが示されています。実家に取り戻されてから養子に遣られるまでの三、四カ月ほどの間の母乳はどうしていたのでしょうか。実母に母乳が出ていた可能性が否定できないのです。「乳がないので」という語句は、乳が必要な時期に「乳がない」ことを言っています。漱石は母乳の出ない養親の下に、母乳が必要な時期から養子に遣られたこと、離乳食に移行する前から養子になっていたことを知っているのです。そのことを養母の「飽きる程委しく述べた」手紙と言いつつ、「内容を少し思い出した」と書いたのです。漱石は「飽きる程委しく述べた」手紙を全部読んだからこそ「飽きる程委しく」と言えるのです。漱石は金之助が何年何月に養母の許に来たのかも知っていると見るのが妥当になります。

離乳の時期は一般的に生後五、六カ月からとなっています。すると金之助は離乳食が始まる前と離乳初期を合わせ考えると、遅くとも生後四カ月目から五カ月目には養子に遣られていたと言えそうです。金之助の生後四カ月目は慶応三年六月に当ります。「七月頃きんちゃん……意思表示した」の前出の記述は養子先に遣られてからの金之助の描写である可能性も出てきます。

ここで素朴な疑問ですが、母乳が足りないとき、山羊の乳を与えることは昔から巷で行われていたと思いますから、母乳不足でも小供は育てられたのです。姉が金之助を自宅に取り戻した時にも母乳の出ない母のことは書かれていません。母が母乳不足で金之助を育てられないという懸念はなかったのです。漱石は新生児の時に里子から取り戻されてから「慥か四つの歳」まで自宅にいたとも創作して見せています。この「四つの歳」という記述は金之助の母が母乳不足で金之助を育てられないという見方を否定する根拠になります。漱石はそこまで商量、あるいは創作の意図を推理させようとしているのです。漱石の周囲だけが金之助は「母乳不足も原因となり」（『漱石年表』）養子に遣られたと言っていたことになります。金之助の母の母乳不足が原因で里子や養子に遣られたという世間の言説は風評を真に受けたフィクションということになりそうです。漱石自身は実母が母乳不足だったとは書いていません。**養母に「乳がないので」**と書いているだけです。

「両親の晩年になって出来た」は漱石の創作

『硝子戸の中』の（二十九）にも辛辣な現実や漱石の虚構が見え隠れしています。

私は**両親の晩年になって出来た**所謂(いわゆる)末ッ子である。**私を生んだ時、母はこんな年歯(とし)をして懐妊するのは面目ない**と云ったとかいう話が、**今でも折々は繰り返されている。**

単に**その為ばかりでもあるまいが**、私の両親は私が生れ落ちると間もなく、私を里に遣ってしまった。

『硝子戸の中』（二十九）

漱石の記した「両親の晩年」ということと「母はこんな年歯（とし）をして」という記述が事実なのか検証してみます。

漱石が生まれた時、漱石の上には、父夏目小兵衛（直克）の後妻ちゑとの間に、長男大一、次男栄之助、三男和三郎（のちに直矩（なおかた））、四男久吉、三女ちかが生まれていました。四男久吉（一八六二年生まれ）と三女ちか（一八六四年生まれ）は、それぞれ生まれて三年後と一年後に夭折しています。長女さわと次女ふさは父の先妻の子です。つまり漱石の実母は漱石の誕生を含めて、後妻となった二十九歳（『漱石年表』における推測）以降四十二歳まで漱石を含め六人を生んでいます。漱石を生む直近の五年間で三人を生んでいることになります。

漱石の父母の生年と生存期間は次の通りです。父夏目小兵衛直克の生存は一八一七～一八九七年。明治三十年に八十歳で死去です。漱石が生まれたときの父の年齢は五十一歳です。この年齢は父の死亡年齢八十歳に対して二十九年前ですから晩年（「晩年」とは「一生の終わりの時期。死に近い時期」）とは言えません。壮年が正しい認識です。母ちゑ（千枝）の生存は一八二六～一八八一年。明治十四年に五十五歳で死去です。漱石を生んだときの母の年齢四十二歳は死亡年齢五十五歳に対して十三年前のことですから、こちらも晩年とは言えません。六人目の漱石を生んだ四十二歳の母を「こんな年歯（とし）をして……とかいう話」と漱石が創作したのです。母の四十二歳をもって「両親の晩年」としたいのは漱石です。つまり「私は両親の晩年になって出来た」は事実ではなく虚構なのです。両親の一生の終わりや死に近い時期に金之助が生まれたのではありません。まだ充分に小供を生み育てられる能力の枯渇していない時期だったのです。ではどうして「両親の晩年になって出来た」と書いたのでしょうか。さらに漱石自身「両親の晩年になって出来た所謂（いわゆる）末ッ子」であることを「**単にその為ばかりでもあるまいが**」として、里子に遣られた理由から「両親の晩年になって出来た」ことと「末ッ子」であることの両方を除いています。

なにより〈母の晩年〉と書けば、読者心理としては、では漱石の母は何歳で漱石を生み、何歳で亡くなったのかと興味が出て知りたくなります。しかし「両親の晩年」と書けば、読者は納得してそれ以上の詮索心を起こさなくなります。漱石はそこまで計算して読者の注意をそらしたのです。両親が晩年であれば長く漱石の面倒を見られないから若い里親に育ててもらいたいとして里子や養子に遣ったという理屈が立って両親の体面は保てます。漱石は自分が両親の晩年に生まれた小供ではないと知っていて、「両親の晩年に出来た」と書いたのです。そう書くことで父母の行動を擁護して見せたのです。擁護するための幻惑を見せたのです。

さらに「私を生んだ時、母はこんな年歯（とし）をして懐妊するのは面目ないと云った」という記述は生み落とした時と懐妊した時を同じ語りの中に入れています。漱石を生み落としたときに、十カ月前に懐妊したことを家族の前で詫びるでしょうか。詫びるとしたら、庚申信仰の時間帯に生み落としたことではないでしょうか。

母は漱石を庚申の時間帯に生み落としたときに、厄介者となる小供を生んでしまったことの責任を感じて、懐妊にまでさかのぼって面目ないと言ったことにして漱石は物語の真を見せたのです。漱石は生命体になった時点から厄介物、邪魔物として家族に迷惑をかける存在として父母から疎まれた事実を示したと言えます。この母の意識は、『硝子戸の中』（三十八）に記述されている、母には「何処かに怖いところがある」という兄の言葉に重なっていく性質のものと思えます。さらに「……懐妊するのは面目ないと云った」相手は誰なのかが不明です。普通であれば夫に対して発した言葉と考えられますが、漱石の異母姉を含んだ兄弟であったことも否定できません。そうすれば兄弟全員が漱石が庚申の時間帯に生まれ落ちたことを知っていたことになります。

ここでもう一つ問題なのは、庚申の時刻に漱石を生んだときに「こんな年歯をして懐妊するのは面目ない」と家族に語った母の話が「今でも折々は繰り返されている」可能性があるのかということです。漱石が中根鏡子と結婚した明治二十九年に存命だった家族は、三兄の和三郎（昭和六年没）と、次姉の房（大正四年没）だけです。『硝子戸の中』は大正四年二月に新聞連載終了ですから、話をする可能性があるとすれば、妻の鏡子と三兄の間と見ていいことになります。母の話とはつまりは〈漱石を身ごもって申し訳ない〉とする話で、こんな失礼で悪趣味の話を繰り返すわけがないと思います。つまりはこれも漱石の創作と筆者は見ています。

泥棒団に押し入られたのは風評のせい

実は泥棒団は最初から夏目家が目当てではありませんでした。

泥棒が出て行く時、「この家は大変締りの好い宅だ」と云って誉めたそうだが、その締りの好い家を泥棒に教えた**小倉家の半兵衛さん**の頭には、あくる日から擦り傷がいくつとなく出来た。これは金はありませんと断わる度に、泥棒がそんな筈があるものかと云っては、抜身の先でちょいちょい半兵衛さんの頭を突ッついたからだという。それでも半兵衛さんは、「どうしても宅にはありません、**裏の夏目さんには沢山ある**から、あすこへいらっしゃい」と**強情を張り通して**、とうとう金は一文も奪られずにしまった。

『硝子戸の中』（十四）

夏目家に強盗被害という厄を持ち込んだのは金之助ではなく、実際は夏目家には金が「沢山ある」という世評だったことになります。両親が集合意識としての世間の迷信信仰を信じたように、半兵衛さんも泥棒団も夏目家には金が沢山あるという世評を信じたことで発生した強盗被害と言えるのです。名主の夏目直克が金持ちであるという世評は、乳児の金之助のあずかり知らないことです。これが夏目家に起きた泥棒被害の真相なのです。

漱石を里子に遣るにあたって、両親には世間に受け入れられる理由を考える必要があったのです。乳が出なくて小供を育てられないという理由は、小供に充分に乳を与え、丈夫に育つようにという母の願いがあってのことになりますから、里親探しの立派な名目になります。わが子の成長を願う両親という虚像ができ上がります。庚申生まれの小供だから里子に出したでは、世間に庚申信仰があったとしても名主としての名声や体面が地に落ちる危険があります。里親にしても迷惑な話になります。

「金」の一字に込めた父の願いとして、自分と家族の厄よけのためではあっても、小供が世間からも厄介物扱いされることまでは望んでいなかったのではないでしょうか。寒風にさらされ新宿の大通りで金之助の命が尽きても構わないと思ったでしょうか。金之助が里子や養子に遣られた不条理な理由を少なくとも異母姉たちは知っていて反対していたと推測できます。そのことが金之助が里子から「**取り戻された**」という表現になっていそうです。

いずれにしても漱石が庚申の時刻に生まれ落ちた時点で、すぐに里子に遣ることが決められ、体裁のいい理由をつけて里子に遣られたというのが真実なのです。

真実を書くことは相手に迷惑

どうして漱石は、真実を正直に書き残さなかったのでしょうか。その答えが『硝子戸の中』の最終節（三十九）に書かれています。

> **私は今まで**他(ひと)の事と私の事をごちゃごちゃに書いた。**他(ひと)の事を書くときには**、**なるべく相手の迷惑**にならないようにとの**掛念**があった。私の**身の上を語る時分**には、却って比較的自由な空気の中に呼吸する事が出来た。それでも私はまだ私に対して**全く色気**を取り除き得る程度に達していなかった。嘘(うそ)を吐(つ)いて世間を欺く程の衒気(げんき)がないにしても、もっと**卑しい**所、もっと**悪い**所、もっと**面目を失する**ような**自分の欠点**を、つい発表しずにしまった。
> 『硝子戸の中』（三十九）

漱石は真実を書かれる「相手の迷惑」を考え、自分が養子に遣られたことと父の泥棒被害の関連を正確に書き表すことをしなかったのです。迷惑を考慮して両親の内部の機密を隠し、真実は『硝子戸の中』に記述した文章の行間と『道草』と、読者の商量によって読み取れるように叙述したのです。養子にやられたのは「四歳」であったように思うと書いたのは「相手の迷惑」を考えてわざとあいまいにしたからなのです。相手とは亡くなっている両親と、生きている兄姉たちと、その家族ということになります。また「今まで」という言葉は漱石の他の作品にも言及している可能性があります。

「もっと」「卑しい所」「悪い所」「面目を失するような自分の欠点」には「相手」の「欠点」を充分に描かなかったことも含まれています。「掛念」とは「気にかかって不安に思うこと。心配」です。自分が真実を書くことで、世の中と、特に親兄弟の家族にどう受け止められるか不安があったのです。しかし自分が里子や養子に遣られた本当の理由を完全に隠してしまえば、漱石は若くして闘ってきた他人本位な庚申の迷信という時代の集合意識を自ら隠すことになってしまいます。自分が時代の集合意識と格闘してきた事実と意義が消え、無力感が残る危険性があります。だから「なるべく」迷惑にならないように気をつかいながらも真実を垣間見せる工夫をしたのです。「私に対して全く色気を取り除き得る程度に達していなかった」とは、家族や自分の弱点を叙述上少しでも良く見せたいという色気を完全に取り除き得る程度に達しておらず、創作家の態度として筆に手加減を加えたことを言ったものです。真実や事実を客観的に書くという創作態度の未熟さを言っているのです。

自分の「身の上を語る時分」、つまり身の上を作品上などで語るときには「比較的自由な空気の中に呼吸する事が出来た」と言っています。あくまで自分の「身の上」で起きたことの体験や思索や心情といったF+fを今までの作品（特に『こころ』）に書いた「時分」のことを言っています。「自分の欠点」として残った、相手のことを作家としてありのままには書けなかった内容を「つい発表しずにしまった」のです。漱石は時代の迷信信仰によって実家から放り出されたことを知っていたからこそ、家族の迷惑を考え記述に配慮を加えたのです。そこに時代の集合意識と格闘や葛藤をしつつ自己形成をした漱石がいるのです。漱石の神経衰弱を生じさせている闘争や苛立ち、道義に対する理想や、世間への反発心、へそ曲がりな頑固さといったものの成り立ちが、幼くして味わった親兄弟を含む世間の集合意識との格闘の中に見い出せそうです。

『硝子戸の中』は『朝日新聞』に連載されていますので、自分の過去の記憶が身上の一部として公に受け止められることを逆手に取り、夢に見たことも自叙伝の一節として定説化されるように、固定化を行ったのです。しかも読者が真実を商量できるように工夫もしたのです。

『漱石年表』の慶応三年の注釈欄に、漱石は**後年**、森田草平などに向い、「俺は**六人の末子**で、**両親から余計者、要らぬ子として扱われた**ものだ」と云っていたという記述があります（森田草平「夏目漱石」「近世名人達人文豪」『現代』昭和三年一月号付録）。「六人の末子」だから「余計者」「要らぬ子」というのは漱石の創作なのです。漱石は両親の庚申信仰のことは伏せたのです。あるいは漱石は森田草平の生い立ちのことを知っていましたから、自分の生い立ちの一部を、六人の末子で要らぬ子として扱われたと語り同情を寄せたのかも知れません。『硝子戸の中』に隠し置いた真実はあくまで創作の秘密としたのです。

森田草平にあてた明治三十九（一九〇六）年十月二十二日の漱石の手紙には、（草平から来た手紙への返信。『漱石書簡集』（岩波文庫）の注に「草平はこの書簡で自分の生立ち（父親が癩ではないかという疑い、母の不義の子ではないかという疑いなど）に関する告白を伝えたらしい」とあり）、次の文言を書き入れています。「余は**満腔の同情**を以てあの手紙をよみ満腹の同情を以てサキ棄てた。……君の目的は達せられて目的以外の事は決して起る気遣（きづかい）はない。安心して余の同情を受けられんことを希望する」、「君が生涯はこれからである。**功業は百歳の後に価値が定まる**」、「**余はわが文を以て百代の後に伝えんと欲するの野心家なり**」。さらに同年十一月十一日には高浜虚子にあてて「……僕は十年計画（『文学論』「序」に記した計画、筆者）で**敵を斃（たお）す**積りだったが近来是程短気なことはないと思って**百年計画にあらためました**。**百年計画なら大丈夫誰が出て来ても負けません**」（「漱石全集」第二十二巻）と記しています。敵を斃（たお）すという漱石の百年計画の中に『こころ』の目指した創作目的もあると見ています。この手紙は『趣味の遺伝』の発表と同じ年のことです。

偽善者として現れた父

母親ちゑ（千枝）の生んだ次男（栄之助（直則））も三男（和三郎（直矩））も一度養子に出されています。その年齢は、栄之助が二十五歳、和三郎は十五歳のときです。漱石だけが生後四、五カ月で養子に遣られたことには尋常ではない親の意思があったことになります。漱石の父親の意識を『道草』に見てみます。漱石が養子姓のまま、八歳で実家に引き取られたときの記憶に重なる部分です。（「彼」

は漱石を投影した主人公の健三）。

> 実家の父に取っての健三は、小さな**一個の邪魔物**であった。何しにこんな**出来損い**が舞い込んで来たのかという顔付をした父は、殆んど**子としての待遇**を彼に与えなかった。**今までと打って変った**父のこの態度が、生の父に対する健三の愛情を、**根こぎにして枯らしつくした**。彼は**養父母の手前始終自分に対してにこにこしていた**父と、**厄介物**を背負い込んでからすぐ慳貪に**調子を改めた**父とを比較して一度は驚ろいた。次には愛想をつかした。然し彼はまだ悲観する事を知らなかった。発育に伴なう彼の生気は、いくら抑え付けられても、下からむくむくと頭を擡げた。彼は**遂に憂鬱にならずに済んだ**。
>
> 『道草』（九十一）

父の偽善者としての態度が健三すなわち金之助の愛情を「根こぎに」「枯らしつくした」のです。少なくとも漱石は八歳のときには偽善（者）を知ったという来歴を持っていることになります。『こころ』に、MがKを「一種の邪魔ものの如く意識している」（下三十五）という記述がありました。Mの意識には実父の意識の投影がありそうです。Kの面倒を見なければいけないMにとって、Kは一種の邪魔物だったのです。金之助もKも役に立たない人間として実家や下宿から追放され、死に直面する運命に遭ったのです。

金之助が実家に戻った途端、その態度を豹変させ、金之助を「厄介物」とする実父の「慳貪」な「調子」こそ偽善者の罪です。偽善者が人を抱き締めて愛することはないのです。「慳貪」とは「①物を惜しみむさぼること。けちで欲張りなこと。②なさけ心のないこと。むごいこと。また愛想が無い事」を言います。

偽善者を愛することはできない

実父は、庚申の迷信を固く信じていたがゆえに、「自分の懐に入ろうとする」金之助を「手をひろげて抱き締める事の出来ない人」だったのです。このことも『こころ』の先生Mと同じ設定になっています。漱石は偽善者に関する認識Fを若くして実父から得ていたと言えます。漱石は幼いときから権力者であり金力家の偽善を見て育ったのです。権力者や金力家への反発心を抱いて当然の環境で育ったのです。漱石は発育に伴う生気によって「遂に憂鬱にならずに済んだ」と言っていますが、幼くして反発や闘争を宿命づけられたのです。理想を求める必然性が現実との闘いの中に芽生えたのです。漱石の両親との闘争・葛藤や反発や批判が講演録「創作家の態度」(「文芸の哲学的基礎」および「創作家の態度」は『夏目漱石全集10』(ちくま文庫一九八八年)収録。いずれも強調は筆者)に出ています。前掲の『道草』(九十一)にもつながる認識Fです。

「私は**この年になるが**、**いまだかつて**生れたような心持がした事がない。しかし回顧して見るとたしかに某年某月の**午の刻か**、**寅の時**に、母の胎内から出産しているに違いない。違いないと申しながら、泣いた覚もなければ、浮世の臭もかいだ気がしません。親に聞くとたしかに泣いたと申します。が私から云わせると、冗談（じょうだん）云っちゃいけません。おおかたそりゃ人違いでしょうと云いたくなります」

「創作家の態度」（410頁）

両親に対する辛辣な批判と反発が見えます。実の親から生まれたことを「冗談（じょうだん）云っちゃいけません」と言っています。私はあんな親から生まれてなんかいませんという口吻です。この講演が収録された明治四十一年になってさえ「いまだかつて」と言っていますから、ここに叙述された心情は長く漱石の心に残った思いと言えます。〈子供に対する養育の義務を果たすべきだろう〉とする反発です。

『硝子戸の中』における漱石の「掛念」とは父母を中心にした家族への配慮です。創作家として「全く色気を取り除き得る程度に達していなかった」としたのです。漱石は創作上の「色気」を取り除くために『道草』を執筆したとも言えます。漱石の身上に起きた事実は『硝子戸の中』と『道草』とに分けて叙述したのです。二つの記述を照らし合わせることで真実が見えるようにしてあるのです。漱石がやがて「去私」とするものの中には作家としての「色気」を取り除くことも含まれています。『こころ』の「先生」について「固（もと）より倫理的に暗い」（下二）、「先祖から譲られた迷信の塊も、強い力で私の血の中に潜んでいた」（下七）とする記述は、漱石の実父および養父を素材とする現実から得た認識Fの反映と言えます。

『こころ』の先生Mが「人から受けた屈辱や損害は、十年立っても二十年立っても忘れやしない」（上三十）と言っていましたが、金之助の実父も金之助の厄災のせいで泥棒団に奪われた五〇両の「屈辱や損害」を長く忘れず、金之助を「苛酷（かこく）に取扱か」ったのです。先生Mの金への執着と叔父の被害にあったという被害者意識と、漱石の実父の金への執着と被害者意識の設定は同じです。そして親子間の義務責任の放棄も同じ設定です。『こころ』の先生Mが叔父をはじめKや静や「私」から愛されていない人物として描かれていました。漱石の実父も金之助から愛されていなかったのです。

夢を装置化した作品①

次の『硝子戸の中』の記述は、理想の母親像という「幻惑の境」を誘致するものです。ここにはいわれなき泥棒団被害について漱石が隠し置いたものがはっきりと見えます。

「御母(おっか)さんは何にも云わないけれども、**何処かに怖いところ**がある」

私は母を評した兄のこの言葉を、**暗い遠く**の方から明らかに引張出してくる事が今でも出来る。

……**その外の事になると、私の母はすべて私に取って夢である。**

『硝子戸の中』（三十八）

母については「何処かに怖いところ」があることが現実であって、その外のことは、私の母はすべて私に取って「夢」であると言い切っています。次の描写は「夢」なのです。

私は何時何処で**犯した罪**か知らないが、何しろ**自分の所有でない金銭を多額に消費**してしまった。それを何の目的で何に遣ったのか、その辺も明瞭(めいりょう)でないけれども、小供の私には**到底(とても)償う訳**

に行かないので、**気の狭い私は寐ながら大変苦しみ出した**。そうして仕舞に大きな声を揚げて下に居る母を呼んだのである。

二階の梯子段(はしごだん)は、母の大眼鏡と離す事の出来ない、生死事大無常迅速云々と書いた石摺の張交(はりまぜ)にしてある襖の、すぐ後に附いているので、母は私の声を聞き付けると、すぐ二階へ上って来てくれた。私は其所に立って私を眺めている母に、私の苦しみを話して、どうかして下さいと頼んだ。母はその時微笑しながら、「心配しないでも好いよ。御母さんが**いくらでも御金を出して上げるから**」と云ってくれた。私は大変嬉しかった。それで安心してまたすやすや寐てしまった。

私はこの出来事が、**全部夢なのか**、又は**半分だけ本当なのか**、**今でも疑っている**。

『硝子戸の中』(三十八)

「私は何時何処で犯した罪か知らないが、何しろ自分の所有でない金銭を多額に消費してしまった」「何に遣ったのか」明瞭でないという記述こそ、幼い金之助が身に覚えのない泥棒被害の責を負わせられて呻吟しながら見た夢なのです。自分がやってもいないことの罪を着せられて反発できない「気の狭い私」なのです。「寐ながら」大変苦しみ出した金之助が母を呼んだら、母は二階へ上がって来てくれて「心配しないでも好いよ。御母さんがいくらでも御金を出して上げるから」と言ってくれたので、それで安心してすやすや眠ることができたという安堵感を描いています。これは金之助がいわれのない罪を着せられた心の傷を素材とした創作であり、母親の優しい心情という幻惑を読者の脳裏に誘致するものです。母親であるならばこうあれかしという漱石の理想と希望を描いています。理想の母の愛と子の信頼を文芸上の真として創作したのです。父が泥棒に奪われた五〇両のお金を母が用立ててくれれば、父の怒りが鎮まり「すやすや寐」て成長することができたと言っているのです。

「半分だけ本当」のこととは、二階へ上る梯子段の存在と、母の大眼鏡と、張交がされている襖が実在していたことです。「その外の事」はすべて夢なのです。ここに現実の漱石の母は描かれていないのです。漱石は夢を装置化することで母に対する幻惑を「吾人がこれらより受くる感情、感覚は生命を有し偽りなきを以てこれらは完全なる文芸上の真を具有する」（『文学論（上）』３４２頁）として創り出したのです。「私は母の記念の為に此所で何か書いて置きたい」（『硝子戸の中』（三十七））という前置きがあります。漱石が母から生まれた記念に、自分の体験に上書きをして理想の母親像を描いたのです。小供の希望に母親の愛が応え、心がぴたりと一つになる幸福と理想が描かれたのです。

夢を装置化した作品②

沙翁はいふ。

"We are such stuff
As dreams are made on, and our little life
Is rounded with a sleep." —*Tempest*, Act IV. sc. i. ll. 156—8.

《わたしたちは／夢と同じ材料でつくられていて、その短い一生は／眠りに取り囲まれている。

—『テンペスト』第四幕第一場、一五六—一五八行》

『文学論（上）』（１２９頁）

漱石はシェイクスピアの『テンペスト』という作品内の詩の一節を「これ一種の訓言に外ならず。……」として『文学論』で取り上げています。「訓言」とはこの場合は「教え導く言葉」（デジタル大辞泉）の意味です。

またこの詩は明治二十三年八月九日、正岡子規にあてた書簡に書き入れられています。そこでは最後の一行がIs rounded by a sleepとなっています。この詩に続き書簡は次のように書かれています。「といふ位な事は疾から存じてをります。**生前も眠なり死後も眠りなり生中の動作は夢なり**と心得てはをれど、さやうに感じられない処が情なし。知らず、生れ死ぬる人何方より来りて何かたへか去る。またしらず、**仮の宿誰がためにか心を悩まし**何によりてか目を悦ばしむる、と長明の悟りの言は記憶すれど悟りの実は迹方なし」と厭世的な言辞を書き入れています。さらに「これも**心といふ正体の知れぬ奴**が五尺の身に蟄居する故と思へば悪らしく、皮肉の間に潜むや骨髄の中に隠るるやと色々詮索すれども今に手掛りしれず。ただ**煩悩の焔熾**にして甘露の法雨待てども来らず。**慾海の波険にして**何日彼岸に達すべしとも思はれず。已みなん已みなん。目は盲になれよ耳は聾になれよ肉体は灰になれかし」（『漱石書簡集』岩波文庫）と書いています。

漱石には誰かのためにも心を悩ますことがあったのです。また煩悩の焔が燃え盛り、波険しい慾海という現実を受け入れがたく、考えるのをやめよう、「目は盲になれよ耳は聾になれよ」と言っているようです。漱石は苦しい現実を乗り越える術として、人生と夢は同じ材料でつくられているという言葉に若くして惹きつけられていたのです。疑いと苦悶の中で夢を装置化して、希望と理想の幻惑の境を創作する発想が『テンペスト』の詩に触発されて宿っていたとも言えます。また漱石は若くから格闘してきた偽善を明らかにするために『こころ』において「心という正体」を追い先生Mの自滅に至る道を叙述したとも言えます。「慾海の波険にして」とは、周囲の人間や、ひいては世間の権力欲や金力欲を持った人間の姿に言及した言葉であるとも言えます。

この手紙を漱石は数え二十四歳のときに正岡子規に書き送ったのです。夏目家に復籍して二年目です。厄介な人間の「心という正体の知れぬ奴」を若くして漱石は見極めようとしていたと言えます。夢と同じ材料でできているにもかかわらず苦しむ心の正体を知ろうとしていたのです。『こころ』は若くから高等遊民に憧れたために金への執着という慾海に泳ぎ出したMを設定し、その心の動きと行動を「生中の動作」として客観的描写で叙述したのです。「生中」という言葉は『こころ』では「存生中（ぞんしょうちゅう）」（下六、十二）として出ています。

漱石の言う「訓言」に従えば、私たちは夢を見ながら慾のぶつかり合う修羅場にいることになります。引用した『硝子戸の中』三十八節は、現実と夢のあわいを文学的な装置とすることで、母についての現実における認識を理想の母親像（$F'+f'$）に変え、読者の意識に母親の愛という痕跡を残したのです。それが漱石の文学の目的であり営為なのです。読者の未来の生活上において現実を変える力となり得るものです。

漱石が現実の中にあった苦悶を昇華させ、魂がぴたりと合う「幸福」を夢の中に描いた作品があります。その作品を生み出す元になった体験として、漱石の兄和三郎の二番目の妻（登世）が二十五歳の若さで亡くなるという現実がありました。登世の死を悼んで正岡子規に書き送った手紙（明治二十四年八月三日付）を見てみます。

「実は去る四月中より懐妊の気味にて悪阻と申す病気にかかり、とかく打ち勝れず漸次重症に陥り子は闇より闇へ、母は浮世の夢二廿五年を見残して冥土へまかり越し申候。天寿は天命死生は定業とは申しながら洵に洵に口惜しき事致候」、「社会の一分子たる人間としてはまことに敬服すべき婦人に候ひし。先づ節操の毅然たるは申すに不及、性情の公平正直なる胸懐の洒々落々として細事に頓着せざるなど……」、「一片の精魂もし宇宙に存するものならば二世と契りし夫の傍か、平生親しみ暮せし義弟の影に髣髴たらんかと夢中に幻影を描き……」『漱石書簡集』（27～28頁）

この登世の不幸な死を素材として、現実では得られない愛と幸福を夢の中に描いたのが『夢十夜』の「第一夜」であると筆者は見ています。

「第一夜」は、主人公が、夢の中で死んだ女が百年後に一輪の百合となって現れて、その露を滴せる花弁に主人公が接吻をする話です。そのときに遠い空に暁の星が一つ瞬いていて、「百年はもう来ていたんだな」と主人公が気づくという小品です。「露」が女の涙の象徴で、主人公は女との再会を望んで百年待っていたという話です。「暁の星」は希望と愛の象徴です。夢の中で男と女の心がぴたりと合う幸福が描かれたのです。

周囲との闘い

漱石が実の親や養父と闘いながら学業を続けた痕跡が『道草』に見えます。


「然し他事(ひとごと)じゃないね君。その実僕も青春時代を全く牢獄の裡(うち)で暮らしたのだから」

　青年は驚いた顔をした。

「牢獄とはなんです」

「学校さ、それから図書館さ。考えると両方ともまあ牢獄のようなものだね」

　青年は答えなかった。

「然し僕が若(も)し長い間の牢獄生活をつづけなければ、今日(こんにち)の僕は決して世の中に存在していないんだから仕方がない」

『道草』（二十九）

『道草』の主人公である健三の語る思いこそ、現実世界と闘いながらも世間を遮断した環境に身を置き自分を形成し続けた回想なのです。漱石が塩原姓のまま八歳で実家に戻って以降、青春時代を学校や図書館で全く牢獄生活のように暮らしたから「今日(こんにち)の僕」があると言っています。そこには養父に「給仕(きゅうじ)」にされたら大変だという思いも重なっています。

　実父から見ても養父から見ても、**彼は人間ではなかった**。寧ろ**物品**であった。ただ実父が

我楽多(がらくた)として彼を取り扱ったのに対して、養父には今に**何かの役に立てて遣ろう**という目算(もくさん)があるだけであった。

「もう此方(こっち)へ引き取って、**給仕**(きゅうじ)**でも何でもさせる**からそう思うが可(い)い」

健三が或日(ある)養家を訪問した時に、島田は何かの序(ついで)にこんな事を云(い)った。健三は驚いて逃げ帰った。**酷薄という感じ**が子供心に淡い恐ろしさを与えた。……

「給仕になんぞされては大変だ」

彼は心のうちで何遍も同じ言葉を繰り返した。……

「然し今の自分はどうして出来上ったのだろう」

彼はこう考えると不思議でならなかった。その不思議のうちには、**自分の周囲と能く闘い終**(おお)**せた**ものだという誇りも大分交じっていた。

『道草』（九十一）

健三を我楽多(がらくた)として一種の邪魔物と見なす実父の意識と、今に自分の「何かの役に立てて遣ろう」という養父の意識は、Kに対するMの意識に連なるものです。

夢を装置化した作品③

金之助が周囲と能く闘い終(おお)せたという認識に基づいた作品として、『夢十夜』の中の「第三夜」が挙げられます。この作品も夢を文学的装置にして幻惑を創出しています。この小作品は盲目の六つになる小供が、百年前の闇の晩に、森の杉の根のところで親に捨てられて殺された話なのですが、世間を知らない盲目の小供が父親に負われて自分の死んだ場所へと向かって行きます。


「お父さん、重いかい」と聞いた。

「重かあない」と答えると
「今に重くなるよ」と言った。……

よく盲目のくせになんでも知ってるなと考えながら一筋道を森へ近づいてくると、背中で、「どうも盲目は不自由で不可いね」と言った。

「だから負ってやるから可いじゃないか」

「負ってもらって済まないが、どうも人に馬鹿にされて不可い。親にまで馬鹿にされるから不可い」

なんだか厭になった。早く森へ行って捨ててしまおうと思って急いだ。……

「お前がおれを殺したのは今からちょうど百年まえだね」

自分は……今から百年まえ文化五年の辰年のこんな闇の晩に、この杉の根で、一人の盲目を殺したという**自覚**が、忽然として頭の中に起こった。**おれは人殺しであった**んだなとはじめて気が付いたとたんに、背中の子が急に石地蔵のように重くなった。


『文鳥・夢十夜・永日小品』（角川文庫）（38〜41頁）

「お父(とっ)さん、重いかい」という言葉は、庚申の日の申の時刻に生まれついた小供がそんなに重かったのかい、迷信がそんなに重かったのかいとも聞こえてくる言葉です。「盲目」とは世間を知らない乳幼児と読めます。

「人に馬鹿(ばか)にされて不可い。親にまで馬鹿にされるから不可い」という言葉からは、漱石が庚申生まれの小供であるということが兄弟にも知られていたがゆえに「馬鹿にされて不可い」と読むこともできます。創作上の言葉なのか、あるいは親兄弟を越えて世間の人にも粗末に扱われ、馬鹿にされていたことがあり得たのか。あるいは親にかぎって馬鹿にされたのか。「文芸の哲学的基礎」の中の「一般の世が自分が実世界における発展を妨げる」（386頁）という文言に重なって見えてくることを禁じ得ません。

「おれは人殺しであったんだ」とする末尾の「お父(とっ)さん」の自覚・感慨の描写は、親が子殺しをしたという認識が漱石にあったことを示しています。また「お父(とっ)さん」の意識が推移したことも示されています。「石地蔵のように重くなった」として罪の意識が生じたことが示されています。

里子先の夜店の小さな笊の中で死ぬ運命に置かれたという漱石の認識Fを材料とした作品と言えます。また人間の意識が百年を越えて残っていくという認識Fも織り込んでいます。ここにあるのは百年を越えて残る一夜の夢という人生の一片です。生後間もないときに、小さい笊の中で肺炎などの病気でやがて死ぬ運命にあったという認識が漱石にあったとすれば、それは一時代前から続く世間の集合意識（親を含む）と行為によって死ぬべき運命に追い遣られたという認識でもあります。それらの他人本位な集合意識と、現実世界において生きて自己形成をするために漱石は闘ったのです。

藤尾と美禰子の偽善

「創作家の態度」の中で漱石が「偽善」に触れている興味深い文言が二個所に出てきます。

> 旧幕時代には、みんな理想的人物をもって目され、理想的人物をもって任じていたのでありますから、大変窮屈でございましたろう。何ぞと云うと、町人のくせになか（など、文庫注）と胸打などを喰います。女房のくせに……子供のくせに……くせが流行した世の中であります。**癖にの流行る世の中ほど理想の一定した世の中はない**のであります。……たいていの事が否応なしに進行します。**万事が腹の底で済んでしまいます**。それで**上部だけはどこまでも理想通りの人物**を標榜致します。**ちと偽善**になるようですが、悪徳の天真爛漫よりは取り扱いやすいから結構です。
>
> 「創作家の態度」（470・471頁）

> 腹の奥の方では博士を宛にしていながら、口の先では熱烈な恋だなどと云うのがあります。そうかと思うと**持参金が欲しい**ような気分を打ち消して、なにあの令嬢の淑徳を慕うのさとすましきっています。**それで偽善でも何でもない**、両方共真面目だから面白いものです。
>
> 「創作家の態度」（472頁）

前者では旧幕時代という、理想が一つしかない偽善社会について言及しています。「上部だけはどこまでも理想通りの人物を標榜する」という記述からは『道草』における健三の実父が健三の養父を前にして偽善者を演じ通してきた様子が思い浮かびます。また『こころ』の先生Mが、「私」の前で理想の夫を演じてみせる科白が思い浮かびます。「万事が腹の底で済んでしまいます」からは、Kの墓前で腹の中だけで悪かったとして、罪を自覚せず、告白もせず、懺悔しないMを思い浮かばせます。詐欺を働いた者が「上部だけ」善人面をしているのも偽善です。罪を犯したことを腹の中だけで済まし「上部」では罪のないように装うのも偽善なのです。

後者の「それで偽善でも何でもない」という表現には、それは偽善であるだろうとする漱石の批判が込められています。「腹の奥の方では博士を宛にしていながら、……熱烈な恋だなどと云う」は『虞美人草』の主人公藤尾にあてはまります。漱石は明治四十年七月十九日に小宮豊隆にあてて、「『虞美人草』は毎日かいている。藤尾という女にそんな同情を持ってはいけない。あれは嫌な女だ。詩的であるが大人しくない。**徳義心が欠乏**した女である。あいつを**しまいに殺すのが一篇の主意**である。うまく殺せなければ助けてやる。しかし**助かればなおなお藤尾なるものは駄目な人間になる**。最後に哲学をつける。この哲学は一つのセオリーである。僕はこのセオリーを説明するために全篇をかいているのである」(『漱石書簡集』)と書き送っています。藤尾の死は筆者の理解では、他(ひと)の好意や愛や道義を理解できず、自分の感情の激変(怒、憎悪、嫉妬、侮辱)が血管の破裂を招いた憤死(自滅死)と思います。

また後者の「持参金」の記述からは、『三四郎』の美禰子が思い浮かびます。美禰子は三四郎に貸す三〇円のお金を、自分の「小口当座預金通帳」と印形を三四郎に渡して、自分の銀行窓口で三四郎に引き出させた（『三四郎』（八））のです。この行為は、美禰子が持参金の額（通帳記載分）を見せて金を引き出させたことで、三四郎を引き付けようとした**無意識の偽善**が表されています。三四郎は美禰子がくれたも同然の金を真面目に返そうとしたから振られたのです。美禰子に借りた金をそのままもらっていれば三四郎は振られずに済んだのです。そこには金を返そうとする三四郎の正直さが絡んでいます。金を返しに行って美禰子の正直さを確かめてみたかったと言えます。美禰子にとっては結婚したら竈が同じになるから、お金はあげたも同然のものなのです。「無意識の偽善」の出典は「文学雑話」（『早稲田文学』三十五号、明治四十一年十月一日）で、『漱石全集』一九九六年岩波書店刊、第二十五巻に収録。漱石は「無意識な偽善家」と呼んでいます。

なお『それから』「十二」には主人公代助の社会批判として「普通の都会人は、より少なき程度に於て、みんな芸妓ではないか。代助は渝らざる愛を、今の世に口にするものを**偽善家の第一位**に置いた」という記述があります。（「渝る」は字義として「変化する」（新漢語林））。他にも漱石には「偽善」に関する言及があります。

偽善に対する悪感

「教育と文芸――明治四十四年六月十八日長野県会議事院において――」（『漱石文明論集』（岩波文庫）。初出は明治四十四、七、一『信濃教育』）にも目の洗われるような漱石の認識が示されています。

「昔は上の方には束縛がなくて、**上の下に対する束縛**がある、これは能くない、親が子に対する理想はあるが**子が親に対する理想**はなかった。**妻が夫に臣が君に対する理想はなかった**のです」

「教育と文芸」（191頁）

「文学といえども決して倫理範囲を脱しているものではなく、少くも、**倫理的渇仰の念**を何所にか萌さしめなければならぬものであります……如何に**人間の弱点**を書いたものでも、その**弱点の全体を読む内**に何処にかこれに対する**悪感**とか、あるいは別に**倫理的の要求**とかが読者の心に萌え出づるような文学でなければならぬ。これが人心の自然の要求で、芸術もまたこの範囲にある」

「教育と文芸」（同199頁）

「上の方には束縛がなくて、上の下に対する束縛がある」、「子が親に対する」「妻が夫に」「臣が君に対する」「**理想はなかった**」という指摘は読む者に新鮮な認識を与えます。

「子が親に対する理想」の描写は『硝子戸の中』や『道草』の中に見えています。理想を捉えるには反理想を追う必要があります。『こころ』はMの「弱点」を描いていますが、その「弱点」に対する「**倫理的渇仰**」や「**悪感**」を抱かせる作品作りを漱石はしているのです。漱石はMに何度も偽善的責任逃れの言説を語らせていますから、Mに対し「倫理的渇仰」が萌さしめるように、またMの弱点を綴った手紙を「読む内に何処にかこれに対する悪感」を感じるように創作しているのです。漱石は

「悪感」を「おかん」と読ませています。「悪感」を「あっかん」あるいは「あくかん」と読めば、「不愉快な感じ。悪感情」（デジタル大辞泉）になります。「悪感」は「創作家の態度」に言う「快不快」の「不快」と「好悪」の「悪」を合わせた情緒と言えます。または嫌悪感という言葉から取り出した「悪感」という情緒かも知れません。『道草』（九十一）に健三は実父に対する愛情を根こぎにして枯らし尽くしたという回想があり、父親について「倫理的渇仰」や「悪感」を抱かせる描写がなされています。

『こころ』のMの行動描写と言説に「悪感」という情緒を附着させて読者の脳に誘致することに成功していれば、読者の未来の生活上に物語の真の痕跡を残すことができていたかも知れません。偽善の永久的特性の客観描写として成功していたことになります。Mに対する「倫理的渇仰」や「悪感」を読者の脳に誘致することができなかったことをもって、漱石は『こころ』を失敗作と見なしたのです。しかしそこには読者の「反解」も大きく影響しています。

漱石が客観的にとらえた偽善の情緒的「附属物」として「悪感」や軽蔑感があり、善の理想の描写という観点からは「倫理的渇仰の念」や「倫理的の要求」を抱かせることを目的としていたと言えます。Mの愛は静という「人を通じて愛の関係をあらわすもの」（後出「文芸の哲学的基礎」（346頁））ではなく、宗教心から持ってきた神や聖母との関係における愛と言えるものであり、それはほとんど知識Fと呼べるものでした。漱石は「所有主」をMとする金への固執、偽善、未熟な知力、義務の放棄にMの「肉を附け血を通はしめて」（『文学論（上）』322頁）『こころ』に描いたのです。そして叔父やKや静や「私」を所有者とする正直さや希望や道義心と恋や理想を描いたのです。

漱石は『野分』（明治四十年一月「ホトトギス」に発表）の主人公白井道也に、「諸君は道を行かんが為に、道を遮ぎるものを追わねばならん」（『野分』（十二）と言わせています。このセオリーを普遍化するならば、倫理的であるためにはそれを遮ぎる反倫理を追わねばならず、愛を求めるためにはそれを遮ぎる愛の不毛や不在を追い、「自由と独立と己れとに充ちた」幸福を得るにはそれを遮ぎる〈束縛と模倣と他人とに充ちた現代〉を追う必要があるのです。漱石は「正直という徳義」を明らかにするために、それを遮ぎるMの嘘と行動を追ったと言うこともできます。Mは「Kは私を窘めるには**余りに正直**でした。……余りに人格が**善良だった**のです。……**其所に敬意を払う**ことを忘れて、却って其所に付け込んだのです。其所を利用して彼を打ち倒そうとしたのです」（下四十二）と言っていました。**「正直」「善良」が敬意を払われるべき特質**であることは漱石の認識なのです。偽善者の固より倫理的に暗い心性が正直という徳を破壊する様相も描いたのです。なお『野分』の白井道也の名前は〈白い道なり〉と読むこともできます。権力や金力に惑わされない道義的な道を〈白い道〉として歩ませていることになります。〈白い道〉を追求するために、四種類の理想（本書第七章参照）の中の「知性」と「意志」を働かせる人物を描いたとも言えます。

『硝子戸の中』における希望

私の前に現われて来る人は、悉く悪人でもなければ、又みんな善人とも思えない。……

私は過去に於て、**多くの人から馬鹿にされた**という**苦い記憶**を有っている。……

> 他(ひと)に対する**私の態度**はまず今までの**私の経験**から来る。それから前後の関係と四囲の状況から出る。最後に、曖昧(あいまい)な言葉ではあるが、私が天から授かった**直覚**が何分(なにぶん)か働らく。……極めてあやふやな自分の直覚というものを主位に置いて、他(ひと)を判断したくなる。そうして私の直覚が果して当ったか当らないか、要するに客観(かっかん)的事実によって、それを確める機会を有たない事が多い。其所にまた**私の疑い**が始終靄(もや)のようにかかって、私の心を苦しめている。
>
> 『硝子戸の中』(三十三)

「態度」を決めるにはまず経験があって、次に「直覚」があると言っています。「多くの人から馬鹿にされたという苦い記憶」とは何のことでしょうか。世の中の庚申信仰によって苦い経験をしたことでしょうか。可能性は高いと思います(前出『夢十夜』「第三夜」参照)。「苦い記憶」があったがゆえに世の中や人類に希望を持ったと言えます。「直覚」を事実によって確かめられないので、そこに「私の疑い」がかかって苦しめられていると言っています。『こころ』の一方の主人公である「私」には静の幸福を守るという確かな「直覚」が授けられていました。静の母親にはMの金力の持つ鷹揚さにだまされる不幸な「直覚」が与えられていました。Mには癇癪や癇性が与えられていました。漱石は他(ひと)に対する「疑い」で苦しめられたくないのです。

> もし世の中に全知全能の神があるならば、私はその神の前に**跪(ひざま)ずいて**、私に毫髪(ごうはつ)の**疑**(うたがい)を挟(さしはさ)む余地もない程**明らかな直覚**を与えて、私を**この苦悶(くもん)から解脱(げだつ)**せしめん事を祈る。でなければ、この

不明な私の前に出て来る**凡ての人を、玲瓏透徹な正直ものに変化**して、私とその人との**魂がぴたりと合う**ような**幸福**を授け給わん事を祈る。

『硝子戸の中』（三十三）

漱石は「苦い記憶」を持っていて、多くの「疑」と「苦悶」から解脱させてくれる「直覚」を与えてくれることを神に「跪ずいて」も祈ると言っています。判断に迷い宙ぶらりんな疑いが苦悶になるのです。他を判断するための直覚を得られないのであれば、「不明な私の前に出て来る凡ての人を、玲瓏透徹な正直ものに変化して」「魂がぴたりと合うような幸福を授け」て欲しいと言っています。『こころ』の静には「男の心と女の心とはどうしてもぴたりと一つになれないものだろうか」（下五十四）という「疑」と諦念が与えられていました。Mが正直ものであれば、静は心が「ぴたりと一つに」なる幸福を得ていたのです。しかしその前にMが、ありのままを語る「玲瓏透徹な正直もの」であったならば、静がMと結婚することはなかったのです。Mがありのままを語る正直ものでなかったから結婚してしまったのです。そこに静の不幸の原因がありました。

「明るい処」と「不快」とは何か

『硝子戸の中』の末尾に置かれた文章は『こころ』のあとがきとしても読むことができます。

況して**私の書いたものは懺悔ではない。私の罪は、**——もしそれを罪と云い得るならば、——頗ぶる**明るい処からばかり**写されていただろう。其所に**或人は一種の不快**を感ずるかも知れない。然し私自身は今**その不快の上に跨がって、**一般の人類をひろく見渡しながら**微笑しているの**である。**今までつまらない事を書いた**自分をも、**同じ眼**で見渡して、あたかもそれが**他人であったかの感**を抱きつつ、**矢張り微笑しているの**である。……
私は硝子戸を開け放って、静かな春の光に包まれながら、恍惚とこの稿を書き終るのである。そうした後で、私は一寸肱を曲げて、この縁側に一眠り眠る積である。　『硝子戸の中』（三十九）

「明るい処」という言葉は、『こころ』では「明るい所」（中八）として出ており、先生Mの倫理的に暗い静への殺意を通り越した明るい所、また偽善が絶えてなくなる所でした。「私」と静が求めた地点であり、正直さに敬意の払われる所です。

「或人」の「不快」とは『こころ』を読み切れなかった「或人」の不理解とも、「反解」による誤読とも読めます。漱石はここで『こころ』の先生Mに後悔はあっても、懺悔などしていないし、またするような人間でもなく、自分の罪に長く苦しんで自殺したというような、人間としての信を置けるような倫理的に「明るい処」は描いていないと言っているのです。自分の罪に長くこだわった末に自殺するという偽善者の表面的な「頗ぶる明るい処からばかり写されていた」と見えるだろう、そのようにしか見えないとすれば、それは「私の罪」であると言っているのです。『こころ』を発表してから『硝子戸の中』を執筆するまでに漱石が知った「或人」の批判や世評に答えたのです。

漱石は或人も、今まで作品のテーマに取り上げてきた人類も「ひろく見渡し」て「微笑」んでいるのです。そこに自分の創作に対して「つまらない事を書いた」としながらも自信も感じられます。今まで自分が作品の対象としてきたものへの愛情も感じられます。「不快」を乗り物として、それに「跨が」り次の創作に向かう意思が感じられます。自分の創作技術の未熟さを乗り越えるための乗り物が「不快」であり、失敗感であり、「つまらない事を書いた」という思いなのです。そこには『こころ』の表出法に対する自省も入っています。

「他人であったかの感」として、自分を「非我」として回想し批判しています。漱石は次の『道草』において自分の過去や来歴を「非我」として著し、その後『明暗』創作中に「即天去私」という創作態度の萌芽を見るのです。

『硝子戸の中』の母の夢の記憶は、母の愛に対する希望と理想という「明るい処」から描かれています。『硝子戸の中』には暗い回想も描かれています。「私は茫然として佇立した。何故私の家だけが過去の残骸の如くに存在しているのだろう。私は心のうちで、早くそれが崩れてしまえば好いのにと思った」(『硝子戸の中』(二十三))という記述です。〈早く崩れてしまえば好い〉という意識Fと「私は是非とも其所を通り越して、明るい所まで行かなければ気が済まなかった」(『こころ』(中八))という意識はつながっています。実家において父親や家族と抜き差しのならない葛藤があったことを彷彿させる『硝子戸の中』の記述です。

漱石は世間の「不快」と自分の未熟さをともに乗り越える一歩に進もうとするのです。そして自分の身上を定説化するように『硝子戸の中』に書き終えたという安堵感を伴い春の光に包まれて一眠り眠るのです。作家夏目漱石と人類が一つの生命体となって未来へ渡って行こうとしているかのようです。

第七章　文学の大目的と戦争の評価

第七章は、「文芸の哲学的基礎」における「文学の大目的」の内容を確認していくことと、「創作家の態度」に「客観的叙述」と「主観的叙述」の違いを押さえた上で、戦争の評価を行う科学的な客観的叙述が必要という漱石の提言までを見ていきます。

漱石は大正二（一九一三）年刊行の『社会と自分』（実業之日本社刊）の中に講演六篇を収めています。内訳は「道楽と職業」「現代日本の開化」「中味と形式」「文芸と道徳」「創作家の態度」「文芸の哲学的基礎」です。漱石の「序」に「……「文芸の哲学的基礎」は、随分六づかしい大問題をさも容易そうに、従ってある意味から見て、幾分か軽佻に、講じ去つた趣があるので、自分ははなはだ遺憾に思っている。「創作家の態度」でも、今日の文壇と関聯して、もう少し剴切に読者の頭に響くように書き改めたいのだけれども、前同様の訳で仕方がない。……要するにみな社会対自分の関係を研究したものに過ぎない」と書いています。

この第七章は筆者として極力分かりやすく漱石の叙述を追えるように心がけました。「文芸の哲学的基礎」「創作家の態度」の二編からの引用は『夏目漱石全集10』（ちくま文庫一九八八年）に拠ります。

「文芸の哲学的基礎」と四種類の理想の（F+f）

漱石は文芸家の理想についての考察を「意識の連続」から始めていますので、その部分の要点を抽出して見ていきます。この頃から次頁の「漱石の文学の大目的」における引用文は、「文芸の哲学的基礎」に拠ります。

〈要点1〉世界は我と物との「相待」の関係で成立していて、この「**物我**」を前に明らかに存在しているのが、我々の「**意識の連続**」であり「この意識の連続を称して**俗に命**（いのち）**と云う**」。この「連続を切断することを欲しない」「吾人は意識の連続を求める」「意識には連続的傾向がある」と云い切ってこれを事実として受けとるのであります」（317〜324頁）。

〈要点2〉「意識の連続」という句を割ると「意識と云う字と連続と云う字になります」。「**意識の内容**のいかんと、この**連続の順序**のいかんと二つに分れて問題は提起され」「これを合すれば、いかなる内容の意識をいかなる順序に連続させるかの問題に帰着します」。「いかなる順序に意識を連続させようか、またいかなる意識の内容を選ぼうか、理想はこの二つになって漸々（ぜんぜん）と発展」し、「**文学者の理想**もここから出て参る」（326頁）。

〈要点3〉「吾々は物と我とを分ち、物を分って自然と人間（物として観たる人間）と超感覚的な神（我を離れて神の存在を認める場合に云うのであります）とし、明かに三の場合が成立します。すなわち物に向って知を働かす人と、物に向って情を動かす人と、それから物に向って意を働かす人であります」。「この三作用は元来独立しておらんのだから……重に働かすと云う意味」（338頁）と言っています。

の我なる三**作用**と**我以外の物**と**を結びつける**と、**我を分って知、情、意の**三**とします**」。「**こ**

この「知情意」は哲学者カントが提唱したとされ、「知性」「感情」「意志」の三つの「精神作用」のことです。この精神作用に基づく叙述の三理想と、外部の感覚物である自然と人間に対する叙述の理想の計四つの理想の叙述目的が示されていきます。四種類の叙述目的と内容等を示す○と丸数字は筆者。

○「**知を働かす人は、物の関係を明める人**で俗にこれを**哲学者もしくは科学者**と云います」
○「**情を働かす人は物の関係を味わう人**で俗にこれを**文学者**もしくは**芸術家**と称えます」
○「**意を働かす人は物の関係を改造する人**で俗にこれを軍人とか、政治家とか、豆腐屋とか、大工とか号しております」（338頁）

豆腐屋は意を働かせて大豆を豆腐に改造しています（筆者）。

「物の関係を味わう人（つまり情を働かす人、筆者）は、物の関係を明めなくてはならず、また場合によってはこの関係を改造し**なくては味が出て来ない**からして、**情の人はかねて、知意の人**でなくてはならず、**文芸家は**同時に**哲学者**で同時に**実行的の人**（**創作家**）である」

（339頁）

「しかし**関係を明める方を専らにする人**は、明めやすくするために、味わう事のできない程度までにこの関係を抽象してしまうかも知れません。……文芸家にとっても……これを明かにするのは従前よりよくこの関係を味わい得るために、明かにするのだからして、いくら明かになるからと云うて、この関係を味わい得ぬ程度までに明かにしては何にもならんのであります。」

（339・340頁）

「文芸家の**意志を働かす場合**も……物の関係を改造するのが目的ではない、**よりよく情を働かし得るために改造する**のである。からして情の活動に反する程度までにこの関係を新にしてしまうのは、文芸家の断じてやらぬ事であります」

（340頁）

筆者はこれらの叙述に、文芸家は反政府運動に走ったり国家転覆を計ったりしないという漱石の擁護論を感じます。さらに漱石は続けます。

「**物の関係を味わい得んがため**には、……どこまでも**具体的のものに即して、情を働かせる、具**

体の性質を破壊せぬ範囲内において**知、意を働かせる**。――まずこうなります。……文芸家の理想はとうてい感覚的なものを離れては成立せんと云う事になります。……吾人**文芸家の理想は感覚的なる或物を通じて一種の情をあらわす**と云うても宜しかろうと存じます」（340・341頁）

○「神は感覚的なものではないから問題になりません。……すると残るものは自然と人間で……**我々は自然とこの人間とに対して一種の情を有しております**。換言すれば感覚的なる自然と感覚的なる人間そのものの色合やら、線の配合やら、大小やら、比例やら、質の軟硬やら、光線の反射具合やら、彼らの有する音声やら、すべてこれらの感覚的なるものに対して**趣味、すなわち好悪、すなわち情**、を有しております。だからこれらの感覚的な物の関係を味わう事ができます……そのうちで最も優れたる関係を意識したくなります。その意識したい理想を実現する一方法として詩ができます。画ができます。**この理想に対する情の最も著しきもの**を称して**美的情操**と云います」（341・342頁）

『文学論』に言う「情緒」を「情操」に発展させて、四つ目の理想として自然と人間に対する「**美的情操**」のあることを述べています。「情緒（じょうしょ）」は「（ジョウチョとも）折にふれて起こるさまざまの感情。情思。またそのような感情を誘い起こす気分・雰囲気」です。「**情操**」は「センチメントともいう。広義の感情のうち、人が特定の対象に関して持続的にいだく複雑な感情的傾向をさす。自己に対する自負心、家族に対する愛情、他人に対する尊敬や軽蔑など**対人的な情操**のほかに、さまざまな**事物や観念**、特に学問、芸術、道徳、**宗教**などの**文化的価値を有する対象に対する情操**がある」（ブリタニカ国際大百科事典）です。

次に、①知・②情・③意に基づく理想は、感覚物を通してそれぞれ**情の満足を得ることに目的がある**と述べられていきます。

①「新しい文芸上の理想……**物を道具に使って、知を働かし、その関係を明かにして情の満足を得るという理想**で……この理想を真（しん）**に対する理想**と云います。……真に対する理想は哲学者及び科学者の理想であると同時に文芸家の理想にもなります」（344頁）

②「**標準**を云うと……**人を通じて愛の関係をあらわす**もの、これは十中八九いわゆる**小説家の理想**になっております。その愛の関係も分化するといろいろになります。……次には忠、孝、義侠心（ぎきょうしん）、友情、おもな徳義的情操はその分化した変形と共に皆標準になります。この**徳義的情操を標準にした**ものを総称して**善の理想**と呼ぶ事ができます」（346・347頁）

「徳義」は「道徳上の義理・義務」のことですから、愛の関係を描くという理想には「徳義的情操」を標準とする「善の理想」の一部が入ってくることになります。また「善」は「道義にかなっていること」（明鏡国語辞典）ですから、道義に対する理想と善の理想は同じことの言い換えになります。

③「**意志が**文芸的にあらわれ得るためには、やはり……感覚的な物を通じて具体化されなくてはなりません。……意志があらわれるから道具も尊くなる。例えば徳利のようなもの……国のためとか、道のためとか、人のためとか、……徳義的理想と合するように意志が発現してくると非常な**高尚な情操**を引き起します。……英語ではこれを heroism（ヒロイズム、筆者）と名づけます。……真正の heroism に至っては実に壮烈な感じがあるだろうと思います。文芸家のうちでは**この種の情緒**を理想とするものは**現代においてはほとんどない**ように思います。……しかし**その標準**を云うとまず**荘厳に対する情操**と云うてよろしかろう」（347・348頁）

叙述において情の満足を得ることとは、漱石コード1に関する「凡そ文学的内容の形式は（F＋f）なることを要す」に言う「f」のことです。「F」が感覚物に対する認識と精神作用の「知情意」のことになります。漱石は「文芸の哲学的基礎」に四種類の（F＋f）を示したのです。

「概括すると、一が**感覚物そのものに**対する情緒。（その代表は美的理想）二が感覚物を通じて**知、情、意の三作用が働く**場合でこれを分って、（い）「**知の働く**場合」（代表は真に対する理想）（ろ）「**情の働く**場合」（代表は**愛に対する理想及び道義に対する理想**）（は）「**意志の働く**場合」（**代表は荘厳に対する理想**）となります」（349頁）

この四大別の上に連想から来る情緒がいかにして混入するかは時間がないからやめますと言ってい

ます。漱石は一の美的理想と二の（い）（ろ）（は）を合わせて、「文芸家の理想をようやくこの四種に分けました。この分類は私が文学論のなかに分けておいたものとは少々違いますが、これは出立地が違うのだから仕方がありません。もっともこの分け方の方が、明瞭で適切のように思われますから、双方違っていてもけっして諸君の御損にはなりません」（349頁）と言っています。「この四種の理想に対する情操も、互に混合錯綜」（349頁）するが、「これら四種の理想は、互に平等な権利を有して、相冒すべからざる標準で」（351頁）、「理想とは何でもない。いかにして生存するのがもっともよきかの問題に対して与えたる答案に過ぎんのであります。画家の画、文士の文、は皆この答案であります」（367頁）としています。

『草枕』は「美的理想」を追う中で「憐れ」という「情」に触れた作品で、『それから』では恋という「情」の満足を得る理想と、社会生活の運行という「意志」の間の葛藤が描かれています。『文学論』では作家の作物に対する二大態度として「批評的作物」と「同情的作物」とに一切の小説類を二大別することができるとしましたが、「文芸の哲学的基礎」では理論的考察の「出立地」を「物我の境を超越する」という「思索の根拠本源」（381頁）に置いて（F＋f）の種類・内容と、文芸家の創作目的を深めたのです。

漱石の文学の大目的

「四種の**理想は分化を受けます**。分化を受けるに従って変型を生じます。変形を生じつつ進歩する機会を早めます。この変型のうち、**もっとも新しい理想**を実現する人を人生において**新意義を認めた**人と云います。変型のうちもっとも深き理想を実現する人を、深刻に人生に触れた人と申します」（379頁）に続けて漱石は次のように文芸の極致と還元的感化について述べています。

「**発達した理想**と、**完全な技巧**と合した時に、**文芸は極致**に達します。（それだから、文芸の極致は、時代によって推移するものと解釈するのが、もっとも論理的なのであります）文芸が極致に達したときに、これに接するものはもし**これに接し得るだけの機縁**が熟していれば、**還元的感化**を受けます。この還元的感化は**文芸が吾人に与え得る至大至高の感化**であります。機縁が熟すと云う意味は、この**極致文芸**のうちにあらわれたる**理想**と、**自己の理想とが契合する**場合か、……啓発を受くる刹那に**大悟する場合**を云うのであります」（380頁）

「契合」とは「割符を合わせたようにぴったり一致すること」、「大悟」とは「大いなる悟り」です。そのためには、作者や作品についての既定の知識による「反解」を解く必要があります（第四章「反解に基づく誤読」参照）。

「我々の意識の連続が、文芸家の意識の連続とある度まで一致しなければ、享楽と云う事は行われるはずがありません。いわゆる還元的感化とはこの一致の極度において始めて起る現象であります。……この**一致した意識の連続**が我々の**心のうちに浸み込んで**、作物を離れたる後までも

痕迹を残すのがいわゆる**感化**であります」　（380・381頁）

文芸家の理想や意識と我々の意識の一致の極度において、至大至高の還元的感化が生じ、この一致した意識の連続が心のうちに「痕迹を残す」ことが言われています。「還元」とは「根源に復帰させること。もとに戻すこと」です。漱石の文学的営為の理想がここにあるのです。

『こころ』は、Mの偽善の描写をするために「知」を働かせてMの心理状態を解剖しながら客観的に偽善とは何かを追求するとともに、悪感や倫理的渇仰という「情」を得させるために同情的作物の手法を取ったのです。またM以外の登場人物には愛や希望や、道義の理想と、「正直」という善の理想も見えていました。Kの「正直さ」はMによって破壊攻撃を受けましたが、それでもKは道義の実践を行っていて、そこにKの「意志」の理想も見えています。

漱石自身の文学の大目的は「文芸の哲学的基礎」に次のように語られます。

「**一般の世**が自分が**実世界における発展を妨げる時**、**自分の理想**は技巧を通じて**文芸上の作物としてあらわるる**ほかに路がないのであります。そうして百人に一人でも、千人に一人でも、この作物に対して、ある程度以上に**意識の連続**において**一致**するならば、一歩進んで全然その作物の奥より閃めき出ずる**真**と**善**と**美**と**壮**に合して、**未来の生活上に消えがたき痕跡**を残すならば、なお進んで**還元的感化**の**妙境**に達し得るならば、**文芸家の精神気魄**は無形の伝染により、**社会の大意識に影響するが**故に、**永久の生命を人類内面の歴史中に得て**、ここに**自己の使命を完う**したる

ものであります」（386頁）

漱石は一般の世と、技巧を通じて闘うために文芸を選んだと言っています。「文芸の哲学的基礎」には「余が入社の辞に次いで、余の文芸に関する所信の大要を述べて、余の立脚地と抱負とを明かにするは、社員たる余の天下公衆に対する義務だろうと信ずる」（314頁）と書いています。作品に織り込む四つの理想（真と善と美と壮）を明らかにしたのです。漱石は「我々に必要なのは理想である。理想は文に存するものでもない、絵に存するものでもない、**理想を有している人間に着いているもの**である。だからして技巧の力を藉りて理想を実現するのは**人格の一部を実現する**のである」（385・386頁）とも言っています

因襲や迷信や時代意識や集合意識に左右されない、人間の根源に復帰させる還元が読者の心に沁み込んで、未来の生活上に痕跡を残すこと、百年を超えてまで人類内面の歴史に痕跡を残すことが「還元的感化の妙境」であり、漱石の創作における「自己の使命」なのです。この「還元的感化の妙境」の例を漱石の作品に見るならば、その代表的なものの一つとして『坊っちゃん』の主人公と清との間に起きた愛の（F＋f）があります。これは「愛に対する理想」の一つであり、時代を超えて読者の心に沁み込んで痕跡を残すものです。漱石の妻の名前は戸籍上でキヨ（『漱石年表』）です。清〈キヨ〉がいたから負けないで坊っちゃん〈漱石の分身〉は松山〈英国〉から帰って来ることができたのだと筆者は思います。『坊っちゃん』の末尾を示します。

清のことを話すのを忘れていた。――おれが東京へ着いて下宿へも行かず、革鞄を提げたまま、清や帰ったよと飛び込んだら、あら坊っちゃん、よくまあ、早く帰って来て下さったと涙をぽたぽたと落とした。おれもあまり嬉しかったから、もう田舎へは行かない、東京で清とうちを持つんだと言った。

その後ある人の周旋で街鉄（文庫注、「東京市街鉄道株式会社」の略称）の技手になった。月給は二十五円で、家賃は六円だ。清は玄関付きの家でなくっても至極満足の様子であったが気の毒なことに今年の二月肺炎に罹って死んでしまった。死ぬ前日おれを呼んで坊っちゃん後生だから清が死んだら、坊っちゃんのお寺へ埋めて下さい。お墓のなかで坊っちゃんの来るのを楽しみに待っておりますと言った。だから清の墓は小日向の養源寺にある。『こころ 坊っちゃん』（文春文庫）

また『道草』の末尾の描写も妻の夫への信頼と受容と愛情を表現していて、これも「未来の生活上に消えがたき痕跡を残す」ものです。妻の科白と子への接吻描写も目の前にいるように印象的で「永久の生命を人類内面の歴史中に得」るものです。

「世の中に片付くなんてものは殆んどありゃしない。一遍起った事は何時までも続くのさ。ただ色々な形に変るから他にも自分にも解らなくなるだけの事さ」

健三の口調は吐き出す様に苦々しかった。細君は黙って赤ん坊を抱き上げた。

「おお好い子だ好い子だ。御父さまの仰ゃる事は何だかちっとも分りゃしないわね」

細君はこう云い云い、幾度か赤い頰に接吻した。

『道草』（新潮文庫）

「創作家の態度」――性格と心理の解剖、「主知」と「主感」

漱石は自分を含めた創作家の「態度」について、「単に**心理現象から説明**に取りかかろうと思う」（「創作家の態度」408頁、以下引用は「創作家の態度」）と述べ、「創作家がいかなる立場から、どんな風に世の中を見るかと云う事に帰着します」（409頁）と言っています。「この**態度を検する**には二つのものの存在を仮定しなければいけません。**一つは作家自身**で、かりにこれを**我**と名づけます。一つは**作家の見る世界**で、仮にこれを**非我**と名づけます」（409頁）としています。「文芸の哲学的基礎」に言う「物我」の概念を一歩進めています。その上で「過去の我は非我と同価値だから、非我の方へ分類し……**我が非我に対する態度を検査**してかかります」（411頁）としています。

「まず我々の心を、幅のある長い河と見立てると、この幅全体が明らかなものではなくって、そのうちのある点のみが、顕著になって、……この顕著な点を連ねたものが、我々の内部経験の主脳で、この経験の一部分が種々な形で作物にあらわれるのであるから、この焦点の取り具合と続き具合で、創作家の態度もきまる訳になります……そのうちの一点のみに重きを置くとすると勢い取捨と云う事ができて参ります。そうしてこの取捨は我々の**注意**（**故意もしくは自然**）に伴って決せられるのでありますから、この注意の**向き案排**（あんばい）もしくは**向け具合**がすなわち**態度**であると申しても差支（さしつかえ）なかろうと思います」

（412頁）

この引用文は人間の普遍的な意識の生成と、個人のFとしての問題意識とその特色、創作のテーマとなり得るFについての基本的考察と言えます。漱石は『文学論』に言う「焦点的印象または観念を意味」する（漱石コード1に掲出済み）Fの概念を明確にしています。「故意もしくは自然」という言葉は、『こころ』の先生Mに「故意か自然か、私はそれを出来るだけ切り詰めた生活をしていた」（下二）と言わせていました。先生Mとは経験の幅と注意を切り詰めて社会で生きている人物なのです。狭い世界に生きていることが言われていたのです。

漱石は**客観的に**「**非我を明らめよう**とする態度」（417頁）で叙述することを「**主知主義**」とし、**我に感ずる態度**で叙述することを「**主感主義**」として主観的な態度で自分と非我の関係を味わって叙述することであるとしています。この「**主知**（客観）」**の態度**と「**主感**（主観）」**の態度**を叙述における一対の「左右の扉」（421頁）と見て、この「左右の扉」が対として三段（合計六通りの叙述）に発展することを説明しています。『文学論』に言う（F＋f）には主知（客観）による認識＋情緒と、主感（主観）による認識＋情緒があることになります。四種類の（F＋f）も、主知か主感のどちらかに入ることになりそうです。

第二段の「主感（主観）」的叙述の例として、「あの人の心は石だと断じ、あの人は虎だと云い切る類（たぐい）であります」（428頁）と言い、第三段の「左右の扉」では「双方共が象徴に帰してしまう」

（429頁）として、「第三段の主観的象徴」は「心と石を並べないで、石と云ってすぐ心を思い起させる叙述に至ったとき」（430頁）と言っています。「客観の極端に至ると科学者だけに通用する叙述になり、主観の極端になると、少数の詩人のみに限られる叙述になりますから、例外になります。しかし常人はこの両極の間を自由勝手にうろうろしているもの」（435頁）と言っています。漱石は「この左右の両翼」を「心理状態の解剖から出立する」（436頁）としており、六通りのうちの一叙述として「月が眉のようだ」（436頁）という叙述を本人は知覚的と思って述べていても、聞く人は直喩で客観と受け取るかもしれないので、「要は読者の態度いかんによって決せられるもの」としています。また叙述には両態度以外のものとして「回想とか批判とかいうものまでも含められるだけ含めるつもりなので……応用はこれで思ったよりも存外広い」（441頁）と言っています。

客観（主知）的態度と主観（主感）的態度の特色は次のようになります。

「**客観的態度**の三叙述を通じて考えて見ますと、いずれも非我の世界における……ある関係を明かにする用を務めております。**知識を与うる**のが主になっております。……一言にして云うと**真を発揮する**のが本職であります」「客観的に非我の関係を明めるにつけて生じる附属物を intellectual sentiment（知的情操、注解）と云います」「主観すなわち主感の方は……美、善、**壮に対する情操を維持**するか**涵養**するか**助長する**のが目的であります」
（441〜443頁）

注意が要るのは、主観（主感）は、客観が真を発揮するのに対して、情操を助長するという指摘です。「故意」によっても情操を助長することがあり得ることになります。

「美と云う事を大きく解すると、善も壮も……のみならず真をさえ包んでもいいでしょう。それは人の勝手であります。……私はごく単純に耳目を喜ばす美しいもの、美しい音くらいで御免蒙（ごめんこうむ）ります。もっとも**美醜を通じて**同範囲のものを入れます。**善**もその通り**善悪を通じ含ませる**のみならず、**直接に道徳に関係のない希望**とか、**愛**とかいうものも入れるつもりです。**壮**は意志の発現（発現でなくっても発現のポテンシャリチー（可能性、注解）を認めた時も無論入れます）に対する情操を入れます。上は壮烈もしくは壮大より下は**卑劣**もしくは、繊弱に至るまで入れます。……まず不完全ながら善、美、壮、……**この三者に対する我の受け方**を叙述するのが**この方面**（主観（すなわち主感）、筆者）の**文学の目的**であります」　（443・444頁）

『こころ』の先生Mの「卑劣」「卑怯」は倫理的に暗い「意志」の発現であり、「悪」として「善悪」を通じた「善の理想」の範疇に入ります。善の理想の追求によって、「悪感（おかん）」という情も得られるのです。さらに「情操」については興味深いことが述べられています。

「ところが**我の受け方**は千差万別に錯綜し……総括すると**快不快**の二字……**好悪**の二字に落ちて参ります。……固（もと）より善、美、壮……に対する**情操のない世はないは**ずで……この点において全然好悪を持っていない人はありません。もしあれば社会が維持できないばかりで……一歩進んで云えば社会は改良できない訳であります。器械的の改良すなわち法律が細かくなるとか巡査の数を殖す事はできますが、肝心の**人間の行為を支配する根本の大部分**を閑却して世の中が運転する訳がありません。これがために、**これらの情操を維持し、助長する**事を目的にする**文学**が成立するのであります」（444・445頁）

情操を維持・助長する文学とその真偽

「人間の行為を支配する根本の……情操を維持し、助長する」という言辞は、明治時代という国体の「根本」を「維持し、助長する」ために情操文学が利用されることをも視野に入れた叙述と言えます。あからさまな国体の批判にならないように言葉と表現を工夫しているのは、「余はわが文を以て百代の後に伝えんと欲」するからだと思います。漱石は国体についての情操文学が実際に戦争を引き起こす役割を果たしたり、戦争行為を助長することを認識していたと思えます。

「浪漫派の人は主観的傾向に重きを置くもので、愛はその傾向のもっとも顕著なるものでしたがってもっとも神聖なものであります」（438頁）とも言っています。西洋における愛の神聖については『文学論』の『ジェーン・エア』についての記述や、『こころ』では先生Mが静の愛は罪悪としながら、自分の愛は宗教心由来だから神聖としていたことにも見ることができました。漱石は客観的「主知」による叙述と、主観的「主感」による叙述の違いを、愛の叙述を例にして次のように言います。

「たとい**愛の客観的存在**を公認しても、これを叙述する時には、その愛の所有者と結びつけ……五官に訴え得るように取り扱わなければなりません。……**愛を主観的の経験**としてもやはり同様の手段に訴えなければ叙述ができません。しかしそれだから同じ事に帰着すると結論するのは少し誤っております。**前の方は非我の事相のうちに愛を認めて**、これを**描出する**ので、**後の方は我の愛を認めたる上**、これを**非我の世界に抛げ出す**のであります。……すなわちその本位とするところは、我が味うところの愛という情操で……相応するような非我の事相を創設するのであります。非我の事相は自然から与えられたもので、一厘も動かすべからずとして、その一分子たる愛を叙して来るのと、我の切実に経験する愛を与えられたるものとして、もっとも適当にこれを叙述せんがために、非我の事相を任意に建立するのとの差になります」（452・453頁）

漱石は客観による愛の叙述として、当時の非我の事相のうちに愛を認める自然主義文学に言及しながら、一般的な客観的態度の重要性について次のように論を進めていきます。

「**非我の世界**、すなわち自然の事相には真偽はありません。……**客観的態度で向う世界**には、**偽は始めから存在しておらん**、少なくとも**真だけ**だとしなければ、最初から真の価値を認めないのと同様の結果に陥ります。……**真を写す文字ほど公平なものはない**。**一視同仁の態度で**、忌憚なく容赦なく**押して行くべき**はずのものであります。……真を目的とする以上は、真を回避するのは卑怯であり……真に対して面目のない事になります。（この点において善、美、壮に対する情操と時々衝突を起す事は文芸の哲学的基礎において述べました……）（「客観」と「主観」の衝突、筆者）……**真は取捨なき事相**で……**公平の叙述**であります。**好悪の念を離れたる描写**であります」

（456〜459頁）

漱石は、客観的叙述として日本に観察力、科学的精神が欠乏していたと言います。

「**客観的叙述は観察力**から生ずるもので、観察力は科学の発達に伴って、間接にその空気に伝染した結果と見るべきであります。……日本人には芸術的精神はありあまるほどあったようですが、**科学的精神**はこれと反比例して**大いに欠乏**しておりました。それだから、**文学においても、非我の事相**を無我無心に**観察する能力**は全く発達しておらなかったらしいと思います」

（468頁）

「今日の文学に**客観的態度が必要**ならば、客観的態度によって、どんな事を研究したらよかろうと云う問題になります。……**第一は性格の描写**についてであります。……作家がこの点において成功すれば、過半の仕事はすでに結了したものとまで思われております。……性格の解剖についでは、**心理状態の解剖**であります」

（472〜476頁）

漱石は「科学的精神」を用いて性格と心理状態を解剖すると言っています。『こころ』のMの「固より倫理的に暗い」は性格の解剖であり、Mの偽善の描写は心理状態の解剖による叙述なのです。他の作品においても、登場人物の精緻な心理状態の解剖が客観の態度で描かれています。

『こころ』の「もっと早く死ぬべきだのに」というKの残した手紙文の商量（第四章「ヒント3：「もっと早く死ぬべきだ」＋「のに」」参照）によって、KがMを殺して警察に自首しようとしたことや、襖を二尺ほど開けダイイングメッセージとしたことは、漱石の主感（主観）的態度による「善の理想」の叙述になります。

『硝子戸の中』（三十八）に描写した夢の中の母も主感による「善の理想」の描写です。漱石は『こころ』を「客観」と「主観」の両態度で描き、偽善者の真と、それと対極の叔父、K、静、「私」の道義、愛、希望と情の満足を「善の理想」として描写したのです。

「不規則なる情操の勃張」は繰り返される

「創作家の態度」の結びは、漱石の「主知」による戦争についての客観的叙述になっています。

「維新後今日までの趨勢を見ますと、**猛烈なる情操**に始まって四十年間しだいしだいに情操の**降下**を経験しておりますから、現時はまだ客観に重きを置く方を至当と存じますが、**向後日清戦役**もしくは日露戦争の**ごとき不規則なる情操の勃張**を促がす機会なく日本の歴史が平静に進行するときは、情操は久しからずして**科学的精神**の圧迫を蒙る事は明らかでありますから、**情操文学**は**近き未来**において**必ず起るべき運命**を持っている事と存じます。ただし**未来の情操文学**はいかなる内容をもって、いかなる評価をなすやに至っては固(もと)より測(はか)りがたいのはもちろんでありますが、**それまでに発展した客観描写**を利用してこれを**評価の方面に使う**のは争うべからざる**運命**と存じます」

（482頁）

一読して真意の取りづらい文章ですが、言葉を選びながら客観的態度によって戦争を評価する運命について述べています。ここで漱石はあからさまな「国家主義」と戦争の批判にならないように「日**清戦役**もしくは**日露戦争のごとき不規則**なる情操の勃張(ぼつちょう)」として言い回しを工夫しています。今後「情操の勃張(ぼつちょう)」が促(うな)がされ戦争や国体維持と、その助長のための「未来の情操文学」が起きるときは、「科学的精神」と「主知」に基づく「客観描写」を利用し戦争と「情操文学」を評価せよと言っているのです。その「客観描写」には、『趣味の遺伝』と『こころ』が含まれていると筆者は思います。

「不規則なる情操の勃張(ぼつちょう)」には二十世紀のみならず二十一世紀における侵略や領土拡大や、各種資源の略奪を促す「情操の勃張(ぼつちょう)」も含まれており、戦争遂行におけるスローガンには「情操の勃張(ぼつちょう)」が色濃く示されています。戦争正当化のための偽善の言葉も含まれています。

漱石は後年、戦争の世紀と呼ばれることになった二十世紀において「不規則なる情操の勃張(ぼつちょう)」は何度も起きる運命にあると予言していたことになります。漱石が戦争を評価する客観描写の発展を、指をくわえて黙って見ているとは思えません。漱石の没（一九一六年）後わずか二十五年にして太平洋戦争が起きました。『こころ』執筆中の一九一四年七月には第一次世界大戦が起きています。戦争の

「必ず起るべき運命」はすぐにやってきたのです。

漱石は一九〇六（明治三十九）年に『趣味の遺伝』を発表しています。この作品の主人公である「浩さん」は日露戦争の旅順攻撃において戦死するのですが、作品の冒頭は戦場のすさまじい客観描写です。「死ぬか生きるか娑婆か地獄かという際どい針線の上に立って身震いをするとき自然と横膈膜の底から湧き上がる**至誠の声**」（『趣味の遺伝』（一））という漱石の主知による表現があります。これは生死に直面した個人の心底からの至誠の声を描いたと言えます。個人主義における「至誠」と乃木大将の国家主義における「至誠」とが漱石の認識として対照されているのです。旅順の戦場の描写は主人公「浩さん」の主観による記述ではなく、戦場で戦死した数千（日露戦争全体では数万人）の兵士の死の客観描写です。そして「浩さん」の主観による愛も描かれたのです。漱石の「愛と好きとの相違。愛は瞥見の下に成立す。然し愛の結果は必ずしも受合ハズ」というメモ書きが「漱石全集」岩波書店第二十巻の断片五九B（明治四十五年／大正元年。実物未見）に残されています。「愛の結果は必ずしも受合ハズ」というメモの内容が『趣味の遺伝』では相思相愛として描かれています。漱石の日記や断片に見える作家のFは、作品のFに変化し結実しています。

漱石の歴史認識と提言は「創作家の態度」にも結実し叙述されています。

「今日の吾邦に比較的**客観態度の叙述が必要**であると云う事は、向後何年つづく事か明らかには分りません。西洋では……十八世紀の反動として十九世紀の前半に**浪漫的趣味の勃興**を来しました。それが変化してまた客観的態度に復して参りました。二十世紀はどうなるか分りません。

「……**右へ行ったり左へ寄ったり**するのは、つまり**態度だけの**話で、この態度から出る**叙述は**けっして**繰り返されるものではありません**。どこか変って参ります。……世間一般の**科学的精神**が、情操の勢力より比較的強くなって、平衡を失いかけるや否や、文壇では**情操文学**が**隆起**して参りますし、また**情操の勢力が科学的精神を圧迫**するほどに隆起してくると、**客観文学**が**是非とも起って参る**訳だと考えます。……吾邦における客観文学の必要とは、我邦現在の一般の教育状態からして案出した愚考に過ぎんのであります」

（481・482頁）

ここでも漱石は言葉を選んで、あからさまな現状批判にならないようにしています。創作家の「態度」は、右や左に寄ったりするが、叙述内容は決して繰返されないと言っています。漱石は（明治という国体の維持や戦争の遂行に寄与する）「情操の勢力」と「客観文学」の対立的関係性を述べ、「客観文学」を是非とも起しなさいと言っているのです。

「今日の吾邦に比較的**客観態度の叙述が必要である**」という漱石の言葉は、現代の**創作家**のみな**ら**ず**各界の批評家にも求められている態度だと思います**。**筆者**も批評家のはしくれとして**この漱石の指摘を心に刻んで行きたい**と思います。

「不規則なる情操の勃張」の日本の結末

日本の「不規則なる情操の勃張」として皇国や神州や八紘一宇といったものがモチーフにされ、各種資源を求めて南進する太平洋戦争が起こされました。〈お国のため〉という情操の勃張と「意志」の高揚がうたわれ、戦争遂行のスローガンとして「**大**東亜共栄圏」や「**大**東亜戦争」や「**大**日本帝国」が喧伝されました。いずれの言葉にも「**大**」が冠せられ、主感（主観）的な「情操の勃張」が見てとれます。

太平洋戦争を終結させたものは、政治家と科学者による戦争利用のための核爆弾の開発・製造と、現実的な広島・長崎への投下でした。漱石は創作家の態度として「創作家が**いかなる立場**から、**どんな風に**世の中を見るかと云う事に帰着します」（４０９頁）と言っていました。この言葉は政治家にも科学者にも当てはまります。〈政治家や科学技術者がいかなる立場から、どんなふうに原子爆弾を見たのか〉、その結果として原子爆弾の完成と投下があったのです。科学技術的には一瞬のうちにいかに多くの敵国の人間を殺すことができるかが原子爆弾製造の目的となりました。しかし日本が原子爆弾を投下されるまでに、降伏の意志表示をしなかったことにも大きな責任がありました。本土決戦、一億総玉砕、一億総心中という軍部の亡国論が降伏を潔しとしない現実があったのです。日本の場合、戦争の最初から最後まで徹頭徹尾「情操の勃張」に支配され続けたのです。

現代の地球の各地において、「人が**特定の対象**に関して持続的に抱く**複雑な感情的傾向**……さまざまな**事物や観念**、特に学問、芸術、道徳、**宗教などの**文化的価値を有する**対象に対する情操**」（ブリタニカ国際大百科事典）の勃張によって侵略と破壊が行われている現実があります。かつて太平洋戦争では日本人は三〇〇万人以上死んでいます。漱石がこれらの事実を知ったら、どのように叙述していたでしょうか。漱石が「創作家の態度」の末尾に述べたことは、**戦争を評価するための**「**客観描写**

（客観文学）」の**創出**という提言なのです。

過去から続く人災としての戦争

戦争は人類の起こす最悪・最凶の人災です。**人災であればその責任の所在が明らかにされる**必要があります。「漱石全集」第二十一巻ノート（岩波書店）４００頁に、漱石が英国留学中に見聞した戦争についての記述があります。

○1902 june 1. 御寺ノ鐘ナル peace ノ報至ルガ為ナリ．八日全国ノ寺院ニテ thanksgiving ヲ行フ**自ラ戦端ヲ啓キ自ラ幾多ノ生命ヲ殺シ、自ラ鉅万**（きよまん）**ノ財ヲ糜**（ついや）**シ**而シテ**神ニ謝ス**何ヲ謝セントスルヤ**馬鹿々々シキコトナリ**

全集第二十一巻の注解４００・４０１頁に「1902年5月31日、イギリスと南アフリカの間に講和条約が成立し南アフリカ戦争（第二次ブール戦争）が終結した」とあります。

「世界史用語集　改訂版　全国歴史教育研究協議会編」（山川出版社）によると、「南アフリカ戦争」は「南アフリカの植民地化を巡（めぐ）る、ブール人（アフリカーナー）とイギリスの戦争。……ブール人の激しいゲリラ戦によって戦いは長期化したが、イギリスが勝利し、二つのブール人国家の領有権を獲得した」。二つの国とは、ブール人が南アフリカ共和国に建国した「トランスヴァール共和国」と「オレンジ自由国」で、金とダイヤモンド鉱山の資源をイギリスが狙ったものです。

この「第二次ブール戦争」の結末をイギリスで知った漱石は、自ら戦端を開き、自ら幾多の生命を殺し、自ら巨万の財を費やし、その上で神に感謝しているが、何を感謝するのか馬鹿々々しいと書き残したのです。漱石の戦争についての客観的な認識は少なくとも日清戦争より前の英国留学時にはあったことになります。戦争を引き起こす「情操の勃張」を客観的叙述によって評価するべきという漱石の提言は現代にこそ必要であると筆者は思います。

なお漱石は明治二十五年四月五日に、父の「直克の配慮で……北海道後志国岩内郡吹上町……に移籍し、北海道平民として一戸を創立する」（移籍した事情については、塩原昌之助側では、養家との紛争を避けるためだとみている。『漱石年表』）とあります。大学生の徴兵猶予として、実父の配慮（意思）により北海道に分家したのです。大正三年六月二日に早稲田南町七番地に転籍し東京府平民となる（『漱石年表』）とあります。『こころ』を『朝日新聞』に連載中に自分の意志で転籍したことになります。漱石の長兄と次兄はともに明治二十年に没し、明治二十五年時点で、夏目家に男の兄弟は三男和三郎と五男金之助しか残っていませんでしたので、金之助も将来の夏目家の跡取り候補として考えられた可能性があります。なお漱石が四国の松山中学校に赴任したのは明治二十八年ですが、そこには夏目家を継ぐことについての葛藤や確執があったのかも知れません。

『こころ』の成功は「主知」と客観的叙述にあり

『こころ』の最大の功績は、有史以来あるいは人類の中に一神教が登場して以来、人間の心や態度にすでに現れていたであろう偽善の永久的特性を解釈し客観的に描き切ったことにあります。偽善者の真と物語の真の両方を見せるために同情的作物としての叙述において最大限の工夫をしたことにあります。このことこそ漱石の言う「百歳後の功業」にあたります。『こころ』が描かれてから百年以上経過し、現実世界の偽善はますます深化し拡大する様相を見せています。それが政治の世界に顕著に現れています。ますますフェイクではない真を客観的に明らかにすることが求められています。

Kの自殺の真相は意表をつくトリックとともに推理小説としても出色の出来栄えとなって示されています。日本に推理小説というジャンルが成立する前に、すでに本格的な人間心理の解剖と、「商量」（推理）を読者にうながす小説に仕上がっています。「推理」とは「既知の事実や経験に基づいて考えをめぐらし、まだ知られていない事柄を推しはかること。また、そのようにして得たもの」（明鏡国語辞典）です。漱石が作品の中に描いた「既知の事実」をもとに商量・推理していくように求められているのです。登場人物の心理状態を解剖し物語の真を見るための「商量」が必要であるという漱石コードを「推理」せよに変えれば『こころ』が推理小説の様相を見せてくるのです。人間の心理を解剖し商量（推理）する小説として『こころ』が「人間の心を捕へ得たる」魁（さきがけ）であると筆者は思います。

おわりに――漱石はもっと生きたかった

漱石が『こころ』を作品として失敗させてしまったという強い思いを、筆者は『明暗』の読書中に感じました。図書館の学習室で『明暗』を集中して読んだあとの帰り道を一〇分ほど歩いたあたりで、急に〈失敗した〉という強い念に包まれ出したのです。その大きな念の中を一分ほども歩いたと思います。大気の中に突如現われた球体のような大きな漱石の念としか思えませんでした。道路の片側に生垣が続く畑の道に通りかかっていました。『明暗』の半分を過ぎ三分の二あたりを読んだあとの体験でした。

またある企画で新宿区内の漱石ゆかりの地を巡ったあとで、「漱石山房」（新宿区指定史跡）に入り、最初から付き添ってくれていた学芸員の説明を受けながら館内外を見て回る機会がありました。学芸員の一連の案内と説明が終了し、館内の喫茶コーナーで一人お茶をしたのち、資料を一点購入して漱石山房の玄関を出ました。建物の周りの植栽をもう一度見て、さて帰ろうとして駅方向に歩き出したとたん、〈もっと〉〈生きたかった〉という強い思いが突然に現われたことを覚えています。まるで漱石の思いが着いてきたかのようでした。漱石の意識に触れたような体験でした。そのときの筆者は至福と呼べる幸福感と充実感に包まれて二〇メートル程歩いたと記憶しています。漱石の文言などが館内のあちこちに張り出されている漱石山房内に漱石の魂はあって、訪問客を迎えているのかも知れません。漱石は「我々の生命は意識の連続であります。……この連続を切断する事を欲しないのであります」「この連続をつづけて行く事が大好きなのであります」と「文芸の哲学的基礎」に述べていました。漱石はもっと生きて意識の連読を続け、読者の意識の連続とある程度以上の軌を一にする創作をしたかったのだと思います。それこそが「魂がぴたりと合うような幸福」なのだと思います。また「百年計画」(第六章「真実を書くことは相手に迷惑」参照)で「敵を斃す」目標を持っていました。人類内面の歴史に痕跡を残すためにももっと生きたかったのだと思います。

*

本稿に「「漱石コード」について」と「泥棒団事件と金之助」「文学の大目的と戦争の評価」の三つの章を取り込む前に、最初の『こころ』の原稿が四〇〇枚に達した頃から友人の池澤達也氏に第一読者になってもらうことで心強い味方を得て、十年を越える執筆を進める原動力を得ることができたものです。ここに池澤氏への感謝を記しておきます。また本書の最終原稿の整理にご提案と尽力をいただいた編集担当の藤井久子氏にお礼を申し上げます。

『こころ』についての小さな発見はまだまだ続くでしょう。漱石が朝日新聞紙上に「心」を発表したのは一九一四年です。本書が夏目漱石没後百年における漱石の功業の一部と、『こころ』の作品の真を示し得ていればこれに勝る喜びはありません。

X(旧ツィッター)に「#漱石の愛と希望」を設けます。時にご訪問下さい。

著者

荒　泰人（あら　たいと）

秋田県羽後町西馬音内出身。

一九五一年生まれ。立命館大学産業社会学部卒業。

二〇一三年より夏目漱石『こころ』の解読に取り組みはじめる。

二〇〇九年～二〇二二年、荒泰二というペンネームで未来短歌会の会員として短歌を作る。

自選五首

たおやかな恋愛を遺棄させる反動の趣味あり戦争と呼ぶ

いくつかの勇壮な趣味の過ぎしあと「趣味の遺伝」が光を放つ

泉区のコメダ喫茶店で母はおしぼりを「六つに切って下さい」と言いぬ

認識を三十一文字に組み立てしのちの衣装をいかに求めん

西馬音内盆踊り

端縫とふ紅を散らしし綿入れの踊り着物に踊り子は舞ふ

百年の偽善
――夏目漱石『こころ』の闇を照らす

二〇二四年六月十八日　第一版第一刷発行

著　者　荒　泰人

発行者　菊地泰博

発行所　株式会社現代書館
東京都千代田区飯田橋三―二―五
郵便番号　102-0072
電　話　03（3221）1321
FAX　03（3262）5906
振　替　00120-3-83725

組　版　具羅夢

印刷所　平河工業社（本文）
東光印刷所（カバー・帯・表紙・扉）

製本所　鶴亀製本

装　幀　大森裕二

校正協力・高梨恵一

 ISBN978-4-7684-5958-4

漱石のユートピア

河内一郎 著　　1600円＋税

漱石もビックリ！　調べ尽くされた「漱石研究」に残された新たなる発見があった。漱石の食卓、子孫、訪れた場所、出会った人々を『漱石、ジャムを舐める』の著者が徹底取材し「知られざる漱石」を大発掘。これぞ「こぼれ話」の金字塔！

漱石とホームズのロンドン
文豪と名探偵　百年の物語

多胡吉郎 著　　2000円＋税

西洋に対する尊敬と反発、劣等感を抱えながら創作を続けた漱石と、アイルランド系カトリックの家庭出身で、非エリートながら大人気作家となったコナン・ドイル。両者がすれ違ったロンドンを舞台に、「この100年、日本人は西洋に学ぶことで幸せになれたのか？」という本質的な問いに迫る文学教養エッセイ。

作家という生き方
評伝 高橋克彦

道又力 著　　1700円＋税

江戸川乱歩賞、日本推理作家協会賞、直木三十五賞、吉川英治文学賞、日本ミステリー文学大賞などを受賞、NHK大河ドラマの原作を二度書いている、高橋克彦の半生と日常を秘書の筆者が活写した。高橋作品が100倍面白くなる。荒俣宏氏激賞。